明解日本語の歌 II

めいかいにほんごのうた

編著◎周昌葉

めいかいにほんごのうた

明解日本語の歌 II

附日語注音•文法•翻譯•歌詞背景補註

編著／周昌葉

第二輯 序言

『日語演歌詳解Ⅰ』出版後，已過了多年。平日從事日本語教育外，筆耕時間，確實不多。學生們和讀者不斷地催促下，終有成果再現。出版之際，感謝各界支持、愛護與勉勵。

本書對語言之真、善、美之追求，在日語歌詞原意，語彙詞句上，以深厚日本語基礎文法，字字斟酌探討，詳細剖析，科學化的確實譯出原曲的真實面貌，把它忠實地呈現在讀者面前。

此外，本書針對每首曲子的年代背景、作曲、作詞家等，購讀了日本相關演歌書籍後，加以註解說明，務期歌者能對該曲有全面性的理解， 祈望能欣賞每首曲子之深奧意境，吟唱出歌曲之美，增進日語文之認識與學習信心。

網路上或坊間，有關日語演歌譯文方面，或有誤譯者，或有華而不實者，更是本人繼續寫書的目的。

國際化、自由化趨勢不變，現在台灣的大學設有日文系組的共有約 43 家，加上各高中職校，學習層逐有擴大，而且參與日文檢定者，目前每年約有 6 萬人參加，年年成長。因此，透過本書學習日語歌，是學習者研究過程中的重要選項之一。

本人對音樂並非內行，時間也有限，倉卒付梓，如有不周之處，尚請各界先進不吝指教，最後深盼每位日語歌學習者，參考本書後，均能理解歌曲原意和精髓，唱出美聲和情感。

著者 2014/11

第二輯 本書特點及使用法

1. 本書對語詞分析詳細，詞彙分類明確，使用本書後，可不用再翻閱字典，易懂易學。

2. 歌詞標明發音，說明例句有漢字之處，一律注上假名，方便初學者學習。

3. 內含口白的歌曲，本書附上原文口白內容，並作詳細分析解釋翻譯，絕無疏漏。

4. 歌詞下有橫線者，付解釋說明之處。

5. 歌詞原文和分段方面，台灣已出版的歌謠本，以及市售 VCD 等數位軟體上，或有歌詞錯誤者，或有未分段，或有分段錯誤者，複雜紊亂，令愛歌者無所適從，有鑑於此，本書收集日本出版之相關演歌書籍、雜誌，參考後均按原著列段，並聯繫日文音樂網站，校正歌詞，精準分段。

6. 本書首重活用語文法變化過程之演變與分析，譯文於「法」(文法)有據，追本溯源，字字斟酌，詞詞有據，句句有理，均有所本，逐字句分析，務祈使讀者於學習歌謠中，得以瞭解日語結構，掌握日語精髓，並確實譯出原貌。

7. 縱使小小副詞方面，本書亦竭盡心力查出。例如，搖籃曲「竹田の子守歌」在 1974 年由台灣出身的國際明星翁倩玉（ジュディ・オング），將原曲改編中文歌詞，歌名定為「祈禱」，並由她本人演唱後，傳遍台灣大街小巷。歌詞中的「この子よう泣く　守りをばいじる」會因斷句不同，意義不同。該句的「よう」，可屬終助詞「よ」的長音化的解釋。但若是斷為「よう泣く」時，「よう」是形容詞「よい」的連用形「よく」的「ウ音便」，用以修飾「泣く」，由此可見，文法不精，當然無法一窺演歌全貌。

8. 歌詞方言上，本書詳細考察，絕無疏漏。如上例所示，「この子よう泣く、守りをばいじる」依據日本語版『Wiktionary』紀錄，顯示「よう」在廣島縣「備後」地區的方言裡，常被使用著，舉例如下：「雨バー、よう降るなぁや…」，這句等於東京標準語成為「雨ばかり、降るなぁ…」〈光下雨啊！一直下雨喔！〉。「バー」或寫成「ばあ」是備後地區的「備後バーバー」調。所以這裡的「よう」=「ばかり」。因此「この子，よう泣く」也可譯為「這小孩光會哭」。

此外，「りんご追分」這首耳熟能詳的老歌中，輕津方言甚多，本書詳細調查後，再加註解，值得讀者參考。

9. 動詞篇文法分析上，又例如「燃ゆる」，此動詞是文言文動詞「燃ゆ」(文)(自Ⅱ)的連體形，可下接名詞「血潮」，其六形變化如下「え、え、ゆ、ゆる、ゆれ、えよ」。意思同現代文，燃燒、發光、熱情洋溢、燃燒發亮。「燃ゆる血潮」=「燃える血潮」。本書除以公式表列外，並配以文字敘述文法變化步驟和過程，足當豐富之日語基本教材。

10. 助詞、助動詞與接續助詞方面，本書均精準剖析，因為它們是日語的關鍵，亦是日語文最重要的要素。助詞誤判，全盤皆錯，不懂助詞，亦無法確切瞭解真正的日語含意。例如「涙そうそう」這首曲子裡的「ありがとうって呟いた」句子。其中助詞「って」=「と」，所以「ありがとうって呟いた」→→「ありがとうと呟いた」。格助詞「と」表動詞的內容，此為「呟く」(他Ⅰ)〈喃喃自語、小聲說〉的內容。「呟く」的過去式「呟いた」。故整句中譯為喃喃自語說謝謝。

11. 副詞方面，「また」和「まだ」：這兩個常用的副詞，常被初學者弄錯，其區別在於重音不同，按標準重音「まだ」發的是頭高型重音，而「また」發尾高型或平板型重音，用符號表示重音的話，「まだ」標記為①，而「また」標記為⓪②，因此，若發音準確，則不易弄錯這二字。A「また」【又】中文意思是別、再、也、又。①「今日もまた暑いです。」〈今天也是熱〉②「また、食べますか。」〈你還要吃嗎?〉B「まだ」【未だ】，中文指沒有改變的狀況，譯成「還…」「才…」。①「雨がまだ降っている。」〈雨還在下〉②「雨がまだ止みません。」〈雨還未停〉

12. 接尾名詞方面，例如「～だらけ」一詞，中譯為「全...、整個...、全都是...」。它和「～まみれ」和「～ずくめ」兩語用法類似，本書作了三者的詳細差異分析（見「風よ」)。

13. 日語的縮音用法，本書也舉公式，詳細說明原委和用法。例如「竹田の子守歌」曲中，「守(も)りもいやがる　盆(ぼん)から先にゃ」中的「先にゃ」的「にゃ」。本書分析如下，「にゃ」是西日本方言說法，它是「にゃ」=「～ねば」，所以「帰らにゃ、ならん」=「帰らなければ、なりません」。另外「にゃ」又等於口語的「～には」。「にゃ」為「には」的縮音，為格助詞「に」加上副助詞「は」而組成。即「～にゃ」=「～には」。「先にゃ」=「先には」，「に」此處表時間定點，「は」表強調。

14. 特殊語型方面，本書一併追蹤詳解。例如「離しはしない」一語，本書分析如下，「離す」(他Ｉ)分離、分開。文型「V2」+「は」(副助) +「しない」，「しない」=「しません」日語否定強調句說法之一，故「離しはしない」=「離しません」=「離さない」〈不分離〉。

15. 欣賞演歌，如同欣賞一首詩。依此，本書對各首歌詞背景，加以探討並詳述之，俾能讓歌者充分瞭解作詞者的心境。譬如「千風之歌」英文原文為「A Thousand Winds」。在美國，原詩的題目為「Do not stand at my grave and weeP」。據傳作者是美國人，名字為「Mary Frya」。簡單講，這首歌是從西方紅到日本，然後再紅到台灣的一首歌。這首英文詩，在美國紐約911 週年悼念大會上，由一位災難中失去父親的 11 歲小女孩朗誦，讓出席者不禁流淚。之後，經由媒體漸漸地在美國流傳開來，然後傳至日本。整首歌來龍去脈，本書詳實敘述。

16.「湯島白梅」和「長崎之鐘」兩首歌，除了課堂教唱外，歌曲背景發生地，在泰山松年大學暑假期間，本人率學生參訪了東京的「湯島」和「長崎」，令人有懷古抒情之感。同時，於這兩首內放入當地旅遊相片。

凡例

01	___	表歌詞中註解部分	02	【】	表記日語之漢字
03	=	表意思相同句子	04	〈〉	表中文翻譯內容
05	( )	表日本語文法詞性	06	→→	表示文法演變過程
07	「～」	表前面所接之體言或用言，表日本語文型 - 例:「～まで」	08	「...」	表中文文型 - 例:「到...為止」
09	※	表歌詞反覆記號，表開始和結束區間	10	☞P	表示前往參照頁數
11	☞表	參照文法表	12	(V)	動詞
13	(自Ⅰ)	自動詞第一類	14	(自Ⅱ)	自動詞第二類
15	(自Ⅲ)	自動詞第三類	16	(他Ⅰ)	他動詞第一類
17	(他Ⅱ)	他動詞第二類	18	(他Ⅲ)	他動詞第三類
19	(V1)	動詞第一變化(未然形)	20	(V2)	動詞第二變化(連用形)
21	(V3/V0)	動詞第三變化(原形、終止形、辭書形、字典形)	22	(V4)	動詞第四變化(連體形)
23	(V5)	動詞第五變化(假定形)	24	(V6)	動詞第六變化(命令形)

25	(adj/形容)	形容詞 - 例:「大(おお)きい」、「おいしい」	26	(adj1)	形容詞第一變化(未然形)
27	(adj2)	形容詞第二變化(連用形)	28	(adj3)	形容詞第三變化(終止形、辭書形、字典形)
29	(adj4)	形容詞第四變化(連體形)	30	(adj5)	形容詞第五變化(假定形)
31	(adjv/形動な)	な形形容詞、形容動詞 - 例:「静(しず)かだ」、「綺麗(きれい)だ」	32	(adjv1)	形容動詞第一變化(な形形容詞) (未然形)
33	(adjv2)	形容動詞第二變化(な形形容詞)(連用形)	34	(adjv3)	形容動詞第三變化(な形形容詞)(終止形、辭書形、字典形)
35	(adjv4)	形容動詞第四變化(な形形容詞)(連體形)	36	(adjv5)	形容動詞第五變化(な形形容詞)(假定形)
37	(雅)	雅語 - 例: 「かえづ」「宴(うたげ)」	38	(文)	文言文、古文 - 例:「影(かげ)を慕(した)いて」
39	(名)/(N)	名詞 - 例: 「花(はな)」、「ここ」、「人」	40	(代)	代名詞 - 例:「あなた」、「彼(かれ)」
41	(連體)	連體詞 - 例: 「ような」、「この」、「ほんの」	42	(連語)	例: 「やも知(し)れず」
43	(敬)	敬語說法 - 例: 「どなた」「ごめん」「いらっしゃる」	44	(現)	現代語

45	(助動)	助動詞 - 例: 「ようだ」、「そうだ」	46	(格助)	格助詞 - 例: 「が」、「に」、「から」
47	(副助)	副助詞 - 例: 「は」、「まで」	48	(接助)	接續助詞 - 例: 「ても」、「が」、「けれど」
49	(終助)	終助詞 - 例: 「よ」、「ね」、「の」	50	(感)	感嘆詞 - 例:「ああ」、「さあ」
51	(接)	接續詞 - 例: 「そして」、「それから」	52	(接尾)	接尾詞 - 例: 「だらけ」、「ら」
53	(慣)	慣用語 - 例: 「～つつある」、「～ にとっては」	54	(俗)	俗語 - 例:「らあ」「みっともよくない」
55	(諺)	諺語 - 例:「鳶(とび)が鷹(たか)を生(う)む」	56	(副)	副詞 - 例:「いつまでも」、「みっしり」
57	(副/形動な)	兼副詞和形容動詞詞性 - 例: 「僅(わず)か」「燦々(さんさん)」	58	(名/形動な)	兼名詞和形容動詞詞性 - 例: 「馬鹿(ばか)」「でこぼこ」
59	(♂)	男性語言 - 例: 「ぜ」「おい」	60	(♀)	女性語言 - 例: 「わ」「あたし」「かしら」

日語歌名索引（按五十音順）

あ行

1. 赤(あか)いハンカチ 14
2. 雨(あめ)の中(なか)の二人(ふたり) 17
3. いい日旅立(ひたびだ)ち 21
4. 浮(う)き草暮(くさぐ)らし 25
5. 雨夜花(あめよはな)（ウーヤーホェ）（雨(あめ)の中(なか)の花(はな)） 30
6. 江差恋(えさしこい)しや 33
7. 王将(おうしょう) 37
8. 大阪(おおさか)すずめ 41
9. 奥飛騨慕情(おくひだぼじょう) 45
10. 女(おんな)の一生(いっしょう) 49
11. 女(おんな)の十字路(じゅうじろ) 52

か行

12. 影法師(かげほうし) 57
13. 風(かぜ)よ 62
14. 喝采(かっさい) 67
15. 高校三年生(こうこうさんねんせい) 72
16. 荒城(こうじょう)の月(つき) 76

さ行

17. さくら 81

18. 細雪（ささめゆき） 87

19. 幸せ（しあわ） 91

20. 知りたくないの（し） 98

21. 青春時代（せいしゅんじだい） 101

22. 千の風になって（せん・かぜ） 105

た行

23. 竹田の子守唄（たけだ・こもりうた） 110

24. 津軽海峡・冬景色（つがるかいきょう・ふゆげしき） 116

な行

25. 長崎の女（ながさき・ひと） 120

26. 長崎の鐘（ながさき・かね） 124

27. 涙そうそう（なだ） 131

28. 南国土佐を後にして（なんこくとさ・あと） 136

は行

29. 花笠道中（はながさどうちゅう） 141

30. 氷雨（ひさめ） 146

31. 風姿花伝（ふうしかでん） 154

32. 二人酒（ふたりざけ） 159

33. 釜山港へ帰れ（ぷさんはん・かえ） 163

34. 何日君再来(ホーリーツィンツァイライ) 167

ま行

35. 港町十三番地（みなとまちじゅうさんばんち） 172

や行

36. 湯島(ゆしま)の白梅(しらうめ) 175
37. 与作(よさく) 181
38. 夜空(よぞら) 184

ら行

39. りんご追分(おいわけ) 188
40. 流転(るてん) 193

中文譯名索引 (按曲名字數及筆劃順序)

二字：

1. 王將 37
2. 影子 57
3. 風啊 62
4. 喝采 67
5. 櫻花 81
6. 細雪 87
7. 幸福 91
8. 秋雨 146
9. 與作 181
10. 夜空 184
11. 輪迴 193

三字：

12. 雨夜花 30
13. 雙人酒 159

四字：

14. 紅色手帕 14
15. 江差戀情（江差之戀） 33
16. 荒城之月 76
17. 青春時代 101
18. 千風之歌（變成「千之風」） 105
19. 長崎女人 120
20. 長崎之鐘 124
21. 淚光閃閃（淚如雨下、淚眼滂沱） 131
22. 花笠旅途 141
23. 風姿花傳 154
24. 湯島白梅 175

五字：

25. 漂泊的日子（浮萍的日子） 25
26. 大阪多嘴婆 41
27. 奧飛驒慕情 45
28. 女人的一生 49
29. 高中三年級 72
30. 竹田搖籃曲 110
31. 請回釜山港 163

32. 何日君再來 167
33. 港都十三號 172
34. 蘋果追分調 188

六字：

35. 雨中的兩個人 17
36. 女人的十字路 52
37. 我不想知道啊 98
38. 離開南國土佐 136

八字：

39. 好日子出發去旅行 21

九字：

40. 津輕海峽的冬天景色 116

付錄

① 表 1 第一類動詞活用 (五段活用 / 五段動詞活用) 197

② 表 2 第二類動詞活用 (上下一段動詞) 198

③ 表 3 第三類動詞活用 (か行變格活用) (か行不規則動詞) 199

④ 表 4 第三類動詞活用 (さ行變格活用) (さ行不規則動詞) 200

⑤ 表 5 形容詞變化(い形形容詞) 201

⑥ 表 6 形容動詞變化(な形形容詞) (形動な形) 202

⑦ 表 7 文語形容詞(「く」活用形容詞) 203

⑧ 表 8 動詞音便 203

⑨ 表 9「ぬ」(現代語) 203

⑩ 表 10「ず」(文語) 204

⑪ 表 11「たし」(文語) 204

⑫ 表 12「なり」(文語) 204

⑬ 表 13「たり」(文語) 204

⑭ 表 14「た」...... 204

⑮ 表 15「たい」...... 205

⑯ 表 16「れる」「られる」...... 205

⑰ 表 17「ようだ」...... 206

⑱ 表 18「そうだ」(樣態助動詞) 207

赤(あか)いハンカチ ｜ 紅色手帕

作詞：荻原四朗 ｜ 作曲：上原賢六 ｜ 唄：石原裕次郎 ｜ 1962

一：

01.	アカシアの花(はな)の下(した)で	在洋槐樹的花下，
02.	あの娘(むすめ)がそっと、瞼(まぶた)を拭(ふ)いた	有個女孩靜靜地擦拭眼淚，
03.	赤(あか)いハンカチよ	那條紅手帕啊！
04.	怨(うら)みに濡(ぬ)れた　目(め)がしらに	因怨懟而溼了眼角，
05.	それでも涙(なみだ)は、こぼれて落(お)ちた	可是，仍潸然淚下。

二：

06.	北国(きたぐに)の春(はる)を逝(ゆ)く日(ひ)	北國之春的日子將逝，
07.	俺(おれ)たちだけがしょんぼり見(み)てた	只有我們孤零零地望著，
08.	遠(とお)い浮雲(うきぐも)よ	遠方的浮雲啊！
09.	死(し)ぬ気(き)になれば、二人(ふたり)とも	若有心要死，
10.	霞(かすみ)の彼方(かなた)に行(い)かれたものを	兩人就可以一起去到晚霞那一端，但是…。

三：

11.	アカシアの花(はな)も散(ち)って	洋槐樹的花也凋謝，
12.	あの娘(むすめ)のどこか、面影(おもかげ)におう	總覺得那位女子有些地方，散發出容貌之香，

13. 赤(あか)いハンカチよ	那條紅手帕啊！
14. 背広(せびろ)の胸(むね)に、この俺(おれ)のこころに 遺(のこ)るよ せつない影(かげ)が	苦悶的身影殘留在西裝的胸膛上和我內心裡啊！

語詞分析

1. アカシア：(acacia)（名）(植)①刺槐、洋槐②阿拉伯橡膠樹。聽說印第安人男女之間，在告白愛情時，就使用洋槐花。而「acacia」在花的語言上，同時也表示「秘密之戀」、「優雅」、「友情」。

2. アカシアの花の下で：「で」(格助)為下一句歌詞中動詞「拭いた」的動作地點，等於中文的〈在〉。

3. そっと：(副)偷偷地、悄悄地。

4. 瞼を拭いた：「瞼」（名）眼皮、眼瞼。「拭いた」是「拭く」（他Ⅰ)的過去式 。「拭く」語尾「く」屬「か」行，接助動詞「た」時需要「い」音便，「拭く」→→「拭いた」，整句譯為擦拭了眼睛。

5. 怨みに濡れた：「恨み」（名）怨恨、抱怨。「に」(格助)表原因。「濡れる」(自Ⅱ)〈濕〉→→「濡れた」〈濕了〉。此歌詞譯成〈因怨恨而濕掉了〉。

6. 目がしら：【目頭】（名）眼角，指靠近鼻子端的部分。另一個日文字的眼角叫「目じり」，指靠近耳朵旁的部分。

7. それでも：(接)儘管如此、即使、可是。

8. 涙はこぼれて落ちた：「こぼれる」【零れる/溢れる】(自Ⅱ)①溢出、漏掉②充滿、洋溢。「落ちる」 (自Ⅱ)這裡當「落下」。整句意指眼淚掉下來。

9. 春も逝く日：「逝く」(自Ⅰ) ①水的流過②時間的流逝③死去。歌詞意指時間流逝，故譯成春天也將逝去的日子。

10. ～だけ：(副助)只有、僅。例：「俺(おれ)たちだけ」〈只有我們〉。

11. しょんぼり：(副)垂頭喪氣、無精打采、孤零零地。

12. 見てた：=「見ていた」。「見る」+「...ている」→→「見ている」=「見てる」(現在進行式)→「見ていた」。歌詞中省去「いる」的語幹「い」，有無「い」，意思不變，此歌詞是過去進行式，或過去的狀態。譯為看著。

13. 死ぬ気になれば：「気になる」(慣)①擔心、掛心②有心、有意、心想...。「なる」屬第一類動詞，「なる」的語尾「る」變「れ」+「ば」→→「なれば」。「なる」〈成、變成〉→→「なれば」〈變成...的話〉〈如果變成...的話〉☞P 28-14。「気」(名)歌詞指心、心思、情緒、心情之意。「死ぬ気」用動詞「死ぬ」修飾「気」，整句譯為假如有心去死的話。

14. ふたりとも：「～とも」(接尾)表全部、一起之意，「ふたりとも」〈兩個人一起〉。

15. 霞の彼方：「霞」(名)彩霞。「彼方」(代)那邊。

16. 行かれたものを：「行かれる」是「行く」的被動、尊敬、可能、自發性動詞形。「行く」的「あ」段音+「れる」(助動)變化成「行かれる」。「行く」〈去 〉→→「行かれる」〈可以去 〉→→「行かれた」〈可以去了〉。依前後兩句歌詞之意，判斷此處「行かれた」為可能動詞用法。文型「V4」+「ものを」(接助)=「V4」+「のに」(接助)「卻...、可是...、還不如...、應該...」。

17. 散る：(自Ⅰ)花落、花謝。☞P 190-3

18. どこか：=「どこ」(代)+「か」(副助) ①哪裡②總覺得、好像。這裡用「あの娘」+「の」+「どこか」，所以翻譯為某處。若是「どこか変だ。」〈總覺得怪。〉

19. 面影匂う：「面影」(名)①面貌、容姿、影像②遺跡③作風、遺風。「匂う」(自Ⅰ)有香味。歌詞中省略了「が」(格助)，本應「面影が匂う」〈發出容貌的香味、感染到臉龐的味道〉。

20. 切ない影が：「切ない」(形容) 痛苦的、苦悶的、難過的、苦惱的。前後句整理後成為「切ない影が背広の胸に、この俺の心に遺るよ」〈痛苦的形影留在西裝的胸膛上和我內心裡呀！〉。「遺る」(自Ⅰ)=「残る」①留下②遺留、殘留③剩餘。「に」(格助)表動詞動作的歸著點。

雨の中の二人 | 雨中的兩個人

作詞：宮川哲夫 | 作曲：利根一郎 | 唄：橋幸夫 | 1966

一：

01. 雨が小粒の真珠なら	如果雨是小顆珍珠的話，
02. 恋はピンクのバラの花	愛情就是粉紅色玫瑰，
03. 肩を寄せ合う　小さな傘が	肩併肩依偎著的小傘，
04. 若い心を燃えさせる	讓年輕的心燃燒，
05. 別れたくない二人なら	我們若是不想分開的兩個人，
06. 濡れてゆこうよ　どこまでも	一起淋著雨走吧！不管到何處。

二：

07. 好きと初めて　打ち明けた	第一次表白我喜歡妳，
08. あれも小雨のこんな夜	那時也跟今夜一樣下著雨，
09. 頬に浮かべた可愛いえくぼ	臉頰上浮現出可愛的酒渦，
10. 匂いうなじも　僕のもの	散發香味的頸子也是屬於我的，
11. 帰したくない君だから	我不想讓妳回去，
12. 歩き続けていたいのさ	因此，想這樣一直走著喔！

三：

13. 夜はこれから一人だけ	今夜起，只有我一個人，
14. 君を帰すにゃ　早すぎる	要是讓妳回去，不是太早了嗎?

15. 口(くち)に出(だ)さぬが思(おも)いは同(おな)じ　　雖然沒說出口，但卻有相同想法，

16. そっと頷(うなず)く、いじらしさ　　悄悄地令人憐惜地點頭答應，

17. 別(わか)れたくない二人(ふたり)なら　　如果是一對不想分開的情人，

18. 濡(ぬ)れてゆこうよ　どこまでも　　淋著雨走吧！不管到哪裡，

19. どこまでも、どこまでも　　不管到哪裡，不管到哪裡。

語詞分析

1. 真珠なら：此句譯成「要是珍珠的話」。文型「N」+「なら」「如果...的話　」☞P92-1。

2. 小さな傘が若い心を燃えさせる：「燃えさせる」為使役動詞用法。文型「V1」+「せる」、「させる」，第一類動詞加助動詞「せる」，第二類動詞加「させる」，中譯為「使...、　讓...、叫...、令...」。「燃える」(Ⅱ)〈燃燒〉→→「燃えさせる」〈讓...燃燒、使...燃燒〉。整句翻成小傘讓年輕的心燃燒☞P148-3

3. 別れたくない：「別れる」(自Ⅱ) 去語尾「る」加「たい」(助動)☞P60-12，再去「たい」的語尾「い」變「く」加「ない」(否定助動詞)。「別れる」〈分離〉→→「別れたい」〈想分離〉→→「別れたくない」〈不想分離〉。

4. 濡れてゆこう：「濡れてゆこう」(常體) =「濡れて行きましょう」(敬體)。「濡れる」(自Ⅱ) 中文淋濕的意思，去其語尾「る」加「て」(接助) 再加動詞「行きましょう」而成，文型「V2 て行く」此處表動作的接續作用。「行きましょう」〈去吧！〉為「行く」的勸誘形，表勸誘或決心，整句是淋著雨去吧！

5. どこまでも：(副)「どこ」(名) 那裡、何處。「まで」(副助) 到。「も」(副助) 也。組成後的語詞後為「どこまでも」〈到哪裡也、任何地方都〉。「どこ」+「まで」+「も」→→「どこまでも」。

6. 初めて：(副)首次、第一次。

7. 好きと打ち明けた：「と」(格助) 為「打ち明ける」(他Ⅱ) 的表示內容，「～と打ち明ける」〈無隱瞞地說出、表明、表白〉，「打ち明ける」(他Ⅱ) ＋「た」(助動) →→「打ち明けた」(過去式)〈表白了〉。故這句中譯為表明愛妳。

8. 可愛いえくぼ：「可愛い」(形容) 可愛的。「えくぼ」【笑窪】【靨】(名) 酒窩。這名詞相關的成語名句有「あばたもえくぼ」，中譯為「情人眼裡出西施」。「あばた」漢字寫成【痘痕】。指青春痘留下的痕跡。「も」(副助) 中文為「也」之意 ，組合後直譯為青春痘的痕跡也是酒窩， 意譯為情人眼裡出西施。

9. 帰したくない：「帰す」(他Ⅰ)叫某人回去、讓某人回家。文型「V2」＋「たい」「想...」 ☞P60-12 。 「帰したい」〈想叫某人回去〉 ，然後將句中的助動詞「たい」去「い」變「く」加「ない」→→「V2」＋「たくない」「不想...」。「帰す」〈叫某人回去、讓某人回家〉→→「帰します」〈叫某人回去、讓某人回家〉→→「帰したい」〈想叫某人回去〉→→「帰したくない」〈 不想叫某人(讓妳)回去〉。

10. 歩きつづけていたい：「歩きます」＝「歩く」(自Ⅰ)〈走〉＋「続けます」(他Ⅱ)〈繼續〉→→「歩き続けます」〈繼續走〉→→「歩き続けている」〈繼續走著〉＋「たい」(助動) →→「歩き続けていたい」〈想繼續走著〉，「いる」(自Ⅱ) 當補助動詞用，去其語尾「る」加上表希望助動詞「たい」(助動)之後成為「いたい」。文型「V2」＋「つづける」【～続ける】(他Ⅱ)「繼續...」本動詞常與其他的動詞相連接後，成為複合動詞。

11. ～にゃ：
①＝「～には」「要是...、要...就得...」 例：「その電車に乗るには、予約をとる必要がある。」〈要搭那班電車的話需要預約〉
②＝「～ねば」、「～なければ」、「不...的話...」 例：「帰らにゃならん＝帰らなければならない。」〈不回家不行、一定要回家〉 ☞P140-27

12. 早すぎる：本句翻譯為太早、太快。文型為「V2」＋「過ぎる」。「～すぎる」【～過ぎる】(自Ⅱ)＝「～過ぎます」「太...、過於...」。「過ぎる」此處當接尾動詞用，「早い」(形容)〈早〉＋「～すぎる」→→「早すぎる」〈太早〉，連接「過ぎる」時，文法為形容詞去語尾「い」加上「すぎる」。

13. 口に出さぬ：「口に出す」(片)〈說出口〉，文型「V1」+「ぬ」(助動)，「ぬ」=「ない」〈沒有、不、無〉 ☞表 9 ，「口に出す」+「ぬ」→→「口に出さぬ」=「口に出さない」=「口に出しません」〈沒說出來〉。

14. そっと：(副)悄悄地、靜靜地。

15. うなずく：【頷く】(自Ⅰ)點頭答應。

16. いじらしさ：(名)「いじらしさ」為「いじらしい」(形容)的名詞形。形容詞去語尾「い」加「さ」 ☞P47-18 ，中譯為可憐。

いい日旅立(ひたびだ)ち ｜ 好日子出發去旅行

作詞/作曲：谷村新司 ｜ 唄：山口百恵 ｜ 1978

一：

01. 雪解(ゆきど)け真近(まじか)の北(きた)の空(そら)に向(む)かい	朝向將要融雪的北方天空，
02. 過(す)ぎ去(さ)りし、日々(ひび)の夢(ゆめ)を叫(さけ)ぶ時(とき)	呼喚著過去的日日夢想時，
03. 帰(かえ)らぬ人達(ひとたち)、熱(あつ)い胸(むね)をよぎる	不回家的人的心中，閃過一陣熱血奔騰。
04. せめて今日(きょう)から一人(ひとり)きり旅(たび)に出(で)る	至少，今日起要單獨一個人去旅行，
05. ああ、日本(にほん)のどこかに	啊！在日本的某處，
06. 私(わたし)を待(ま)ってる人(ひと)がいる	有個等著我的人。
07. いい日旅立(ひたびだ)ち、夕焼(ゆうや)けを探(さが)しに	好日子出發去旅行，去尋找夕陽，
08. 母(はは)の背中(せなか)で、聞(き)いた歌(うた)を道連(みちづ)れに	跟在母親背上所聽過的歌為伴，一起去旅行。

二：

09. 岬(みさき)の外(はず)れに少年(しょうねん)は魚(さかな)つり	岬灣的盡頭，有少年在釣魚，
10. 青(あお)い芒(すすき)の小路(こみち)を帰(かえ)るのか	會經過這條青綠芒草小路回家嗎？
11. 私(わたし)は今(いま)から思(おも)い出(で)を創(つく)るため	我現在為了創造回憶，
12. 砂(すな)に枯(か)れ木(き)で書(か)くつもり”さよなら”と	打算用枯樹枝在砂子上，寫下「再見」。
13. ああ、日本(にほん)のどこかに	啊！在日本的某處，
14. 私(わたし)を待(ま)ってる人(ひと)がいる	有個等著我的人。

15. いい日旅立ち　羊雲を探しに	好日子出發去旅行，去尋找絮狀雲，
16. 父が教えてくれた歌を道連れに	帶著父親所教我的歌為伴，一起去旅行。
17. ああ、日本のどこかに	啊！在日本的某處，
18. 私を待ってる人がいる	有個等著我的人。
19. いい日旅立ち　幸福を探しに	好日子出發去旅行，去尋找幸福，
20. 子供の頃に歌った歌を道連れに	帶著孩提時的歌為伴，一起去旅行。

語詞分析

1. いい日：「いい」(Adj)〈好〉＋「日」(名)〈日子〉→→「いい日」〈好日子〉

2. 旅立ち：「旅立つ」(自Ｉ) 出發去旅行，歌名中的「旅立ち」為其名詞形。日語動詞的名詞形，將「旅立つ」→→「旅立ちます」的「ます」去掉即可。

3. 雪解け真近：「雪解け」(名) 雪融。「真近」：跟前、眼前。兩名詞連在一起中譯為即將雪融、快要融雪。

4. 空に向かい：＝「空に向かって」，此為文章體省去助詞「て」。「向かう」(自Ｉ) ①向、朝②面向、相對③往...去④傾向、轉向⑤接近⑥反抗。此解釋為「往」。「空」(名) 一般除當天空、空中解釋外，這裡當旅行的「地方」或旅行的「途中」之意，例如「旅の空」可中譯為旅途。

5. 過ぎ去りし：「過ぎ去る」(自Ｉ)〈過去、通過〉→→「過ぎ去り」(動詞V2)→→「過ぎ去り」＋「し」(助動)→→「過ぎ去りし」＋「日々の夢」＝「過ぎ去りし日々の夢」〈過去的每日的夢〉(古語)＝「過ぎ去った日々の夢」(現代語)。古文助動詞「き」表過去，文型為「V2」＋「き」。「し」為「き」的連體形。表 16。「過ぎ去る」①通過②過去、消逝、完了。

6. 日々の夢を叫ぶ時：「日々」(名) 每天、天天。「叫ぶ」(自Ｉ) ①大聲喊叫

②呼籲、呼喊。「夢を叫ぶ」〈大聲叫出夢想〉修飾名詞「時」，因此整句中譯為大聲叫出每天的夢想的時候。

7. 帰らぬ人達：「帰る」(自Ⅰ)〈回去〉→→「帰らない」〈不回去〉=「帰らぬ」〈不回去〉→→「帰らぬ」+「人達」(名)〈人們〉→→「帰らぬ人達」〈不回去的人們〉。「V1」+「ない」=「V1」+「ぬ」☞P 39-13 表 9 。

8. 熱い胸をよぎる：「よぎる」【過ぎる】(自Ⅰ)穿過、通過、掠過。此歌詞可思考為「夢は帰らぬ人達の熱い胸をよぎる」〈夢想閃過不回家的人們熱切的心〉。

9. せめて：(副)至少、起碼。

10. 一人きり旅に出る：=「一人きりで旅に出る」。歌詞中省去表示狀態的格助詞「で」。「きり」(副)意思是只、僅。「一人きり」〈只有一個人〉。此詞跟「だけ」相似，不過也有不同之處☞P170-14。「旅に出る」出發去旅行。

11. 日本のどこかに私を待ってる人がいる：存在句句型「～に～がいる」「在...有...」。歌詞「日本のどこか」〈在日本某處〉，「か」(終助)表不確定。「に」(格助)表存在地點。「私を待っている」〈等著我〉。歌詞中省去補助動詞「いる」的語幹「い」。「待つ」(他Ⅰ)〈等待〉+「V2 ている」(現在進行式句型)→→「待っている」〈等待著〉。再以此句「私を待ってる」動詞子句修飾「人」，於是整句譯為在日本某處有個等著我的人。

12. 夕焼けを探しに：「夕焼け」(名)晚霞。「夕焼けを探す」〈尋找晚霞〉。「探す」(他Ⅰ)尋找、探求、搜查、追求。「に」(格助)表動詞「旅立つ」的目的。文型為「V2」+「に」。

13. 母の背中で聞いた歌を道連れに：「で」(格助)表動詞「聞いた」的動作地點。「道連れに」的「に」(格助)表動詞「旅立つ」的目的。「道連れ」(名)旅伴。整句中譯為把在母親背上聽到歌當作旅伴去旅行。

14. 岬の外れに：「外れ」(名) ①盡頭 ②期望落空。「岬」(名)海角、峽灣。此整句解釋為峽灣的盡頭，「に」(格助)表動詞「魚釣りをする」目的點。

15. 魚つり：「魚を釣る」〈釣魚〉→→「魚つりをする」〈釣魚〉。歌詞中只用名詞，省略了「する」。

16. 小路を帰るのか：「を」(格助)表動詞經過的場所，表示經過這小路回家。「の」

(格助)表說明原因理由。「か」(終助)表疑問。整句譯為經過這小路回家。

17. 思い出を創るため：「思い出」(名)回憶。「創る」(他Ⅰ)創造、製造。「V4」+「ため」「為了...」☞P196-19。此句譯為「為了創造回憶」。

18. 砂に枯れ木で書くつもり “さよなら” と：「に」(格助)表動詞「書く」寫入的歸著點。「で」(格助)表方法，中譯為「用、以」。「枯れ木」(名)枯木。文型「V4」+「つもり」「打算...」。「と」(格助)表動詞「書く」寫的內容。故此句翻譯為打算用枯木在沙子上寫下再見。

19. 羊雲：(名)絮狀雲。

20. 父が教えてくれた歌を道連れに：「を」、「に」(格助)同本篇解釋 13。「父が教えてくれた」〈父親教我的〉+「歌」〈歌〉→→「父が教えてくれた歌」〈父親教我的歌〉。文型「V2」+「～てくれる」為授受動詞之一，表從外到內的一種授與動作，「くれる」為用於家人或平輩之間。

21. 子供の頃に、歌った歌を道連れに：助詞「を」和「道連れに」的「に」(格助)同本篇解釋 13。「子供の頃」的「に」也是格助詞，但這邊表示時間定點，意指在小孩子時候。

浮き草暮らし ｜ 漂泊的日子（浮萍的日子）

作詞：吉岡治 ｜ 作曲：市川昭介 ｜ 1981

一：

01. 明日のことさえ、分かりはしない	我連明天都不知道
02. 他にいいやつ、見つけなと言う	有人說請找個其他的好男人
03. 幸せに ああ、なれなくたって	啊！即使不會有幸福
04. ついてゆきます　ねえ　あなた	也要跟著你呀！
05. 明日の苦労が見えたって	縱使看得見明日的辛苦
06. ついてゆく	也要跟著你

二：

07. 無駄にするなよ 二度ない青春を	青春只有一次，別虛度喔！
08. 浮き草ぐらしと　ふと目が笑う	突然喜上眉梢笑說那是浮萍的日子
09. 幸せに　ああ　なれなくたって	喂！即使不會有幸福
10. そっと咲きます　ねえ　あなた	你也悄悄地有了快樂啊！
11. 側にあなたが　いればいい	只要你在身邊就好了
12. いればいい	有你就好。

三：

13. 肩に縋れば、よせよと照れる	摟住你的肩膀，就會害羞地說：「我們之間作罷吧！」
14. そんなあなたの横顔が好き	我喜歡你那側影

15. 幸せに ああ なれなくたって　　啊！即使不會有幸福

16. ついてゆきます　ねえ　あなた　　我也要跟著你呀！

17. あなたのために、生きたいの　　想為你而活喔！

18. 生きてゆく　　為你活下去。

語詞分析

1. 浮き草ぐらし：「浮き草」(名) ①浮萍②比喻生活不安定、不穩定。「くらし」【暮らし】(名) 此處因名詞接名詞，所以後面的名詞，變成濁音「ぐらし」。「浮き草」〈浮萍〉＋「くらし」〈日子、 生活〉→→「浮き草ぐらし」〈漂泊的日子、浮萍般的生活〉。

2. さえ：(副助)連...甚至於...☞P70-16。

3. 分かりはしない：「分かる」(自Ｉ)〈懂、明白〉→→「分かりません」〈不懂、不明白〉→→「分かり」＋「は」＋「しない」→→「分かりはしない」〈不懂、不明白〉。先把動詞改成名詞，加上副助詞「は」再接動詞「する」的否定形「しない」，這為日語動動詞強調用法之一。

4. やつ：【奴】(名) ①(用於鄙視別人或親密的人之間)人、傢伙 ② (代) 那小子、 那傢伙。

5. 見つけなと言う：「な」 (終助)用法有①「V3」＋「な」表示禁止、不要、不可 。例「用事のない者は入るな」 〈閒人勿進〉②「V2」＋「な」表示命令或叮嚀囑咐。例：「あしたは、もっと早く来な」 〈明天請早點來〉③接在「なさい」、「ください」、「いらっしゃい」、「ちょうだい」等語詞後，表示委婉語氣，女性用得多。例「よく、勉強しなさいな」 〈要好好唸書喔！〉④「な」加上「あ」→→「なあ」的形式，表示感嘆、盼望的心情；表同樣的看法等。例「よく出来たなあ」。〈做的挺棒的啊！〉。 這裡的「見つけな」屬於第二種用法，就等於「見つけなさい」〈請找〉，「見つける」 (他Ⅱ)發現、 發覺 、 找。「見つける」→→「見つけなさい」＝「見つけな」。文型「～と言う」①「要說出... 」、「要說...」②「聽說」，因此這歌詞譯為

「人家說請去找。」

6. ああ：(感) 表驚訝嘆息、悲傷喜悅時用語。

7. 幸せになれなくたって：「たって」 (接續)這助詞是「たとえ」變化而來。「V2」 +「たって」=「V2」 +「ても」「即使… 」「縱使…」。「たって」例①「今(いま)さら言(い)ったって、もう遅(おそ)い。」〈即使現在說也都太遲了〉。「なる」(自Ⅰ)〈變成〉→→「なれる」〈能變成 、會變成〉→→「なれない」〈不能變成、 不會變成〉(可能動詞形加上否定助動詞「ない」)→→「なれなくたって」〈即使不能變成、即使不會變成〉。「幸せになる」〈有幸福〉→→「幸せになれる」〈會幸福、會有幸福〉→→「幸せになれない」〈不會有幸福〉→→「幸せになれなくたって」=「幸せになれなくても」」〈即使不會有幸福〉。「幸せになれない」的助動詞「ない」是形容詞詞性，其接續「たって」時，以連用形接續，必須去其語尾「い」變成「く」再加上「たって」 。

8. ついてゆきます：「付く」(自Ⅰ)跟、跟隨。「つく」→→「ついて」。第一類動詞語尾「か」行者，在文型「V2」+「て」必須音便☞表 8。「～てゆきます」=「～ていきます」。此處「て」表動作接續，中譯為「跟去、跟著去」。

9. ねえ：(終助) ①「ね」的強調形說法 ②拜託他人時候用法。是「なさい」的比較不禮貌用法，使用於對晚輩時。同時也具有「くれないか」的意思。例 1「済(す)まねえが、千円(せんえんか)貸してくんねえ」〈對不起啦！能借我一千日圓〉例 2「寿司(すしく)食いねえ」〈吃壽司呀！〉 ③ (感)此歌詞為此用法，處表呼喊或催促他人時用語，中譯為「喂！」

10. 見えたって：「見える」(自Ⅱ)〈看得到〉→→「見えたって」〈即使看得到〉。接續助詞「たって」請參考本解釋 7。

11. 無駄にするな、二度ない青春を：把歌詞前後調動，重寫後成為「二度ない青春を無駄にするな」〈別浪費只有一次的青春〉。格助詞「を」表上接前面「二度ない青春」受詞之用。「二度ない」用來修飾「青春」。「二度ない」此句省略了格助詞「と」，例如「二度とない」〈只有一次、不超過兩次〉。「無駄にする」這是形容動詞動詞化的用法，文型「～を AdjV2 にする」。例①「町(まち)を綺麗(きれい)にしましょう。」〈保持街道的乾淨吧！〉②「教室(きょうしつ)を静(しず)かにする。」〈教室保持安靜〉。「無駄」(形容な) 白費浪、徒勞。「V 3」+「な」

（終助）表否定禁止，見本篇解釋 5。故「青春を無駄にするな」中譯為不要浪費青春。

12. 浮き草暮らしと　ふと、目が笑う：「と」（格助）表動詞「笑う」的內容。「ふと」（副）忽然、偶然、不經意。「目が笑う」這是一句片語，等於「喜びがある」、「密かな喜び」、「胸に淡く喜びが通う」的意思，因此翻譯為喜上眉梢、偷偷地的竊笑之意。

13. そっと　咲きます：（副）悄悄地、輕輕地、安靜地、偷偷地。「咲きます」花開、開花之意，不過，它另有其意，此動詞有熱鬧起來、繁盛、高峰、光芒畢露之意。因此在此歌詞中，用來說明人非常開朗、心花怒放之感

14. 側にあなたがいれば、いい：將歌詞重組後，變成「あなたが側に居れば、いい」〈有妳在我身邊的話，就好了〉。「あなたがいる。」〈你在〉→→「あなたがいれば…」〈你在的話〉。假定形文型「V5」＋「ば」。假定形也是條件句的之一，故格助詞「が」，表條件句主語。文型「V5」＋「ば」（接助）「如果…的話、若…就…」例：
① 例を引けば、すぐ分かります。〈舉例就能馬上了解〉
② 雨が降れば、行かない。〈若是下雨就不去〉
③ お金があれば、旅行に行きます。〈有錢就會去旅行〉
④ 一日休めば、元気になるさ。〈休息一天，就會有精神的啦！〉

15. 肩に縋れば：「縋る」（自Ⅰ）〈摟住〉→→「縋れば」〈摟住的話就…〉。假定形文法見上題。「縋る」（自Ⅰ）①杖著、扶、拄 ②纏住、摟住 ③依賴、依靠。故此句中譯為摟住你的肩膀，就會…。

16. よせよと照れる：「よせ」是「止す」（他Ⅰ）的命令形說法☞p85-32。「止す」〈停止、作罷〉→→「よせ」〈停、停呀！〉。「よ」（終助）呀！啦！ 呦！囉！。「と」（格助）表示後面所接動詞「照れる」的內容。「照れる」(自Ⅱ)害羞、難為情、靦腆。

17. 横顔：（名） ①側臉、側面、側影。 ②指一個人從旁得知的簡介。

18. あなたのために：中譯為「為了妳」或「因為妳」。文型「～ために」「為了…」「因為…」。「あなた」是名詞，所以必須加格助詞「の」再加「ために」，動詞則用「V4」＋「ために」。

19. 生きたいの：文型「V2」+「たい」(助動)「想…」☞P151-22。「生きる」(自Ⅱ)〈活下去〉+「たい」時，去其語尾「る」+「たい」，成為「生きたい」〈想活下去〉。「の」(終助)「啦！嗎！」，此處屬於下列用法②。

「の」為女性常用語，用法：

A、表示疑問：①「今日行くの。」〈今天去嗎?〉。②「祭りは何時から始まりますの。」〈廟會何時開始啊！〉

B、委婉表示自己看法： 例「とても、いやなの。」〈真討厭耶！〉

C、輕輕引起對方注意：例「私これから、出かけますの。よろしければ、いらっしゃいませんか。」〈我這就要出門，怎樣！一塊兒出去不?〉

D、表示勸勉：例「心配することはいらないの。」〈不必擔心啦！〉

E、表示命令語氣： 例「ゲームなんかしていないで、勉強するの。」〈別打什麼電動了，讀書吧！〉

20. 生きてゆく：中譯為活下去、繼續活下去之意，此處為漸遠態用法。
文型「V2」+「～てゆく」=「V2」+「～ていく」，其意有：

〈1〉表動詞的接續。「友達を駅まで送っていく。」(送朋友去火車站)
「子供を連れて行く。」(帶小孩子去)

〈2〉表漸遠態。表過去到未來或現在到未來。「顔がだんだん変わっていく。」
(臉漸漸地變紅)(表持續在變化中)

〈3〉「だんだん寒くなっていく。」(天氣漸漸地變冷)(已經冷還會更冷)

ウーヤーホェ ｜ 雨夜花 (雨(あめ)の中(なか)の花(はな))

作詞：周添旺 ｜ 作曲：鄧雨賢 ｜ 唄：テレサ·テン (鄧麗君) ｜ 1981

01.	雨(あめ)の降(ふ)る夜(よ)に咲(さ)いてる花(はな)は	下雨的夜晚，開著的花
02.	風(かぜ)に吹(ふ)かれて　ほろほろ落(お)ちる	被風吹得紛紛落下
03.	白(しろ)い花(はな)びら　しずくに濡(ぬ)れて	白色花瓣，被露珠沾濕
04.	風(かぜ)のまにまに、ほろほろ落(お)ちる	隨風飄落
05.	更(ふ)けて淋(さび)しい　小窓(こまど)の灯(あか)り	夜深寂寞，小窗的燈光
06.	花(はな)を泣(な)かせる　胡弓(こきゅう)の調(しら)べ	胡琴調使花哭泣
07.	明日(あす)はこの雨(あめ)　やむやも知(し)れぬ	這雨明日不知是否會停?
08.	散(ち)るを急(いそ)ぐな　可愛(かわい)い花(はな)よ	可愛的花， 別急著散落啊！
09.	雨夜花，雨夜花，受風，吹落地	雨夜花，雨夜花，被風雨吹落地面
10.	瞑日怨嗟，花謝落土，不再回。	日日嘆息，花謝歸塵土，不再回來
11.	雨(あめ)の降(ふ)る夜(よ)に、咲(さ)いてる花(はな)は	下雨的夜晚，開著的花
12.	風(かぜ)に吹(ふ)かれて　ほろほろ落(お)ちる	被風吹得紛紛落下

語詞分析

1. 本首歌本為日治時期的 1934 年，最早是由台灣文學家廖漢臣所作的一首兒歌，然後經由作詞者周添旺先生改編，據說因周添旺經常流連酒家等場所，無意間聽得一位酒家女的故事，該女細訴經過給周添旺，原來她愛上同鄉一位男士，他去臺北打拼多年，卻杳無音訊，女孩決心北上找尋，但該男生早已另娶他人，女子無顏回鄉，流落臺北，淪為酒女，周添旺深受感動，故作「雨夜花」一詞，並請鄧雨賢先生譜曲。這首歌也受日人喜歡，改編了這曲子，在日侵華期間，再該編成「誉めの軍夫」(榮譽的軍伕) (作詞：栗原白也　唄; 霧島升)(1938)，用以鼓舞台灣人從軍　，為日皇犧牲。1942 年，由日人「西条八十」作詞，「渡辺はま子」演唱改編出日文版雨夜花，日文曲名「雨の夜の花」。本書引用的是 1981 年鄧麗君小姐所唱出的歌詞，所以內含一段台語歌詞。

2. 咲く :(自Ⅰ) 它屬第一類動詞，語尾為「く」的族群，當加上文型「V2」+「～ている」時必須音便。「咲く」〈開花〉→→「咲いている」〈花開著、開著花〉→→「咲いてる」(省去補助動詞「いる」的「い」)。

3. 風に吹かれて :「風に吹かれる」被動式語氣說法，文型「V１」+「れる」。第一類動詞用語尾「あ」段音接「れる」。被動式助動詞「れる」，屬第二類動詞，再去其語尾「る」後加上「て」，「風が吹く」〈風吹〉→→「風に吹かれる」〈被風吹〉→→「風に吹かれて」〈被風吹而...〉，此處「て」表動作接續。被動式文型「V1」+「れる / られる」(助動) 。「に」為被動式的施予動作主的助詞。被動式文型例：

① 取(と)る。〈拿〉 (他Ⅰ)→→取(と)られる。〈被拿〉
② 嫌(きら)う。〈嫌棄〉 (他Ⅰ)→→嫌(きら)われる。〈被嫌棄〉
③ 食(た)べる。〈吃〉 (他Ⅱ) →→食(た)べられる。〈被吃〉
④ する。〈做〉 (他 Ⅲ)→→される。〈被做〉
⑤ 来(く)る。〈來〉(自Ⅲ) →→来(こ)られる。〈被別人來，別人來訪〉

順便補充一下，日語中的被動式並非只有被動之意，其他用法上，還有尊敬可能、自發這三項，因此在判斷上，必須藉由前後句子或上下對話關係去了解，方能徹底明白，現舉例如下：

① 東京(とうきょう)へ行(い)かれますか。
〈若是尋問長輩和老師，意思是說老師您要去東京嗎?〉(表尊敬)
② 東京(とうきょう)へ行(い)かれますか。(表可能)
〈若是尋問平輩或要問能否前往時，意思是說你可以去東京嗎?〉
③ 母(はは)のことが思(おも)われる。〈想起媽媽〉(表自發) (自然的、不由得表現形態)

4. ほろほろ：(副)　輕輕落下貌，修飾後面動詞「落ちる」。

5. 花びら :(名)【花弁】花瓣。

6. しずく :(名)【雫】、【滴】水滴、水珠。

7. 濡れる：(自Ⅱ) 沾濕、濕潤、濕掉。「濡れる」+「て」→→「濡れて」〈沾濕而…〉。

8. まにまに：(副)隨意、隨著、任隨、順勢。

9. 更ける：(自Ⅱ) 夜深。

10. 灯り：(名)【明かり】燈火、燈光。

11. 調べ：(名) 此處指音樂的調，「胡弓の調べ」指胡琴的調。

12. 胡弓：(名) 胡琴。

13. やむやも知れぬ：「やも」(助)(連語)表詠嘆和疑問，等於「～かなあ、～であろうか」「…吧！」。「やも知れず」(連語)＝「やも知れぬ」＝「かも知れない」＝「かも知れません」; 慣用語句型「V3/V0」+「かもしれない」，中譯為或許、說不一定。「止む」(自Ⅰ)停止。整句譯為或許會停吧！。

14. 散るを急ぐな：「な」(終助)。禁止句文型「V3/V0」+「な」(終助)「不要…。別…、禁止…」☞P26-5,195-12 。「急ぐ」(自他Ⅰ)急、加快、趕，此句譯為不要趕著謝落。此句為文言文用法，現代語應先把動詞加上形式名詞作用助詞「の」，再接「を」才可當動詞「急ぐ」的受詞。故「散るを急ぐな」＝「散るのを急ぐな」

15. 可愛い：(形容) 可愛的。

江差恋(えさしこい)しや ｜ 江差戀情

作詞：高橋掬太郎 ｜ 作曲：飯田三郎 ｜ 唄：三橋美智也 ｜ 1956

一：

01. 江差恋(えさしこい)しや、別(わか)れて三月(みつき)	江差戀情呀！ 分手後已過三個月
02. 夢(ゆめ)もある娘(こ)のことばかり	夢裡盡是妳的影子
03. 沖(おき)の鴎(かもめ)の鳴(な)く声(こえ)聞(き)けば	聽到海上海鷗的鳴叫聲
04. 逢(あ)えぬ辛(つら)さが　えー身(み)に沁(し)みる	不能相會的痛，透澈心扉

二：

05. 影(かげ)は瞼(まぶた)に思(おも)いは胸(むね)に	妳的倩影浮現眼簾，妳的思念藏心底
06. 一人(ひとり)はるばる波(なみ)の上(うえ)	一個人走在「高島忍路」上，月亮西下，浩瀚大海
07. 月(つき)が傾(かたむ)く高島忍路(たかしまおしょろ)	至少也要打聽一下妳的消息
08. せめて聞(き)きたや、えー風便(かぜたよ)り	即使是一點風聲也可以

三：

09. 飛(と)んで行(い)きたい心(こころ)はあれど	我雖有想飛去的心
10. 船頭(せんどう)する身(み)は船任(ふねまか)せ	掌船的我，任船而去
11. 無事(ぶじ)でいるかと鴎(かもめ)に問(と)えば	一問海鷗　:「妳是否平安呢?」
12. 泣(な)いているよな　えー声(こえ)がする	似乎傳來妳的哭泣聲。

語詞分析

1. 江差：(地) 江差。位於北海道南端，面日本海，屬於江差町，人口約十萬多人。說到「江差」的語源，該語為北海道原住民「愛奴族」的族話，意思為「岬」【みさき】之意。中文為岬灣。

2. 江差恋しや：「恋しい」=「恋し」(文) 愛慕的、愛戀的。「恋し」+「や」(文)(終助) =「恋しや」。「や」(終助) 在文言文中表示感動或失望的心情。譯為呀！唉呀！參考本篇解釋 16 以及「奧飛驒慕情」解釋 19☞P48-19

3. 別れて三月：「別れて」為動詞「別れる」(自Ⅱ) 的「て」形，接續助詞「て」此處表動作的接續，譯成「...之後」，所以歌詞翻譯成分手後。「三月」(名) 三個月。

4. ある娘のことばかり：此句中譯為盡是某姑娘。「ある～」(連體) 表不特定或未確定，中文翻譯為「某個...」「某...」。「娘」(名) ①女兒②小姐、姑娘。「こと」(名) 此處意思為事情、事，翻譯時常省略之。「名」+「ばかり」(副助)「全...、都...、盡是、只有、老是...」。例：

① 「こればかりのお金。」 (僅僅這些錢)
② 「小説ばかり読みます。」 (只看小說)
③ 「学問ばかりでは、成功できない。」 (光靠學問， 無法成功)
④ 「この子はテレビばかり見たがります。」 (這孩子光想看電視)
⑤ 「陳さんはお酒ばかり飲んでいる。困ったものだ。」
(陳先生光喝酒，真傷腦筋)

5. 沖の鴎：「沖」(名) 海面、海上、洋上、海洋、湖心。「鴎」(名) 海鷗。

沖の鴎の鳴く声：=「沖の鴎が鳴く声」。「鳴く」(自Ⅰ) 鳴叫。故此句中譯為海上海鷗啼聲。沖の鴎の鳴く声聞けば：=「沖の鴎の鳴く声を聞けば」歌詞中省去格助詞「を」。文型「V5」+「ば」(接助)「要是...就...」「如果... 就...」☞P28-14。故此句中譯為聽到海上海鷗啼聲的話就...。「聞く」(他Ⅰ)〈聽、聽到〉→→「聞けば」〈聽到的話〉。

6. 逢えぬ辛さ：「逢う」(自Ⅰ)〈見面〉→→「逢える」〈能見面、能相見〉→→「逢えない」〈不能見面〉=「逢えません」=「逢えぬ」。動詞「逢う」變成可能動詞「逢える」☞P34-6。「Ｖ１」+「ない」=「Ｖ１」+「ぬ」(助動) 表 9。「辛い」(形容)〈痛苦的 、困難的 、艱難的〉→→「辛さ」

（名）〈痛苦、困難、艱難〉，形容詞變成名詞，必須將語尾「い」去掉，加上「さ」☞P47-18。「逢えぬ」修飾「辛さ」即可中譯為見不到妳的痛苦、不能相見的痛苦。

可能動詞用法。屬第一類動詞，用語尾的「え」段音，加「る」第二類動詞去動詞的語尾「る」或「ます形」的「ます」，加「られる」即為其可能動詞形。舉例如下：

① 歌(うた)う(Ⅰ)→→歌(うた)える。〈會唱、能唱〉
② 行(い)く（Ⅰ）→→行(い)ける。〈可以去、能夠去〉
③ 食(た)べる（Ⅱ）→→食(た)べられる。〈敢吃、會吃、能吃、可以吃〉
④ 入(い)れる（Ⅱ）→→入(い)れられる。〈能加入、可以放入〉
⑤ 感(かん)じる（Ⅲ）→→感(かん)じられる。〈能夠感覺到〉
⑥ 来(く)る（Ⅲ）→→来(こ)られる。〈能夠來、會來〉

7. えー：＝「ええ」（感）①表驚訝。啊！ ②表應答時。好吧！耶！ ③表說話的間隔。嗯！

8. 身に沁みる：「沁みる」【染みる】（自Ⅱ）①滲、浸 ②刺。例如「夜風が身にしみる」〈夜風刺骨〉 ③感動。例如「彼の親切が身にしみる」〈他的親切令人感激〉 ④染上、沾染。此歌詞主語為「逢えぬ辛さ」（不能相見的痛苦），整句「逢えぬ辛さが身に沁みる」翻譯為不能相見的痛苦，深滲體內。再修飾翻譯成「不能相見，痛澈心扉」。

9. 影は瞼に：「瞼」（名）眼瞼、臉皮、眼簾。「に」（格助）

10. はるばる：（副）遙遠。

11. 月が傾く：「傾く」（自Ⅰ）①傾斜 ②偏斜、偏 ③有傾向 ④衰微、衰落。此為月亮西沈之意。

12. 高島忍路：（名）「高島」和「忍路」為北海道舊地名，均屬於日本江戶時代舊制時的地名。現在則全歸屬「札幌」縣境內。「忍路郡」和「高島町」編入現在的北海道「小樽市」行政區內。

13. せめて：(副)至少。例 ①「せめて、一目(ひとめ)だけでも、会(あ)いたい。」〈至少想跟你見個面〉②「忙(いそが)しくても、せめて、電話(でんわ)ぐらいは、しなさい。」〈縱使忙　，至少也請打個電話〉③「せめて、三位以内(さんいいない)に入(はい)りたいです。」至少想進到三名之內。

14. 聞きたや：「たや」為希望助動詞「たし」的語幹「た」加上間頭助詞「や」而形成☞P48-19 表 11。「た」+「や」→→「たや」=「～したいことよ」，「聞きたや、風便り。」=「風便りを聞きたい。」〈想聽到風聲啊！〉「風便り」：(名) 風聲、風聞、消息、傳言。

15. 飛んで行きたい心はあれど：「飛ぶ」(自Ⅰ)〈飛〉+「行く」(自Ⅰ)〈走、去〉→→「飛んで行く」〈飛走〉+「たい」(助動)〈想...〉→→「飛んで行きたい」〈想飛走、想飛去〉+「心」(名)〈心〉→→「飛んで行きたい心」〈想飛去的心〉。

16. 文型「...はある」「有...」，「ど」屬文言文接續助詞，上接已然形，文言文動詞「あり」=現代文動詞「ある」，「あり」的已然形為「あれ」，所以「あり」+「ど」=「あれど」，而公式為「あれど」=「あっても」〈即使有...、縱使有也...〉，文型「V2」+「ても」〈即使...、縱使也...〉☞P74-16、99-5。此句歌詞翻譯為雖然有顆想飛去的心。

17. 船頭する身は船任せ：「船頭」(名) ①操小舟的人 ②船長 ③水手之長。這裡加上「する」成為動詞，「身」(名)這指我、我本身。因此可翻譯為掌船的我。「船任せ」=「船に任せる」(委任給船隻、隨船而去之意)

18. 無事でいるかと鴎に問えば：「無事」(名/形動な)意思有平安、安全之意，它的連用形表現法為「無事でいる」〈平安、一切均安〉，表示現在的狀態，「か」(終助)表疑問。因此「無事でいるか」翻譯為平安否？「と」(格助)表動詞「問う」的內容。「に」(格助)表動詞「問う」的對象。「問う」(他Ⅰ)〈問〉→→「問えば」〈問的話〉。「V5」+「ば」(接助)為假設條件用法，中譯為要是...的話☞P28-14。故整句中譯為如果問海鷗妳是否平安的話......。

19. 鳴いているよな：「よな」(感)表再三確認感覺的語氣，可譯為喔！呀！囉！。「鳴く」(自Ⅰ)〈叫、鳴叫〉(現在式、原形)→→「鳴いている」〈正在叫、正在鳴叫〉(現在進行式)。

20. 声がする：文型「～声がする」「有...聲音」、「傳來...聲音」。

王將（おうしょう）｜王將

作詞：西條八十 ｜ 作曲：船村徹 ｜ 唄：村田英雄 ｜ 1961

一：

01.	吹（ふ）けば、飛（と）ぶよな 将棋（しょうぎ）の駒（こま）に	賭注性命於一吹即散的棋子上
02.	賭（か）けた 命（いのち）を笑（わら）えば笑（わら）え	要笑就笑
03.	生（う）まれ浪花（なにわ）の八百八橋（はっぴゃくやばし）	出生地 - 浪花水都，盡是橋樑
04.	月（つき）も知（し）ってる俺（おい）らの意気地（いくじ）	我們的自負，月亮也知曉

二：

05.	あの手（て）この手（て）の思案（しあん）を胸（むね）に	各種本領謀略，成竹在胸
06.	破（やぶ）れ長屋（ながや）で、今年（ことし）も暮（く）れた	居住在簡陋破破大雜院，今又一年過
07.	愚痴（ぐち）も言（い）わずに、女房（にょうぼう）の小春（こはる）	妻子小春無怨尤
08.	作（つく）る笑顔（えがお）が、いじらしい	強顏歡笑，令人同情

三：

09.	明日（あした）は東京（とうきょう）に出（で）て行（ゆ）くからは	因為明日前往東京
10.	なにがなんでも、勝（か）たねばならぬ	無論如何，非贏不可
11.	空（そら）に灯（ひ）が点（つ）く通天閣（つうてんかく）に	通天閣明燈天際
12.	俺（おれ）の闘志（とうし）が、また、燃（も）える	我的鬥志重燃其上

語詞分析

1. 王將 :(名) 日本的象棋棋子中的「王將」，相當於我們象棋中的「將」「帥」。

2. 吹けば飛ぶよな：日語假定形為「V5」+「ば」(接助)〈如果...就.../一...就...〉，「吹く」(自他Ⅰ)→→「吹けば」☞P28-14，「吹く」 ①吹 ②吹牛 ③噴出 ④冒出來 ⑤出現。此處要解釋為吹的說法也可，表示棋子輕，不實在，若解釋為一冒出來，就如飛一般，表示象棋中的「車」，功能強大。「よな」=「ような」，「ような」是助動詞「ようだ」的「V4」，下接名詞，此歌詞接「将棋」，因此「吹けば飛ぶよな」+「将棋」→→「吹けば飛ぶよな将棋」。

3. 将棋の駒に賭けた :「将棋」(名) 象棋、日本象棋。「将棋の駒」(名) 棋子兒。「に」(格助) 表下接動詞的動作對象。正版歌詞上「かける」不用漢字表現，則在翻譯解釋上，看法各異，如果當漢字為「掛ける」時，可解釋為「寄託、寄望」，但當為「賭ける」時，解釋為 ①打賭、賭 ②拼、不惜一切。譯成賭在象棋的棋子上。

4. 命を笑えば、笑え :「笑う」(自他Ⅰ) ①笑 ②嘲笑 ③(花)開。「笑う」〈笑〉→→「笑えば」〈笑的話就...〉，「笑う」→→「笑え」，「笑え」是「笑う」的第六變化☞P85-32，動詞命令形用法，此處表放任用法，中譯為要笑就笑。

5. 八百八橋 :(名)古時交通以水運為主，日本江戶時代，大阪被稱為「水(みず)の都(みやこ)」〈水都〉，河川多，運河就多，橋梁之多，據說多達 200 多座，為表多數，故以「八百」的數字表現，現在大家出國旅行常去的「心齋橋(しんさいはし)」、「淀屋橋(よどやばし)」等地，都屬當時遺跡之一。其他如「八百八寺」用來表京都寺廟之多，「八百八町(はっぴゃくはちちょう)」表「江戶」(即現在的東京) 鄉鎮之多、市鎮之大。「八」這數字從中國引進，除表多之外，亦表吉利之數。

6. 月も知ってる：=「知っている」(常體) =「知っています」(「ます」體)〈知道〉，口語上常會省略掉補助動詞「いる」的「い」變成「知ってる」。「も」(副助) 也。

7. おいら :(名) 我、我們。

8. 意気地 :(名) 自負、魄力、志氣。發音上「いくじ」同「いきじ」。

9. この手あの手：「手」(名)此名詞主要解釋有 ①手、手掌 ②把手 ③人手 ④照顧 ⑤本領 ⑥下手、著手 ⑦手段、 方法 ⑧到手、獲得 ⑨筆跡。此處當「手段、方法」解釋，可翻譯為這招式、那招式。

10. 思案：(名) ①思考、盤算 ②擔心、憂慮。

11. 破れ長屋：「破れ」是動詞「破れる」的名詞形，「破れる」(自Ⅰ) ①破、撕破 ②打破 ③決裂 ④滅亡。「長屋」(名) ①狹長的房屋 ②簡陋的大雜院。「破れ」+「長屋」即可翻譯成破破的簡陋的大雜院。

12. 暮れた：「暮れる」(自Ⅰ)①日暮、天黑②即將過去 ③長時間處於...中④迷惑而不知如何是好。「今年も暮れた」此處指一年也過了。

13. 愚痴も言わずに：「愚痴を言う」(片)〈牢騷、抱怨〉→→「愚痴を言わない」〈不牢騷、不抱怨〉→→「愚痴を言わずに」〈不牢騷、不抱怨〉→→「愚痴も言わずに」〈也不牢騷、也不抱怨〉，「言う」(他Ⅰ)〈說〉→→「言わない」〈不說〉→→「言わず」〈不說〉，文型「V1」+「ない」(助動)=「V1」+「ず」(助動)，例：
①行(い)きます〈去〉→→行(い)かない〈不去〉=「行(い)かず」=「行(い)かぬ」
②買(か)います〈買〉→→買(か)わない〈不買〉=「買(か)わず」=「買わぬ」
③帰(かえ)ります〈回去 〉→→帰(かえ)らない〈不回去 〉=「帰(かえ)らず」=「帰らぬ」
④来(き)ます〈 來〉→→来(こ)ない〈不來 〉=「来(こ)ず」=「来ぬ」
⑤勉強(べんきょう)します〈用功〉→→勉強(べんきょう)しない〈不用功 〉=「勉強(べんきょう)せず」=「勉強せぬ」。

14. 女房の小春：「女房」(名)太太、老婆。「小春」(名)此處的「小春」指老婆的名字

15. 作る笑顏：「作る」(他Ⅰ)此動詞意思繁多，此處表示假裝、虛構之意。例如 ①「笑顔を作る」〈假裝笑容〉 ②「話(はなし)を作(つく)る」〈說謊〉 ③「声(こえ)を作(つく)る」〈假裝聲音、裝嗓子〉。「作る笑顔」=「笑顔を作る」〈假裝笑容〉。

16. いじらしい：(形容) ①可愛、惹人疼愛 ②令人憐愛、令人同情。

17. 東京に出て行くからは：「から」(格助)表原因、理由，譯成因為...所以...。「は」(副助)表強調，「東京に出て行く」〈去東京〉。

18. なにがなんでも：【何が何でも】(副)不管如何、無論如何...。

19. 勝たねば、ならぬ：「勝たなければ、なりません」＝「勝たなければ、ならない」〈一定要贏、必須贏〉，「V1」＋「～なければならない」＝「V1」＋「～ねばならない」〈一定…、必須…〉，「勝つ」(自 I)〈贏、戰勝〉→→「勝たぬ」〈不贏〉→→「勝たねば」〈不贏的話…就…〉→→「勝たねば、ならない」〈不贏的話，不行〉，「ならない」＝「ならぬ」〈不行〉，「ね」是否定助動詞「ぬ」的假定形，所以才後接假定形助詞「ば」，然後再接「ならない」，構成雙重否定，因此中譯為「一定、必須」表 9

20. 空に灯が点く通天閣に：「通天閣」(名)大阪市中心高塔的名字，「灯が点く」〈點燈、點火〉，「に」(格助)表點火空中的地點，第二個「通天閣」的「に」，表下一句動詞「燃える」的燃燒地點。

大阪(おおさか)すずめ ｜ 大阪多嘴婆

作詞：たかたかし ｜ 作曲：弦哲也 ｜ 歌手：永井みゆき ｜ 1992

一：

01. おしゃべり夜風(よかぜ)に誘(さそ)われながら	晚風所誘，一邊聊天
02. 淀屋橋(よどやばし)から北新地(きたしんち)	由淀屋橋來到北新地
03. 好(す)きやねん、好(す)きやねん	愛你，愛你，
04. あなたが好(す)きや	愛你呀！
05. 肩(かた)を寄(よ)せ合(あ)う二人連(ふたりづ)れ	肩並肩的兩人組合，
06. 今夜(こんや)はどこまで、飛(と)べるやら	今夜到底會飛到哪裡呀！
07. あなたと 私(わたし) は大阪(おおさか)すずめ	我和妳都是大阪多嘴婆。

二：

08. あなたが唄(うた)えば、 私(わたし) も唄(うた)う	妳唱，我也唱
09. 川(かわ)にゆらめく店灯(みせあか)り	店鋪燈光河川邊搖曳，
10. 好(す)きやねん、好(す)きやねん	愛你，愛你
11. あなたが好(す)きや	愛你呀！
12. 影(かげ)がかさなる御堂筋(みどうすじ)	御堂筋倩影重重
13. 噂(うわさ) が花咲(はなさ)く夢通(ゆめどお)り	傳言如夢般盛開
14. あなたと 私(わたし) は大阪(おおさか)すずめ	我和妳都是大阪多嘴婆

三：

15. 七色(なないろ)ネオンに恋人(こいびと)たちが	七彩霓虹和情人們，

16. 愛(あい)をささやく戎橋(えびすばし)	訴說愛語的戎橋
17. 好(す)きやねん、好(す)きやねん	愛你，愛你，
18. あなたが好(す)きや	愛你呀！
19. 人(ひと)の情(なさ)けが生(い)きる町(まち)	人間情延續的街頭，
20. 東京(とうきょう)なんてめじゃないわ	東京不算甚麼呀！
21. あなたと私(わたし)は大阪(おおさか)すずめ	我和妳都是大阪多嘴婆

語詞分析

1. すずめ：【雀】(名) ①麻雀 ②愛說話的人 ③喻消息靈通人士。

2. おしゃべり：(名)【お喋り】 ①喋喋不休的人、多嘴的人 ②聊天。

3. 夜風に誘われながら：「夜風」(名)晚風。日語被動式文型「V1」+「れる/られる」(助動)。「誘う」〈邀請　、勸誘、引誘、促使、催促　〉+「れる」(加第一類動詞)→→「誘われる」〈被邀請、被引誘〉☞P31-3。文型「V2」+「ながら」(接助)「一邊…一邊…」、「一面…一面…」☞P64-11。「誘われる」+「ながら」→→「誘われながら」〈一邊被引誘〉。「に」(格助)此處被動式的動作主語。故整句譯為一方面被晚風引誘。

4. 瀬屋橋：(地)大阪市「土佐堀川」上的一座橋名。連接大阪中央區，該古橋被指定為日本國家重要文化資產的橋樑。

5. 北新地：(地)大阪市北區「曾根崎新地」的簡稱，位居大阪北方，故稱為北新地，也直接稱做「新地」亦同。該地區是大阪高級餐飲地區，柏青哥、酒店、俱樂部、特種行業林立的商區。

6. 好きやねん：「～やねん」=「～だよ」。「～やねん」屬大阪方言。因此「好きやねん」=「好きだよ」〈喜歡妳、愛妳〉。不過「好きやねん」在語氣上感覺比較強烈。

7. 好きや：「や」這裡表示輕鬆斷定語氣☞P48-19。等於「啦！呀！」意思。

8. 肩を寄せ合う：「寄せる」(自Ⅱ)〈靠近〉＋「合う」(自Ⅰ)〈合在一起〉→→「寄せ合う」〈靠在一起〉。故此歌詞為肩並肩之意。

9. 二人連れ：(名)「～連れ」(造語) ①帶 ②一起。例「子供連れ」〈帶小孩、跟小還孩一起〉。故此處為兩人在一起、朋友兩人。

10. 飛べるやら：「飛ぶ」(自Ⅰ)〈飛〉→→「飛べる」〈能飛 、可以飛、會飛 〉。此為日語的可能動詞用法，當第一類動詞，必須用其語尾去改變，將語尾改成「え」段音即可。「飛ぶ」的語尾是「ぶ」，因此改為「べ」加上「る」即可 ☞P34-6。「やら」(副助/終助) ①(副助)表未確定。例：「いつの間にやら、日が暮れていた。」〈不知不覺間天黑了〉 ②(副助)舉例其中。例：「山田とやらいう人」〈一位叫做山田的人呀！〉 ③(並立助)並列事物。例：「りんごやら、柿やら、いっぱい買いこんだ。」〈蘋果啊！柿子啊！買了一大推〉 ④(終助)表無法估計、猜測不到，用在自問自己或推測之意。例：「とんぼ釣り、今日はどこまで行ったやら」〈抓蜻蜓！你今天到那裏去啊？〉

11. あなたと私：「と」(格助)表添加。中譯為「和」。

12. あなたが唄えば 私も唄う：這是一句標準的假定條件句用法。文型「V5」＋「ば」(助)「如果...的話，就...」、「要是...的話，就...」☞P28-14。「も」(副助)也、連、甚至於。「歌う」(他Ⅰ)〈唱歌、唱〉→→「歌えば」〈如果唱的話，就...〉。這裡動詞主語是「あなた」，因此整句翻譯成如果你唱的話，我也唱。

13. 川にゆらめく店灯り：「ゆらめく」【揺らめく】(自Ⅰ)〈搖動〉。「に」(格助)表動詞「ゆらめく」的場所。「店灯り」(名)〈店舖燈光、燈火〉。

14. 影がかさなる：此句翻譯為影子疊在一起。「かさなる」【重なる】(自Ⅰ) ①物品疊在一起、堆疊。 ②(不幸或日子)重疊、反覆。 ③(壓力或操心)累積。「影」(名)影子、影。

15. 御堂筋：(地)大阪府大阪市中心地道路名，以此道路為中心，南北縱貫大阪市區，形成大阪市。南望「澱屋橋」，北通「道頓堀」。路名乃因沿途有「北禦堂」和「南禦堂」寺院而得名。一般大阪的路名上冠有「...筋」是南北向的道路，而若有「...通り」表示東西向道路。京都則南北向和東西向都稱為「...通り」。

16. 噂が花咲く：「噂」(名) ①閒話 ②風聲、傳言、謠言。「花咲く」=「花が咲く」〈花開、開花〉(省去助詞「が」)。這裡的花開並非單純的花開，而是影射著閒話傳開來的意思。助詞「が」=「の」，當在構成連體修飾詞時，例如「我が家」〈我家〉☞P78-6，故，「噂が花」=「噂の花」，「噂が花咲く」→→「噂が花が咲く」→→「噂の花が咲く」〈謠言之花開花〉。

17. 夢通り：(名)「夢」(名)〈夢、理想〉+「通り」(名)→→「夢通り」。接尾語「～通り」 ①大道、路 ②依照、按照 ③差不多到達該程度。此歌詞前後考察後，中譯為理想大道、夢想之路比較適當。因此，「噂が花咲く夢通り」可翻譯成「謠言盛傳開來的夢想大道。」也可欣賞為「噂が夢通りに花咲く」翻譯成「謠言如夢般地盛開。」

18. 七色ネオンに恋人たちが：「に」(格助)此處表添加，中譯為「和」。例1「鬼に金棒」〈如虎添翼〉。例2「明日の朝、ミルクにパンを食べる」〈明早吃鮮奶和麵包〉。

19. 愛をささやく：「ささやく」【囁く】(自Ⅰ)輕聲細語訴說、小聲悄悄地說。故此譯為輕聲細語訴說愛。

20. 戎橋：(地)位於大阪市中央區「道頓堀」的一座橋樑名。以前是通往「今宮戎神社」之橋，故而得名。「御堂筋」位於其東側，從此橋到「難波」地鐵站，一整條商店街，鱗次櫛比。

21. 人の情けが生きる町：「人の情け」(名)人情、人的情感。「生きる」(自Ⅱ) ①活著、活 ②生活 ③有生氣 ④有用、有效。「人の情けが生きる」〈人情活絡、人情豐富〉這句連體修飾「町」(名)〈城市〉，故此歌詞中譯為人情活絡的城市。

22. 東京なんてめじゃないわ：「東京なんて」意指「東京之類的…」。「なんて」(副助)「N/V3」+「なんて」用法和說明如下。
「などと」「說什麼之類的」例：「行くなんて言わなかったはずだ。」〈我應該沒說要去什麼的〉「などという」「所說的 」例：「田中なんて学生は知らない。」〈田中這學生我並不認識〉「などは、などということは」「…等之類的」例：「東京なんてうるさくて大嫌いです。」〈東京這地方真吵，我十分討厭〉

奥飛騨慕情

作詞：竜鉄也 ｜ 作曲：竜鉄也 ｜ 歌：竜鉄也 ｜ 1983

一：

01.	風の噂にひとり来て	因句謠言，我單獨而來
02.	湯の香恋しい 奥飛騨路	奧飛驒路上，我戀溫泉香
03.	水の流れも、そのままに	流水亦不止
04.	君はいでゆのネオン花	妳是溫泉的霓虹燈之花
05.	ああ、奥飛騨に 雨がふる	啊！雨下奧飛驒

二：

06.	情けの渕に咲いたとて	雖說花開愛情深淵中
07.	運命悲しい流れ花	我為悲傷命運的流浪之花
08.	未練残した 盃 に	殘留著依戀的酒杯裡
09.	面影ゆれて また浮かぶ	妳的容貌，再次搖曳浮現
10.	ああ、奥飛騨に 雨がふる	啊！雨下奧飛驒

三：

11.	抱いたのぞみのはかなさを	妳可知擁抱希望的虛幻？
12.	知るや谷間の白百合よ	深谷中的白百合啊！
13.	泣いてまた呼ぶ 雷鳥の	哭泣又呼喚的雷鳥
14.	声もかなしく 消えてゆく	連牠的聲音，也傷悲地消失而去
15.	ああ、奥飛騨に 雨がふる	啊！雨下奧飛驒

語詞分析

1. 奧飛驒：(地) 位於現今岐阜縣高山市，該地區五處溫泉的總稱。古時稱為「奧飛驒」。

2. 慕情：(名) 思慕之情、戀慕之情。

3. 風の噂に：「風」這裡當「風傳」解釋。(名)「噂」(名) 謠傳、 閒話、風聞。「に」(格助) 此處表原因、理由。

4. ひとり来て：=「ひとりで来て」。省去格助詞「で」。此句翻譯為一個人來、單獨一個人前來。

5. 湯の香恋しい：=「湯の香が恋しい」〈戀慕溫泉香〉。歌詞省去格助詞「が」。「湯」(名) ①熱水、開水 ②溫泉 ③洗澡、澡堂 ④金屬融化的液體 ⑤煎藥、湯藥。此歌詞當溫泉解釋。「湯の香」=「湯のかおり」=「湯の香り」〈溫泉香〉。「恋しい」(形容) 戀慕、愛慕。

6. 奧飛驒路：(名) 日語中，地方名加上「路」，表示要前往該地區，或指通往該地區之路。例如「北陸路」、「信濃路」。故此歌詞意指「往奧飛驒之路」、「奧飛驒一路上」。

7. そのままに：「そのまま」(名/副詞)①原封不動②完全一樣③就那樣...、 就照那樣...。「に」(格助) 此處表副詞用法。 ①「そのままの状態（じょうたい）にしておいてください。」〈請保持原狀。〉 ②「帰（かえ）ってくると、そのまま、寝（ね）てしまった。」〈一回到家，倒頭就睡了。〉 ③「五百年前（ごひゃくねんまえ）の家屋（かおく）や庭（にわ）がそのまま、残（のこ）っている。」〈五百年前的房子和庭院，仍舊還遺留著〉

8. いでゆ【出湯】(名) =「溫泉」。例如：「出湯街」=「溫泉街」〈溫泉街〉。

9. ネオン花：「ネオン」(名)(neon) 霓虹燈。「花」(名) ①花 ②給藝妓的小費或酬金 ③華麗 ④榮耀 ⑤黃金時期。故「ネオン花」此處可指藝妓等特種行業的女人，日夜在霓虹燈下，表演工作賣藝的女人。

10. ああ：感嘆詞。 ①表呼喚人時用。等於「喂！」 ②表驚呀或忽然想起時情形。意思是「啊！」「哦！」此外，也可看成是終助詞「なあ」的用法，表示感動讚嘆，翻譯為「啊！」

11. 奧飛驒に雨がふる:「に」(格助)表「降る」動作地點。「雨が降る」〈下雨〉。

12. 情けの渕に咲いたとて：整句中譯為即使花開在愛情的深淵。「情け」(名) ①人情 ②同情、憐惜 ③愛情。「渕」(名) ①深水處 ②痛苦的境地。「に」(格助) 表「咲く」動作地點。 「咲く」(自Ⅰ)(現在式)〈花開〉→→「咲いた」(過去式)。「とて」

⑴ (副助詞) = ...であっても、やはり、〈就是...;就連...〉「私(わたし)とて、それを考(かんが)えないわけではない。」〈就連我，不得不那樣想。〉

⑵ (格助詞) = ...といって、と思って。「散歩(さんぽ)に行(い)くとて、出(で)かけた。」〈說要散步，就出門了。〉

⑶ (接続助詞) = ...としても、雖然說盡管說。 ①「お金(かね)があるとて、幸福(こうふく)だとは限(かぎ)らない。」〈盡管有錢，也不一定幸福。〉 ②「いまごろ、完成(かんせい)したとて、何(なに)になろう。」(即使現在完成，那有何用?〉

13. 運命悲しい：=「運命が恋しい」〈命運悲慘〉。省去格助詞「が」。

14. 流れ花:「流れ」(名) +「花」(名) →→「流れ花」。「流れ」 ①流水、水流 ②潮流 ③流派、血統 ④中止、停止 ⑤流當 ⑥杯中殘酒 ⑦流產 ⑧(屋頂的)坡度 ⑨(多指藝妓、妓女)流浪。 「流れ花」指流浪的藝妓之花、到處流浪的藝妓。

15. 未練残した盃に：=「未練を残した盃に」，句中省去格助詞「を」。「未練を残した」〈留下依依不捨〉。「未練」(名) ①依依不捨 ②不熟練。「盃」(名) ①酒杯 ②交杯結盟。格助詞「に」表下句動詞「ゆれる」「浮かぶ」的動詞動作地點。所以，這文節翻譯為在留有依戀的酒杯中。

16. 第 11 句和第 12 句歌詞合併，屬於一句完整的句子，中譯後閱讀排列上，恰巧與日語相反。

17. 抱いたのぞみ:【抱いた望み】「抱く」(他Ⅰ)(現在式)〈抱、擁抱〉→→「抱いた」(過去式，修飾下接名詞「のぞみ」)。「のぞみ」(名)【望み】希望、期望。故此句為擁抱希望。

18. はかなさ:(名)【儚さ】。「はかない」(Adj) ①「儚(はかな)い恋(こい)」〈短暫的戀情〉②「はかない望(のぞ)み」〈虛幻的理想〉③「はかない運命(うんめい)」〈悲慘的命運〉④「はかない人生(じんせい)」〈無常的人生〉。形容詞變名詞時，必須將語尾「い」去掉加上「さ」。①「大きい」(Adj)〈大的〉→→「大きさ」(名)〈大小〉②「高い」

(Adj)〈高的〉→→「高さ」(名)〈高度〉③「美味しい」(Adj)〈好吃的〉→→「美味しさ」(名)〈美味〉。所以歌詞「はかない」(Adj)〈虛幻的〉→→「はかなさ」(名)〈虛幻〉。

19. はかなさを知るや：「知る」(自Ⅰ)①知道、知曉 ②認識、熟識 ③懂得④理解、識別 ⑤感到、感覺 ⑥推測、查知 ⑦表精歷、經驗。 助詞「や」 ①當格助詞時，表列舉。和、或、...時候 ②當接續助詞時，「V3」(終止形)+「や」或「V3」(終止形)+「～やいなや」，有時「いなや」省略掉。此用法表一個動作完了之後馬上接上另一個動作，例①「家(うち)に駆(か)け込(こ)むや(いなや)わっと、泣(な)き出(だ)した。」〈剛一跑進屋裡，就哇！的一聲哭了起來〉例②「ベルが鳴(な)るや、教室(きょうしつ)に入(はい)った」〈鈴聲一響就立即進教室〉③加在體言或副詞下表示加強語氣。例「今(いま)や、スキーのシーズンです。」〈現在正是滑雪的季節〉④當終助詞時，接在動詞命令形或意志形(～う)(～よう)之後，表勸誘之意。例「そろそろ帰(かえ)ろうや」〈我們回去吧！〉 ⑤用於呼喚。例「太郎(たろう)や、こちらへお出(い)で」〈太郎！到這裡來〉 ⑥接在形容詞第三變化終止形後，表示輕鬆斷言。例「まあ、いいや」〈沒關係 〉。

20. 谷間：「谷間」(名) ①山澗、峽谷 ②貧民區。

21. 泣いてまた呼ぶ：「また」(副) ①又、再、還 ②亦、也。也當接續詞用，譯成「又、並且」。「泣く」→→「泣いて」，「て」(接助)因下接動詞「呼ぶ」，故表接續用法。

22. 雷鳥：(動物名) ①學名(LagoPus mutus)日本特別保護鳥種之一，也是長野縣、岐阜縣、富山縣的「縣鳥」。叫聲如雷鳴，因而得名。 ②JR 西日本鐵路公司由大阪到金澤間的特號快列車名。

23. 雷鳥の声も、かなしく消えてゆく：整句譯為雷鳥聲也會悲傷地消失而去。「消えてゆく」日語動詞漸遠態用法，文型「V2」+「～ていく」 ①「消えます」〈熄滅、消失、隱沒〉+「いく」→→「消えていく」〈消失而去〉②「出ます」+「いく」→→「出ていく」 ③「離れます」+「いく」→→「離れていく」 ④「飛びます」+「いく」→→「飛んでいく」。「かなしく」【悲しく】日本語形容詞變副詞用法。 ①「悲しい」→→「悲しく」。②「おいしい」→→「美味しく」 ③「多い」→→「多く」 ④「楽しい」→→「楽しく」 ⑤「あまい」→→「甘く」。 「も」(副助) ①也... ②連...、甚至於... ③竟 ④表示極限 ⑤加強語氣用。

女の一生 ｜ 女人的一生

作詞：鳥居実 ｜ 作曲：伊藤雪彥 ｜ 唄：三笠優子 ｜ 1983

一：

01. 男と女が命を重ね	男人和女人的生命相互糾結著
02. 結んだえにしが絆です	緣份就是羈絆束縛
03. 娘からあ…妻へ妻から母へ	從小姐到為人妻，為人母，
04. 苦労幸せ、幸せ苦労	辛苦幸福！幸福辛苦！
05. 女の一生、夢航路	女人的一生，希望的航線

二：

06. 流れる涙を二人で拭いて	兩人拭去流下的眼淚分
07. 分け合う痛みも絆です	擔苦痛也是一種羈絆束縛
08. 春嵐あ......	春天的暴風雨啊！...
09. そして枯れ葉の秋を	接著忍受枯葉的秋天，
10. 耐えて忍んで、忍んで耐えて	忍過之後，忍過之後
11. 女の一生、夢航路	女人的一生，希望的航線

三：

12. 誰にも、分からぬ明日の行方	沒有人知道明天的去路
13. それでも、二人は絆です	即使那樣，兩人是羈絆束縛
14. 浮世川あ…今日も小船のように	人浮於世，變化無常啊！今日也如小舟一般

15. ゆれて流れて、流れてゆれて　　晃動地漂流，漂流晃動著

16. 女の一生、夢航路　　女人的一生，希望的航線

語詞分析

1. 男と女：「と」(格助) 中文等於「和」，此歌詞中譯為男和女。

2. 命を重ね結んだ：「重ねる」(他Ⅱ)〈重疊〉+「結ぶ」(他Ⅰ)〈繫、連結〉→→「重ね結ぶ」→→「重ね結んだ」(表過去式、完了)；文型「V2」+「V」變成複合動詞，故此句中譯為把生命重疊連結在一起了。

3. えにし：【縁】「えにし」〈宿命、命中註定〉。【縁】另外有發音有「えん」和「ゆかり」，但「えにし」特別指的是男女私情的緣。

4. 絆：(名)束縛、羈絆、牽絆。例：①「友好の絆。」〈根深蒂固的友好關係〉②「親子の絆。」〈親子關係、親子的羈絆〉③「その祖先との絆を深める。」〈加強跟祖先的關係〉「学校と家庭を結ぶ絆。」〈連結學校和家庭的關係〉「心の絆を解いてくれ。」〈解開心中的束縛〉

5. 娘から、妻へ、妻から、母へ：「から」(格助)表示時間和場所的起點，歌詞指從女兒到為人妻，再由為妻子到為人母，「へ」(格助)表動詞動作的方向。例：①玄関から、お入りください。〈請由玄關進來〉②こちらから、連絡いたします。〈由我這邊跟您聯絡〉③次から次へと、続く。〈持續不斷、一個個地接著〉④病は口から。〈病從口入〉

6. 苦労幸せ　幸せ苦労：「苦労」(名／形動な／自Ⅲ) 辛苦、辛勞。「幸せ」(名／形動な)幸福。此處為形容動詞(な形形容詞)的語幹用法，文法中語幹單獨使用時，表說話者強烈的感嘆，而「苦労」和「幸せ」均為形容動詞，故表感嘆，意即「辛苦呀！幸福呀！」。

7. 夢航路：「夢」(名)〈理想、夢想〉+「航路」(名)〈航線〉→→「夢航路」(名)〈希望航線、希望之航路〉。

8. 二人で拭いて：「二人で」的「で」(格助)表狀態，「拭いて」是「拭く」(他Ⅰ)的「て」形，此處的「て」表動詞接續，整句中譯為「兩人擦拭眼

淚而…。」

9. 分け合う：(他Ⅰ) 分享、互相分擔。

10. 痛み (名)： 「痛み」是「痛む」(自Ⅰ) 的名詞形，中譯為痛苦、苦痛。

11. 耐えて忍んで：「～て～て」兩個「て」形重疊出現表強調用法，例：①いつまで、待っても、来なかったので、不安で不安でしかたがない。〈不管等到何時，他都沒來，心裡焦急得不得了〉 ②荷物が重くて重くて、腕がしびれそうだった。〈行李很重很重，手好像快麻掉了〉 ③走って走って、やっと、間に合った。〈跑了又跑，終於趕上了〉

12. 誰にも分からぬ：=「誰にも分からない」。「に」(格助) 表主體能力。「ぬ」(助動) 表否定，「ぬ」=「ない」☞P 39-13，故譯成「誰也不懂」。表主體能力「に」用法例：①彼には、英語ができる。〈他會英語〉 ② 私にできることなら、なんでも、いたします。〈我會的事情，我什麼都做〉 ③母にできることと父にしかできないこと。〈媽媽會的事和只有爸爸會的事〉

13. それでも：(接助) 儘管如此、可是。

14. 浮世川：①將現今世上無窮的變化，比喻為河川 ②指容易為情迷惘的戀情，比喻為河流。意指人浮於世的時光流動，在日本國實際上，並沒這條河川名稱。

15. 小船のように：文型「V4」+「ように」，表「如…一般」、「像…一樣」；「ようだ」(助動) 的「V2」即為「ように」☞P68-3 表 17 。故此句譯為如小船般。

16. 揺れて流れて：「揺れる」(自Ⅱ) 搖擺、搖晃；「流れる」(自Ⅱ) 流動、漂流。此處均為動詞「て」形用法，見本篇解釋 10。

女（おんな）の十字路（じゅうじろ）｜女人的十字路

作詞：中山大三郎 ｜ 作曲：浜圭介 ｜ 唄：細川たかし ｜ 1977

一：

01. だめよ、そこまで近（ちか）づいちゃ	我們交往到那種地步的話，可不行啊！
02. あなただけにあげる恋（こい）だけど	雖然只對你奉獻戀情
03. 過去（かこ）があります　悲（かな）しい傷（きず）が	那段情有過去、也有悲傷的傷痕
04. だから、あなた急（いそ）がないで少（すこ）し待（ま）ってよ	所以，請你不要急，請稍稍等一下啊！
05. あ…女（おんな）の十字路（じゅうじろ）で、あなたに迷（まよ）いそうな夜（よる）	啊！似乎是一個在女人十字路口，迷戀你的夜晚

二：

06. とめて止（と）まらぬ二人（ふたり）なら	我們交往到那種地步的話，可不行啊！
07. 行（ゆ）けるところまでも、行（ゆ）くけれど	只要能到的地方，我們都去，可是
08. こころ変（が）わりに、泣（な）かされたから	因你變心，使我哭泣
09. 信（しん）じたくて、信（しん）じられず、胸（むね）が痛（いた）いの	想相信你，卻不能相信你，我心痛呀！
10. あ…女（おんな）の合鍵（あいかぎ）をあなたに渡（わた）しそうな夜（よる）	啊！看起來今晚是個女人備份鑰匙交給情人的夜晚

三：

11. ここであなたを帰（かえ）したら	現在要是讓你回去的話

12. 一人眠る夢が寒いでしょう	我一個人睡覺做夢也孤單吧！
13. だけど、あなたを引き止めたなら	可是，拉住你的話
14. 同じような傷が一つ増えるだけなの	只會增加一個看似相同的傷口而已呀！
15. あ…どうすりゃ、いいんでしょう	啊！怎麼辦才好呀！
16. あなたに崩れそうな夜	看起來今夜是個因你而崩潰的夜晚

語詞分析

1. そこまで：「そこ」(代) + 「まで」(副助) →→「そこまで」，「そこ」指話題中，前面所提到的那一點或那個地方，例如 ①「そこが彼のよい所です。」〈那正是他的長處〉 ②「そこまで、気がつきませんでした」〈我沒注意到那一點〉

2. 近づいちゃ：=「近づいては」。「近づく」(自Ⅰ) ①靠近 ②親近、交往 ③相似。文型「V2」+「ては…」(接助)「不行…」「要…」「一…就…」「如果的話… 就…」，常表示導致事物的消極條件，如果是第一類動詞必須音便。「近づく」+「ては」→→「近づいては」。所以本來歌詞應「そこまで、近づいては、だめよ」〈指男女交往，不行到那種地步〉。

3. あなただけにあげる：「に」(格助) + 「だけ」(副助)〈只有、僅〉→→「にだけ」。「に」表動詞「あげる」的動作對象。「あげる」含有多種意思，此處當「給」、「奉獻」解釋。整句譯為只獻給妳。

4. あなただけにあげる恋だけど：「恋だ」=「恋です」，動詞句「あなただけにあげる恋」，為連體修飾語句，中譯為一段只給妳的愛情，然後此句再後接「けど」，文型「V3」+「けど」(接助)「雖然…但是」☞P151-23，「けど」(接助)(終助) =「けれども」=「けれど」=「けども」。全句就譯為「雖然是一段只對你奉獻的愛情，不過…」。

5. 過去があります：此句中譯為有過去。

6. 悲しい傷が：此處省去動詞「あります」，本來完整句子為「悲しい傷があります」〈有悲傷的傷痕〉，「あります」因為跟前句「過去があります」對句，所以省略了。

7. だから：=「ですから」(接)〈因為…所以…〉。

8. あなた急がないで少し待ってよ：=「あなたが急がないで、少し待ってくださいよ」，「急ぐ」(自Ⅰ)〈趕、急〉→→「急がないで」〈不趕、不急〉，動詞第一變化加否定助動詞「ない」，即文型「V1」+「ない」。加上「で」表副詞用法，此句為否定連用形用法☞P195-12。整句譯為請你不要急，請稍候一下喔！「待ってよ」是「待ってくださいよ」〈請等喔！〉的省略，省去補助動詞「ください」。「よ」(終助)啊！啦！ 囉！喔！。

9. 十字路で：「で」(格助)表動作地點，指動詞「迷う」的地點。

10. あなたに迷いそうな夜：「迷う」(自Ⅰ) ①迷失 ②猶豫 ③迷戀、貪戀。「に」(格助)表動作態度對象。「あなたに迷う」〈迷戀你〉→→「あなたに迷いそうだ」〈好像迷戀你〉→→「あなたに迷いそうな夜」〈像是個迷戀你的夜晚〉。 文型「V2」+「そうだ」(助動)「好像…」。☞P83-10

11. とめて止まらぬ：「とめる」(他Ⅱ) ①停 ②堵、關 ③制止。「止まる」(自Ⅰ) ①停止 ②止住 ③堵住。「止まる」〈停止〉→→「止まらない」〈不停止〉=「止まらぬ」。 文型「V1」+「ぬ」=「V1」+「ない」。「ぬ」為否定助動詞表9。「とめる」→→「とめて」〈要停而…〉。「て」為接續助詞，此處表動作的逆接關係。例如 ①「見て見ぬふりをする」〈視若無睹〉 ②「知っていて教えない」〈知道卻不告訴別人〉。所以「とめて止まらぬ」這裡翻譯為停也停不了。

12. 行ける：(自Ⅱ) ①能去、能走 ②很好、不壞、好吃 ③能喝酒、海量。

13. までも：「まで」(副助)+「も」(副助)，中譯為到…也…；連…也…。

14. 心変わり：(名)變心、改變主意。

15. 心変わりに泣かされたから：「泣かす」(他Ⅰ) ①使哭泣、讓…哭 ②感動得流淚。「泣かす」〈使哭泣〉→→「泣かされる」〈被弄哭〉→→「泣かされた」〈被弄哭〉(過去式)。文型「V1」+「れる」「られる」表被動式☞P31-3。「に」(格助)表被動式的動作作用者。「から」(格助)表原因理由。此句翻譯為「因為被變心弄哭」。

16. 信じたくて、信じられず :「信じる」(他Ⅱ)〈相信〉→→「信じる」+「たい」(助動)〈想...〉→→「信じたい」〈想相信〉→→「信じたい」+「て」(接助)(参考本篇解釋 11)→→「信じたくて」〈想相信而...、想相信卻...〉。「信じる」→→「信じる」+「られる」(助動)〈可以...、能...〉→→「信じられる」〈能相信〉→→「信じられる」+「ず」(助動)〈不...、沒...〉→→「信じられず」〈不能相信〉。可能動詞的助動詞「られる」☞P34-6。否定助動詞「～ず」=「～ない」=「～ません」。表 10。整句翻譯為想相信，卻不能相信。

17. 胸が痛いの :「胸が痛い」心痛、難過。「の」(終助) ①表斷定 ②表反問 ③命令。此處表斷定的心情。「胸が痛いの」可翻譯為心痛呀！☞P98-1

18. 合鍵 :(名) 備份鑰匙、另配的一支鑰匙。「合鍵屋」〈配鑰匙店〉.

19. 女の合鍵をあなたに渡しそうな夜 :「そうな」為助動詞「そうだ」的第四變化☞表 18。 此句型見本篇解釋 10，「～を～に渡す」〈把...交給誰〉，「を」(格助) 表他動詞的受詞。 「に」(格助) 表動作對象。 「女の合鍵をあなたに渡す」中譯為把女人備份鑰匙交給你。 「渡す」(他Ⅰ) ①渡 ②運送 ③交、交給。 「渡す」+「そうな」→→「渡しそうな」〈好像要交給...〉→→「渡しそうな」+「夜」→「渡しそうな夜」〈好像要交給...的夜晚〉☞P83-10。

20. ここで :「ここ」①此處、這裡 ②(事情的) 這一點 ③現在、最近。「で」(格助) 在此歌詞中，表動作地點、也可表狀態。若是表動作地點，中文譯為在這裡，若表狀態轉換，則「ここで」中文翻譯為現在。

21. あなたを帰したら : 文型「V2」+「たら」「如果...的話、...之後」。「帰す」(他Ⅰ)〈叫...回家、讓...回去〉→→「帰したら」〈讓...回去的話〉。故，此句譯為讓你回去的話。文型「V2」+「たら」(接助)例子 ①あした、雨が降ったら、試合は延期する。〈如果明天下雨，比賽延期〉(條件假設) ②一人で行きたければ、一人で行ったら、いい。〈一個人想去的話，就一個去也行〉 ③仕事が終わったら、飲みに行こう。(下班之後，一起去喝一杯吧！) (表行程上、時間上的假設) ④薬を飲んだら、すぐに、痛みがおさまった。〈吃完藥，馬上不痛了〉 ⑤外へ出たら、雨だった。〈出去一看，在下雨〉(表遭遇情況的當下)☞表 14

22. 一人眠る夢が寒いでしょう：推量句文型「V3」＋「でしょう」「…吧！」。本來句子為「一人で眠る夢が寒いでしょう。」此省略了格助詞「で」。「眠る」(自Ⅰ)睡眠。「寒い」(Adj)本為寒冷之意，此處可翻譯為寒酸、孤單、單薄。整句為一個人睡覺作夢孤單吧！

23. あなたを引き止めたなら：「引き止める」(他Ⅱ)停止、制止、拉住、扯住。「V3」＋「なら」〈要…的話〉☞P92-1。「引き止める」(現在式)〈拉住〉→→「引き止めた」(過去完了)〈拉住了〉。「あなたを引き止めた」〈拉住你了〉。整句譯為要是拉住你的話。

24. 同じような傷：「同じ」(Adj/形動)〈一樣、相同〉＋「ような」(助動)→→「同じような」→→「同じような」＋「傷」(名)〈傷口〉→→「同じような傷」〈好像一樣的傷口〉。比況助動詞「ような」請見☞表 17。文型「V4」＋「ようだ」〈像…、看起來…、似乎…〉。

25. 傷が一つ増えるだけなの：「増える」(自Ⅱ)增加。「だけ」(副助)只有、僅有。「だけ」也當名詞用，所以接上終助詞「の」時，必須跟形容動詞一樣用「な」接上「の」，用法見本篇解釋 17。此句翻譯為只有增加一個傷口呀！

26. どうすりゃ、いいんでしょう：＝「どうすれば、いいんでしょう。」〈如何做，才好呢！〉〈怎麼辦？才好呢！〉。文型「V4」＋「ん」或「の」為日語中表是隱藏背後說話者意思、說明原因理由的用法。「ん」為「の」【NO】羅馬發音上，去除母音「O」的口語說法。「する」(自他Ⅲ)〈做〉→→「すれば」〈做的話〉→→「すりゃ」〈做的話〉。文假定型型「V5」＋「～りゃ」為「V5」＋「～れば」的口語縮音說法☞P173-10、92-1。

27. あなたに崩れそうな夜：「崩れる」(自Ⅰ)崩潰、倒塌、垮掉。「そうな」為助動詞「そうだ」的第四變化☞表 18。此句型見本篇解釋 10。「に」(格助)表原因。所以整句翻譯為看起來是一個因你而崩潰的夜晚。

影法師（かげぼうし） | 影子

作詞：荒木とよひさ | 作曲：堀內孝雄 | 1993

一：

01.	人（ひと）の優（やさ）しさ　恋（こい）しい晩（よる）は	戀慕他溫柔的夜晚
02.	男泣（おとこな）きする切（せつ）ない胸（むね）が	一顆嚎啕大哭的痛苦內心
03.	この身（み）をつつむ、ぬくもりならば	包圍自己，如果這是一種溫暖的話
04.	愛（あい）じゃなくても、信（しん）じあえる	縱使不是愛，我們也能相互信任
05.	心（こころ）の傷（きず）なら、酒（さけ）でもくらって	要是你心傷的話，請大口喝酒
06.	詫（わ）びたい人（ひと）なら、この手（て）を合（あ）わせて	要是你個是想要道歉的人，請雙手合掌道歉
07.	淋（さび）しさこらえたお前（まえ）の横顔（よこがお）	你忍受寂寞的側面臉龐
08.	過去（きのう）をひきずる　そんな　影法師（かげぼうし）	那樣的影子拖曳過去的一切

二：

09.	胸（むね）に灯りをともした晩（よる）は	內心點亮燈火的晚上
10.	想（おも）い出（で）だけが心（こころ）のねぐら	只有回憶是我心的歸宿
11.	夢（ゆめ）がちぎれて、一人（ひとり）でいても	夢碎後，縱使只有一個人
12.	誰（だれ）かを抱（だ）けば、忘れられる	只要是擁抱某人，就能忘記
13.	心（こころ）の傷（きず）なら、涙（なみだ）で洗（あら）って	要是心傷的話，請以淚洗面
14.	逢（あ）いたい人（ひと）なら、この瞳（め）をつぶって	要是你是一個想要相逢的人，請閉上這雙眼睛

15. 淋しい背中がお前の人生　　寂寞的後面就是你的人生

16. 過去をひきずる そんな 影法師　　那樣的影子拖曳過去的一切

三．

17. 心の傷なら、酒でもくらって　　要是你心傷的話，請大口喝酒

18. 詫びたい人なら、この手を合わせて　　要是你個是想要道歉的人，請雙手合掌道歉

19. 淋しさこらえたお前の横顔　　你忍受寂寞的側面臉龐

20. 過去をひきずる そんな 影法師　　那樣的影子拖曳過去的一切

語詞分析

1. 影法師：這是影子擬人化的一個單字，本來「影」就是影子，加上「法師」①法師、僧侶 ②當接尾詞，接在名詞後表示人、僧侶、或是一種物品。例①「痩せ法師」〈瘦子〉。例②「一寸法師」〈矮子〉。例　「荒法師」〈粗暴蠻橫的和尚〉。「影」(N) ☞P65-15

2. 人の優しさ　恋しい晩は：「優しさ」溫柔、優雅、和藹。「優しい」(Adj)〈溫柔的、優雅的、和藹的〉　→→「優しさ」(N)。形容詞變成名詞時，將其語尾「い」去掉，改加「さ」即可☞P47-18。整句本為「人の優しさが恋しい晩は」〈愛慕他溫柔的夜晚›〉。「恋しい」(形容)〈眷戀、愛慕〉，文型為「～が恋しい」〈戀慕... 愛慕...〉。「人」(名) 可譯為他、別人、他人等，此處暗指某個男人。

3. 男泣き：(名) 大聲哭。此處加上「する」變成動詞，「男泣きする」翻譯為嚎啕大哭。

4. 切ない胸：「切ない」(形容) 痛苦的、喘不過氣來的。此處也可改成為「胸が切ない」〈內心難過〉。

5. 包む：(他Ⅰ) 包住、包圍、圍繞。

6. ぬくもりならば：「ぬくもり」【温もり】溫暖。假定形「V5」+「ば」，名詞和形容動詞的「V5」為「なら」，所以名詞、形容動詞的假定形可說「V5」+「ならば」☞P28-14。因此此處「ぬくもりならば」中譯為如果是一種溫暖的話。›

7. 此歌詞的第1到第4可看成為一句話。「人の優しさ、恋しい晩は、男泣きする切ない胸がこの身をつつむぬくもりならば、愛じゃなくても、信じあえる」

8. 愛じゃなくても：「愛です」〈愛〉→→「愛ではない」=「愛じゃない」〈不是愛〉→→「愛じゃない」+「ても」(接助)〈即使…〉→→「愛じゃなくても」〈即使不是愛〉。「V2」+「ても」(接助)「即使…也…」☞P4-12。「ない」是形容詞詞性的助動詞，形容詞+「ても」的話，去「い」→→「く」+「ても」。故「愛じゃない」+「ても」→→「愛じゃなくても」。

9. 信じあえる：「信じる」〈相信〉+「合う」〈互相〉→→「信じあう」〈互信〉→→「信じあえる」〈能夠互信〉。「合う」(自Ⅰ)常跟其他動詞，結合成為複合動詞，例如：「褒(ほ)めあう」〈互相褒獎〉，「殴(なぐ)りあう」〈互毆〉。而且此處表現上用可能動詞，「あう」〈互相… 一起…〉→→「あえる」〈能夠互相…能一起…〉。第一類動詞的可能動詞，只要將語尾改「え」段音即可☞P34-6。

10. 心の傷なら：假定形「V5」+「なら」=「V5」+「ならば」見本篇解釋6，所以此句翻譯為如果心有傷口的話、要是心傷的話。

11. お酒でも食らって：整句翻譯為「請喝點酒的什麼的…」。本來為「お酒を食らう」〈大口喝酒〉→「お酒でも食らって」。「食らう」(他Ⅰ)喝酒、吃飯之意。「食らう」+「て」(接助)→「食らって」(「V2+てください」省去補助動詞「ください」)。例①「肩(かた)すかしを食(く)らう。」〈使之落空、出其不意〉。例②「しっぺ返(がえ)しを食(く)らう。」〈立即報復〉。副助詞「でも」取代了格助詞「を」表示一種消極條件的用法，中譯為什麼…之類的…。

12. 詫びたい人なら：「詫びる」(他Ⅱ)道歉、賠不是。「詫びる」〈道歉〉+「たい」(助動)〈想…〉→→「詫びたい」〈想道歉〉→→「詫びたい」〈想道歉〉+「人」〈人〉→→「詫びたい人」〈想道歉的人〉→→「詫びたい人」〈想道歉的人〉+「なら」→→「詫びたい人なら」〈如果你是一個想道歉的人的話〉，假定形「V5」+「なら」=「V5」+「ならば」見本篇解釋6。

「～たい」(助動)「想...」。文型「V2」+「たい」(助動) 「想...」用例 ①水が飲みたいです。〈想喝水〉 ②何も食べたくないです。〈甚麼都不想吃〉 ③行きたいけど、暇がないです。〈想去， 但沒空。〉 ④休みたければ、休みなさい。〈想休息的話請休息吧!〉 ⑤夏になると、みな海水浴に行きたがります。〈一到夏天，大家都想去海水浴場〉 ⑥田中さんも、東 京へ行きたがっています。〈田中先生也想去東京〉

13. この手を合わせて:「手を合わせる」中譯為雙手合掌、合掌祈禱樣子。「手を合わせる」+「て」(接助)→→「この手を合わせて」。此歌詞為「この手を合わせてください」〈請雙手合掌〉或「この手を合わせてくれ」〈請雙手合掌〉的省略。句型為「～てくれ」或「～てください」。「～てください」比「～てくれ」禮貌。整句為請雙手合掌，這裡前後句分析意思後，該翻譯為「請合掌道歉」。

14. 淋しさこらえた:本來應該為「淋しさをこらえた」，中譯為忍受寂寞。「淋しい」(Adj)→→「寂しさ」(N)。形容詞變成名詞，見本篇解釋 2。變成名詞後才可當為動詞之受詞。「こらえる」【堪える】(他Ⅱ)忍受、忍耐。

15. 横顔:(名)①側臉、側面 ②不為人知的另一面。

16. 過去をひきずる:「ひきずる」【引き摺る】(自他Ⅰ)拖拉、拖、拉。此處中譯為拖曳過去。加以潤飾為「拖曳過去的一切。」

17. 胸に灯りをともした晩:「に」(格助)表後面動詞「點火」的地點，「灯りをともす」〈點火、點燈火〉(現在式)→→「灯りをともした」〈點火了、點燈火了〉(過去式表狀態)，「ともす」【点す】(他Ⅰ)點燈、點火。故此句可譯為內心點亮燈火之夜。

18. 想い出だけ:「想い出」(名)回憶。「だけ」(副助)只有、僅。此句譯為只有回憶。

19. 心のねぐら:【心の塒】「ねぐら」(名)鳥巢，俗話中「ねぐら」比喻為我的家、我的巢之意。

20. 想い出だけが心のねぐら:中譯為只有回憶是我內心的家、只有回憶是我心的歸宿。

21. 夢がちぎれて、一人でいても:「ちぎれる」(自Ⅱ)撕裂。「ちぎれる」→

→「ちぎれて」這裡的「て」形，表動作的接續。「一人で」的「で」(格助)表狀態。「いる」(自Ⅱ)〈在〉+「ても」(接助)〈即使～〉→→「いても」〈即使在… 即使有…〉。此句譯為即使夢碎，只有一個人。「一人でいる」〈一個人在〉(表一個人持續地存在)→→「一人でいても」〈即使一個人在〉。

22. 誰かを抱けば、忘れられる：假定形「V5」+「ば」。「抱く」(他Ⅰ)〈抱、擁抱〉+「ば」(接助)→→「抱けば」〈抱的話〉。「誰か」中譯為某人。日語可能動詞表現法，在第二類動詞時，去掉語尾「る」+助動詞「られる」。「忘れる」(他Ⅱ)〈忘、忘記〉+「～られる」→→「忘れられる」〈可以忘記、會忘記、能夠忘記〉。

23. 涙で洗って：「で」(格助)表方法、手段。「洗う」(他Ⅰ)+「て」(接助)→→「洗って」☞P89-8；「洗って」為「～てください」或「～てくれ」的省略。

24. 逢いたい人なら、この瞳をつぶって：「逢う」〈見面、相逢〉+「たい」(助動)〈想…〉「逢いたい」〈想見面〉→→「逢いたい」〈想見面〉+「人」〈人〉→→「逢いたい人」〈想見面的人〉→→「逢いたい人」〈想見面的人〉+「なら」→→「逢いたい人なら」〈如果你是一個想見面的人的話〉，「なら」見本篇解釋6和12。「つぶる」【瞑る】(他Ⅰ)閉眼、閉上。「目を瞑る」①死去②閉上眼睛③佯裝沒看見、視而不見。此歌詞以漢字「瞳」念成「め」=「目」。整句歌詞可翻譯為如果你是一個想見面的人的話，請你閉上這一雙眼睛。「て」(接助)為「～てください」或「～てくれ」的省略。

25. 淋しい背中がお前の人生：形容詞「淋しい」〈寂寞的〉形容名詞「背中」〈背面、後面、反面〉，此句意思即為寂寞的後面就是你的人生。「が」(格助)表主詞，此處強調前面的「淋しい背中」。

風(かぜ)よ

作詞：野村耕三 ┃ 作曲：原譲二 ┃ 唄：北島三郎 ┃ 2007

一：

01. 若(わか)いうちなら、傷(きず)だらけ	要是年輕的時候，全身是傷，
02. 逆(さか)らう風(かぜ)も、いいだろう	逆風前進也無所謂吧！
03. それで、世間(せけん)の裏(うら)の裏(うら)	於是，社會的內層，
04. 見(み)えたら、でっかく、飛(と)び出(だ)せる	看得見之後，就能快速地跳脫而出，
05. 命(いのち)を燃(も)やして、ぶつかれや	燃燒生命去衝啊！

二：

06. 背中(せなか)を優(やさ)しく　押(お)しながら	需要一陣陣的風輕輕地從後面推著我，
07. 姿(すがた)を見(み)せない風(かぜ)がいる	看不見身影的風，
08. まるで、人生影(じんせいかげ)のよに	它宛如人生之影，
09. 寄(よ)り添(そ)う君(きみ)にありがとう	感謝陪伴我身旁的妳，
10. 歩(ある)いていこうや、踏(ふ)ん張(ば)れや	往前行，打拼喔！

三：

11. 巡(めぐ)る季節(きせつ)の花(はな)と夢(ゆめ)	風不忘季節變換中的花與夢，
12. 忘(わす)れず、風(かぜ)は連(つ)れてくる	帶我前進，
13. 人(ひと)は誠実(まこと)に生(い)きてこそ	人只要活下去，
14. 自分(じぶん)の道(みち)で　春(はる)を呼(よ)ぶ	要在自己的路子裡，呼喚春天，
15. 明日(あした)に向(む)かって、頑張(がんば)れや	面對明天，加油囉！

語詞分析

1. 若いうちなら :「うち」(名)表在某時間範圍內，譯為「...中」「...內」「...時」「...時候」「...期間」「...以前」「趁...」等， 例：①「三日のうちに終わる。」〈三天內結束〉 ②「若いうちに勉強せよ。」〈要趁年輕的時候用功啊！〉③「今日のうちに行く。」〈今天以內出發〉 ④「鉄は熱いうちに打つ。」〈打鐵趁熱〉 ⑤「子供が眠っているうちに、洗濯をすませてしまおう。」〈趁小孩睡覺的時候洗衣服吧！〉文型「V3」+「なら」「如果...的話、若是...」☞P92-1、173-10，「若いうち」的「うち」解釋為期間、時候。所以「若いうちなら」整句譯為要是年輕的時候的話。

2. 傷だらけ：「～だらけ」接尾名詞，中譯為全、整個、全都是。另有「～まみれ」和「～ずくめ」二語用法與其類似，現將這三者差異分析於後：〈1〉「～だらけ」: 上接名詞 ，表示全體同性質大量的存在，用於負面、不好的方面。例：①どろだらけ。〈全都是泥巴〉 ② 借金だらけ。〈一屁股債、滿身債務〉 ③血だらけ。〈全都是血〉 ④謎だらけ。〈一團迷霧〉 ⑤間違いだらけ。〈全是錯誤、錯誤連篇〉例如要將中文「庭院裡都是花」譯成日語時，A：「庭は花だらけだった。」(X)〈庭院都是花〉B：「庭は花でいっぱいだった。」(O)〈庭院都是花〉A 句顯然是錯誤的， 因為此句屬於正面的、好的方面，故不可用「～だらけ」。〈2〉「～まみれ」與「～だらけ」不同處，在於它只接液體和粉狀物質方面。此外，「～だらけ」用在大量的存在，「～まみれ」要用在全體裏外全面附著方面。例 ①「子供が砂場で遊んで帰ってきたので、家の中が砂だらけになった。」(O)〈因為孩子去玩沙回來，整個家裡都是沙〉 ②「子供が砂場で遊んで帰ってきたので、家の中が砂まみれになった。」(X) ③「濡れた手を砂に突っ込んだので、手が砂だらけになった。」(O)〈手插入沙子裡，所以整隻手都是沙〉 ④「濡れた手を砂に突っ込んだので、手が砂まみれになった。」(O)〈3〉「～ずくめ」用法則不分好壞，屬於中性性質接尾名詞，但若連接顏色時，只能用在黑色。例①「ドアの外に黒ずくめの服装をした男が立っている。」〈門外站著一位穿著全黑衣服的男人〉 ②「去年の夏は就職、結婚とめでたいことずくめだった。」〈去年夏天，就業，結婚，好事連連〉

3. 逆らう風：「逆らう」 (自Ⅰ)逆的風、相反的風。此處意指人處逆境時、不如意的時候。

4. いいだろう：文型「V3」 +「だろう」「...吧！ 」，表推量的句子，它的禮貌說法為 「V3」+「でしょう」。所以「いいだろう」〈可以吧！〉

5. それで：(接) ①因而、因此、所以 ②後來。

6. 見えたら：「見える」(自Ⅱ)+「たら」→→「見えたら」， 連接上句歌詞後「世間の裏の裏が見えたら」〈能看到社會上的黑暗面的話〉， 文型「V2」+「たら」「...之後」「...的話」，日語假設語氣之一☞P55-21。

7. でっかく：「でっかい」 (形容) =「大きい」〈大的〉，「でっかい」去掉語尾「い」變「く」而成「でっかく」，此當副詞，用以修飾動詞☞P48-23。

8. 飛び出せる：「飛び出す」 (自Ⅰ) ①跳出 ②起飛 ③闖出、出現 ④露出、鼓出。 「飛び出せる」為「飛び出す」的可能動詞，此字為第一類動詞，故用其語尾「す」的「え」段音「せ」加上「る」即變為可能動詞，所以「飛び出す」〈跳出〉→→「飛び出せる」〈能夠跳出、跳脫得出〉。

9. 燃やして：「燃やす」 (他Ⅰ)〈燃燒、燒〉 +「て」(接助) →→「燃やして」〈用燃燒...、用燃燒去...〉，此處「て」(接助) 表方法、手段。

10. ぶつかれや：「ぶつかる」(自Ⅰ) ①撞、碰 ②遇到 ③衝突、矛盾 ④直接交涉 ⑤撞期、適逢。 「ぶつかれ」是「ぶつかる」的命令形，第一類動詞以其語尾「え」段音變化而成，公式為「ぶつかる」→→「ぶつかれ」。動詞命令形例子①「行く」→→「行け」 ②「飲む」→→「飲め」 ③「頑張る」→→「頑張れ」。 命令形所代表的意義有四：①斥責、命令 ②緊急 ③鼓勵、祈望 ④放任☞P85-32。 此處歌詞用法表鼓勵、祈望之意。 「や」(終助)(表輕微斷定)中譯為吧！啊！。整句譯為「衝啊！」。

11. 背中を押しながら：【背中】(名)=【背】。發音上「せなか」(名)=「せ」=「せな」。 文型「V2」+「ながら」(接助)「一邊...一邊...」;「背中を押す」〈推背〉→→「背中を押しながら」，故此句歌詞譯為一邊推著背。文型「V2」+「ながら」，動詞「ます」形去「ます」加「ながら」即可；例：①仕事(しごと)をしながら学(まな)び、学(まな)びながら仕事(しごと)をします。〈邊工作邊學習 ，邊學習邊上班〉 ②いつも、新聞(しんぶん)を読(よ)みながら、ご飯(はん)を食(た)べます。〈常常邊看報邊吃飯〉 ③食堂(しょくどう)でバイトをしながら、大学(だいがく)で勉強(べんきょう)してます。〈一邊在餐廳打工，一邊在大學唸書〉 ④歌(うた)を歌(うた)いながら、散歩(さんぽ)する。〈邊唱歌邊散步〉

12. 姿を見せない：「見せる」(他Ⅱ)〈給人看、讓人看〉→→「見せない」〈不給人看、不讓人看〉。否定形為「V1」+「ない」(助動)☞P195-12、39-13，「見せる」是第二類動詞，去掉「る」+「ない」即可。

13. いる：【要る】(自Ⅰ)需要、必要。

14. まるで：(副)①好像、宛如②(接否定)全部、簡直。

15. 人生影のよに：「よに」為「ように」(助動)的省略，「ように」是「ようだ」(助動)的第二變化☞P68-3，歌詞中用以修飾下句動詞「寄り添う」。中譯為如人生影子般地貼近我。另種欣賞角度解釋為「人生影のよに」→→「人生影の夜に」，「に」(格助)表時間定點。譯為「在人生失意的夜晚」。光和影常用來描寫人生，「光」表輝煌、盛況、光明。「影」表示灰心喪氣、失意、不順利的時候。

16. 寄り添う：(自Ⅰ)貼近、靠近、挨近。

17. 君にありがとう：「に」(格助)表動作的對象，此處為謝謝的對象，此句中譯為謝謝你。

18. 歩いていこうや：「歩く」(自Ⅰ)步行、走路。文型「V2て形」+「いく」→→「～ていく」，此文型為日語「漸遠態」用法，指離現在說話時點越來越遠之意，此處文法變化為「歩く」〈走〉→→「歩いて」(動詞「て」形)→→「歩いていく」〈走下去〉→→「歩いていこう」〈走下去吧！〉，「行こう」是「行く」的勸誘形、意志形，它當補助動詞時，通常不用漢字【行く】表記，「行こう」=「行きましょう」，此處表意志用法、表示一種決心。「や」參考本篇解釋10。

19. 踏ん張れや：「踏ん張る」(自Ⅰ)①(相撲、打架時)雙腳岔開使勁站立貌②堅持、掙扎、加油。「踏ん張る」→→「踏ん張れ」〈拼呀！加油啦！〉☞P85-32，文法見本篇說明10。

20. 巡る：(自Ⅰ)①循環 ②巡迴、巡視 ③繞行、圍繞 ④還、又。若將這句歌詞重新排列改寫成「巡る季節の花」=「季節の花が巡る」〈隨季節變換的花朵〉就更清楚易懂了。

21. 忘れず：=「忘れない」〈不忘〉，「ず」(助動) =「ない」☞P39-13。

22. 歌詞中的11句和12句必須相反地連接一起，才可正確翻譯出來。連接後

為「風は巡る季節の花と夢を忘れず、連れてくる」。「～忘れず、連れてくる」＝「～忘れないで、連れてくる」是否定連用形接續用法，請參考☞P195-12

23. 連れてくる：「連れる」(他Ⅱ) 帶、帶領。「連れる」(他Ⅱ)＋「来る」(自Ⅲ)→→「連れてくる」〈帶來〉☞P48-23。

24. 誠実に：「誠実だ」(形動な)真誠、老實、誠實。形容動詞語尾「だ」變成「に」後，用以修飾下接的動詞「生きる」。

25. 生きてこそ：「生きてこそ」〈只有活下去〉。「生きる」(自Ⅱ)生活、生存、活。「V2 て」形＋「こそ」(副助)表條件強調說法。①「自分(じぶん)でやってこそ、初(はじ)めて、分(わ)かる。」〈只要自己做，就會明白〉②「働(はたら)いてこそ、ご飯(はん)が食(た)べられる。」〈只有工作才有飯吃〉③「そうしてこそ一人前(いちにんまえ)の大人(おとな)だ。」〈只有這樣做，才算是長大的成年人〉

26. 向かって：「向かう」(自Ⅰ) ①面向、朝向、向 ②往、朝...去 ③趨向、接近。「明日に向かって」〈朝向明天、面對明天〉。

27. 頑張れや：「頑張る」(自Ⅰ) ①堅持己見 ②堅持、拼命 ③不離開地守候著。「頑張る」→→「頑張れ」→→「頑張れ」＋「や」→→「頑張れや」〈拼命啊！〉。文法見本篇說明 10。

喝采｜喝采

作詞：吉田旺 ｜ 作曲：中村泰士 ｜ 唄：千秋直美 ｜ 1972

一：

01. いつものように幕が開き	幕如往常般地開了
02. 恋の歌　歌う私に	寄給唱著情歌的我的通知單上
03. 届いた知らせは黒い縁取りがありました	有鑲著黑框
04. あれは三年前　止めるあなた駅に残し	那是三年前，留在你停下來的火車站之後
05. 動きはじめた汽車に一人　飛び乗った	一個人跳上又開始啟動的火車
06. 鄙びた町の昼下がり	偏僻鄉下的午後
07. 教会の　前に佇み	我穿著喪服佇立教會前
08. 喪服の私は祈る言葉さえ無くしてた	連要祈禱的話語，消失殆盡

二：

09. 蔦が絡まる白い壁	白牆常春藤纏繞
10. 細い影 長く落として	細影長長灑落其上
11. 一人の私は、溢す涙さえ忘れてた	孤獨的我，連嚎啕灑淚都忘了
12. 暗い待合室、話す人もない私の	我在昏暗的候車室，連個說話的人也沒有

13. 耳に私の歌が通り過ぎてゆく	而我耳邊流竄過我唱的歌
14. いつものように、幕が開く	如往常般，幕將開啟
15. 降り注ぐライトの其の中	在傾注而下的投射燈中
16. それでも私は	儘管那樣
17. 今日も恋の歌　歌ってる	今天，我仍然唱著戀愛之歌

語詞分析

1. 喝采：(名) 喝采、喝采聲、歡呼。

2. 歌詞一開頭三段話，「いつものように、幕が開き、恋の歌、歌う私に届いた知らせは黒い縁取りがありました。」必須連接在一起，才可解其全貌。

3. いつものように：「如平常般地…」。「いつも」(副) ①經常、平常 ②常…、老… ③平日、日常。「～ように」為助動詞「ようだ」的連用形。「V4」+「ようだ」→→「V4」+「ように」，此文型中文意思有 (1) 如…一般、像…一樣 (2) 為了、使 (3) 以免、以便 (4) 表注意、請託、願望。 (5) 表示不確定的判斷、推量、想像。 此處為 (1) 的用法，用此修飾下句的「幕が開きます」。文型「V4」+「ように」，因為「V4」為連體形，故當接續名詞時文型為「N」+「の」+「ように」。 例：①「陳さんは次のように、話した。」〈陳先生說了如下的話〉 ②「時間に遅れないようにしてください。」(表希望)〈請不要遲到〉 ③「日本語が分かるようになりました。」(表一種狀態轉變到一另一種狀態)〈我會日語了〉 ④「風邪を引かないように、コートを着ます。」 (表目的)〈為了不感冒要穿上外套〉 ⑤「傘も忘れないように。」(表希望)〈別忘了您的傘〉

4. 幕が開き：「幕が開く」〈開幕 、開始〉→→「幕が開き」〈開幕後、 開始後〉＝「幕が開いて」。文章體用連用形「開き」表現，此處表示動詞動作之接續，接續下句動詞「歌う」。「幕」(名) ①幕、帳幕 ② (戲劇的) 幕 ③場面 ④完結、結束。 「開く」(自Ｉ) ①開 ②開始、開門 ③騰出、空出。

5. 恋の歌　歌う私に：＝「恋の歌を歌う私」〈唱情歌的我〉，歌詞省去格助詞

「を」，本應該是「私が恋の歌を歌う」〈我唱情歌〉。「に」(格助)表下接動詞「届いた」的動作對象，也就是說「私に届いた」，此句中譯寄給我。

6. 知らせ：(名)①通知、訊息、消息 ②前兆。

7. 黒い縁取り：中譯為加黑色邊的。「縁取り」(名)加邊的、鑲邊、鑲框的。它的動詞形是 「縁取る」(他Ⅰ)鑲邊、加邊。

8. 止めるあなた駅に残し：可重新排列為「あなたが止める駅」〈你所停的車站〉。「駅に残す」〈留在車站〉→→「駅に残して」〈留在車站〉→→「駅に残し」〈留在車站〉(文章體省去接續助詞「て」，意思不變)。整句譯為留在你所停的車站。動き始めた汽車に：「動く」(自Ⅰ)〈動、開動〉＋「始める」(他Ⅰ)〈開始〉→→「動き始める」〈開始開動〉(現在式)→→「動き始めた」〈開始開動了〉(表完了)，歌詞中的「動き始める」稱之為複合動詞。 歌詞中用動詞修飾名詞成為「動き始めた汽車」〈開始開動的火車〉。「汽車」(名)火車，指的是過去的蒸氣火車頭，如果現在日語會話中要說「電車」，才能讓日本人聽得懂是坐火車來的，若是說出「汽車」，日本人一般想到的是遊樂區內的觀光用蒸氣小火車。 「に」(格助)此處表下接動詞「飛び乗った」的動作歸著點。

9. 汽車に一人飛び乗った：「飛び乗る」(自Ⅰ)〈跳上〉→→「飛び乗った」〈跳上了〉，完整講法應該加上助詞「で」，成為「一人で」。會話上，省去助詞「で」變成「一人」。整句中譯為一個人跳上火車。

10. 鄙びた町：「鄙びる」(自Ⅰ)〈偏僻、鄉土味〉(現在式)→→「鄙びた」〈偏僻、鄉土味〉(過去式，此處表狀態)，歌詞中用動詞修飾名詞「町」〈城市〉，所以此處譯為偏僻的鄉鎮。

11. 昼下がり：(名)過午、午後。

12. 教会の前に佇み：此為文章體表現，本應該為「教会の前に佇んで」，「て」表動作的接續。「佇む」(自Ⅰ)佇立、站著。「に」(格助)此處表下接動詞的動作歸著點。

13. 祈る言葉さえなくしてた：＝「祈る言葉さえなくしていた」，省去了補助動詞「いる」的語幹「い」，此處為「いる」過去式「いた」，表過去的一段時間，存在的狀態。「さえ」〈副助〉連、甚至。見本篇解釋 17。 「祈る」

（他Ⅰ）〈祈禱〉＋「言葉」〈語言、話語、話、說詞〉→→「祈る言葉」〈祈禱的話語〉。

14. 蔦が絡まる白い壁：這句本應為「蔦が白い壁に絡まる」。「蔦」（名）長春藤。 「絡まる」（自Ⅰ）①纏繞 ②糾纏、糾葛、有糾紛。 「白い壁「に」〈在白色牆壁上〉。句中省去了格助詞「に」，「に」此處表動詞「絡まる」的著落點或目的點。故此句譯為長春藤纏繞在白色牆壁上。歌詞以連體修飾語句表現，所以變成了「蔦が絡まる白い壁」〈長春藤所纏繞的白色牆壁〉。

15. 細い影長く落として：→→「細い影を長く落として」。句中省去了表示動作受詞「を」，「長い」→→「長く」（形容詞的第二變化）此當副詞，修飾動詞「落とす」。「落とす」（他Ⅰ）①弄掉 ②丟掉、失去 ③去除 ④攻陷 ⑤降低、貶低 ⑥脫落、遺漏 ⑦陷害 ⑧使逃走 ⑨使不及格、當掉 ⑩中籤、得標；等等意思，此處當把影子投射在牆壁上之意。 投射地點為上一句的「白い壁に」，上下兩句結合後，中譯為長影投射在長春藤所纏繞的白色牆壁上。

16. 溢す涙さえ忘れてた：本應為「溢す涙さえ忘れていた」，省去「忘れていた」中補助動詞「いた」的語幹「い」。「さえ」（副助）①連。例「東京へさえ行ったことがない」〈連東京也沒去過〉 ②而且。例「兄が病気であるところへ、弟さえ寝込んでしまった。」〈不只哥哥生病，而且弟弟也隨之病倒〉 ③只要。例「あなたさえご承知なら結構です。」〈只要你答應，就成了〉。「溢す」（他Ⅰ）①潑灑 ②抱怨、發牢騷。「涙を溢す」〈落淚〉→→「溢す涙を」〈要掉的眼淚〉→→〈溢す涙さえ〉〈連要掉的眼淚〉。「忘れる」（他Ⅱ）→→「忘れている」（現在進行式）→→「忘れていた」（過去進行式或一段狀態）＝「忘れてた」（省去補助動詞「いた」的語幹「い」）。「溢す涙を忘れてた」〈忘掉要掉的眼淚了〉→→「溢す涙さえ忘れてた」〈連要掉的眼淚都忘掉了〉。

17. 暗い待合室：「暗い」（Adj）〈①暗的、昏暗的、黑暗的 ②不熟悉 ③陰暗的〉＋「待合室」（N）〈候車室、候診室〉→→「暗い待合室」〈昏暗的候車室〉。

18. 耳に私の歌が通り過ぎてゆく：「通る」＋「過ぎる」（自Ⅱ）＋「て」（接助）＋「ゆく」（自Ⅰ）→→「通り過ぎてゆく」〈通過去〉☞P48-23。「通る」（自Ⅰ）①貫穿 ②(法案等)通過 ③經過、通過 ④互通、相通 ⑤通用 ⑥(聲音)響亮⑦(名聲)遠播。

19. 降り注ぐライト：「降り注ぐ」(自Ⅱ) 傾注而下、灌注、灑下。「ライト」(名) 燈光、燈。歌詞為動詞修飾名詞，本為「ライトが降り注ぐ」〈光線灑下〉。

20. それでも：(接) 儘管如此、即使那樣。

21. 歌ってる：＝「歌っている。」＝「歌っています」〈唱著歌〉。口語中省去了補助動詞「いる」的語幹「い」，意思不變。

高校三年生(こうこうさんねんせい) ｜ 高中三年級

作詞：丘 燈至夫 ｜ 作曲：遠 藤実 ｜ 唄：舟木一夫 ｜ 1963

一：

01. 赤(あか)い夕陽(ゆうひ)が校舎(こうしゃ)をそめて	夕陽染紅校舍
02. 楡(にれ)の木陰(こかげ)に弾(はず)む声(こえ)	榆樹蔭下話題聲起勁
03. ああ、高校三年生(こうこうさんねんせい) 僕(ぼく)ら	喔！喔！我們是高三學生，
04. 離(ばな)れ離(ばな)れになろうとも	我們不想分離，
05. クラス仲間(なかま)はいつまでも	同學們永遠在一起。

二：

06. 泣(な)いた日(ひ)もある 怨(うら)んだことも	有哭的日子，也有埋怨的事，
07. 思(おも)い出(だ)すだろ 懐(なつ)かしく	令人想念吧！
08. ああ、高校三年生(こうこうさんねんせい) 僕(ぼく)ら	喔！喔！ 我們是高三學生
09. フォーク·ダンスの手(て)を取(と)れば	手牽手跳土風舞，
10. 甘(あま)く匂(にお)うよ 黒髪(くろかみ)が	就會聞到黑頭髮的清香，

三：

11. 残(のこ)り少(すく)ない日数(ひかず)を胸(むね)に	心想在校日子有限，
12. 夢(ゆめ)が羽(は)ばたく、遠(とお)い空(そら)	夢想高飛，志在青雲
13. ああ、高校三年生(こうこうさんねんせい) 僕(ぼく)ら	喔！喔！我們是高三學生，
14. 道(みち)はそれぞれ 別(わか)れても	人各有志，即使分別後，
15. 越(こ)えて歌(うた)おう この歌(うた)を	我們也要跨越時空唱這首歌吧！

語詞分析

1. 染める：(他Ⅱ) ①染色、著色 ②落筆、開始寫 ③羞得臉紅。

2. 木陰に：陰涼地方。「木陰」(名) 樹蔭、樹底下。「に」(格助)表地點。

3. 弾む声：「弾む」(自他Ⅰ) ①彈回 ②談得起勁、興致高漲 ③呼吸急促 ④(小費等)撒錢。 「聲」(名) ①聲音②語言、話 ③意見。 歌詞意指談得起勁的聲音。

4. 僕ら：「僕」(名)＝「私」，男性用語。「～ら」(接尾) 表複數「…等/…們」。例：①「私ら」〈我們〉② 「子供ら」〈孩子們〉③「御前ら」〈你們〉④ 「佐藤ら」〈佐藤等〉⑤ 「これら」〈這些〉

5. 離れ離れになろうとも：「離れ離れ」(名/形動な)〈分散、離散〉。「意想形」文型為「V1」＋「う/よう」(助動)，第一類動詞用語尾「お」段音＋「う」，第二類動詞去其語尾「る」＋「よう」，「なる」(自Ⅰ)〈成為、變成〉→→「なろう」〈即將變…〉。 這裡是文型「V1 意想型」＋「とも」(接助)〈雖然即將…也…〉表逆接的假設條件。 而本句文法變化如下：「離れ離れになる」〈分散各處〉→→「離れ離れになろう」〈即將分散各處〉→→「離れ離れになろうとも」〈縱使即將分散各處〉。至於相關文型「V2」＋「とも」用法参考本篇解釋 16。 「V2」＋「とも」＝「V2」＋「ても」＝「V2」＋「…であっても」的例子：①「誰に何と言われようとも、自分で正しいと確信した道をまっすぐに歩けばいいのだ。」〈不管人家會說什麼，只要老實地走自己確信的正路，就好了〉 ②「はじめの内は、たとい上手に話せなくとも、勇気を出して話せば、だんだん上達する。」〈即使一開始不能流利說出來，但只要拿出勇氣說，就會越來越進步〉 ③「つらくとも、我慢するよ。」〈雖然痛苦，但我會忍受的呀！〉 ④「もう時間なのに、誰も帰ろうともしない。」〈雖然時間已經到了，但根本沒有人想回家〉⑤「試験の準備で、12時になっても、寝ようともしない。」〈因準備考試，即使已十二點，一點也不想睡〉

6. クラス仲間：(名) 同學。

7. いつまでも：(副) 永遠。

8. 泣いた日：「泣く」(自Ⅰ)哭泣。 「泣いた」為「泣く」的過去式，用以修飾後面名詞「日」，此句譯為「哭泣的日子」。「V2 た形」+「名詞」連體修飾語句例子：①「きのう出した速達は、今朝着いた。」〈昨日寄出的限時信，今早已經到了〉 ②「あのめがねを掛けた人は誰ですか。」〈那個戴眼鏡的人是誰？〉③「今度会った時に話しましょう。」〈下次見面時再談吧！〉④「早く来た学生は手伝ってください。」〈早到的學生，請幫忙一下〉 ⑤「絵に画いたような景色。」〈景色如畫〉

9. 怨んだこと：「怨む」(他Ⅰ)感到遺憾、悔恨、可惜。「怨んだ」為「怨む」過去式，用以修飾「こと」(名) ，文法如上題，「 怨んだこと」中譯為悔恨的事。

10. 思い出すだろ　懐かしく：此句前後對調後成為「懐かしく思い出すだろ」，如此，語意更明，中譯為「令人懷念吧！」，「懐かしい」(形容) 形容詞去語尾「い」變「く」，成為「懐かしく」。「懐かしく」為形容詞第二變化，此處當副詞，用以修飾後接動詞「思い出す」(他Ⅰ)〈想起來〉。「V3」+「だろ」=「V3」+「だろう」，省去助動詞「う」，意義相同。

11. フォーク·ダンス：(名)(folk dance)民族舞蹈、土風舞。

12. 手を取れば：此句譯為「牽手的話，就…。」「手を取れば」為「手を取る」的假定形，文型「V5」+「ば/れば」，「取る」(他Ⅰ)把語尾「る」變「れ」加「ば」(接助)，「取る」〈牽〉→→「取れば」〈牽手的話〉☞P28-14。

13. 匂う：(自Ⅰ)①有香味 ②發出、聞出 ③鮮豔、美麗 ④發臭、有臭味。這裡整句歌詞是「黒髪が甘く匂う」，可意譯為黑髮散發出淡淡清香。「甘い」(形容)具多種意思，而用在嗅覺方面解釋為「淡淡芳香、清香、淡淡清香」，「甘く」為「甘い」連用形，用來修飾動詞「匂う」。

14. 羽ばたく：(自Ⅰ) 振翅、拍打翅膀之意。這動詞為「羽」(名) +「はたく」(自Ⅰ)形成。「羽をはたく」→→「羽ばたく」(省去格助詞「を」後，成為新的動詞)。

15. それぞれ：(名)各、分別、各自。

16. 別れても：譯為「縱使分別，也……。」文型「V2」+「ても」 (接助)「縱使…、即使…」，「別れる」→→「別れても」。「ても」例：①「雨が降っても、行きます。」〈即使下雨，也要去〉 ②「いくら、高くても、買いた

いです。」〈不管多麼貴，也想買〉③「覚(おぼ)えても、すぐ忘(わす)れます。」〈即使背了，也馬上會忘記〉

17. 越えて歌おうこの歌を：「越える」(自Ⅱ) ①越過、渡過 ②超出 ③(過)年 ④跳過。「～を越えて」〈超越...〉。歌詞中「越える」的受詞並未明示出來，但因為它是一首描述懷念高中生活為背景的歌，前後句斟酌意境後，本曲作者應指超越時空或渡過的歲月之意，故整句可譯為超越時空，一起唱出這首歌吧！

荒城(こうじょう)の月(つき) | 荒城之月

作詞：土井晚翠 | 作曲：瀧廉太郎 | 1901 | 編曲：山田耕筰 | 1918

一：

01.	春高楼(はるこうろう)の花(はな)の宴(えん)	春日高樓花之宴
02.	巡(めぐ)る 盃(さかずき) かげさして	杯光斛影照輝映
03.	千代(ちよ)の松(まつ)が枝(え) わけ出(い)でし	萬年松枝齊招展
04.	昔(むかし) の 光(ひかり) いま いずこ	昔日光芒今何在！

二：

05.	秋陣営(あきじんえい)の霜(しも)の色(いろ)	滿天秋色霜景緻
06.	鳴(な)きゆく雁(かり)の数(かず)見(み)せて	寥數孤雁鳴不休
07.	植(う)うる 剣(つるぎ)に 照(て)りそいし	嵌入劍面增光輝
08.	昔(むかし) の 光(ひかり) いま いずこ	昔日光芒今何在！

三：

09.	いま 荒城(こうじょう)の夜半(よわ)の月(つき)	如今荒城夜半月
10.	替(かわ)らぬ 光(ひかり) 誰(た)がためぞ	永恆之光可為誰？
11.	垣(かき)に残(のこ)るは ただ 葛(かずら)	今留牆垣只剩葛
12.	松(まつ)に歌(うた)うは ただ 嵐(あらし)	對唱松樹只有嵐

四：

13.	天井影(てんじょうかげ)は 替(かわ)らねど	樓頂光影雖不變
14.	栄枯(えいこ)は移(うつ)る 世(よ)の 姿(すがた)	世上榮枯變如常

15. 写(うつ)さんとてか 今(いま)もなお　　今月仍然不映照

16. 嗚呼(ああ) 荒城(こうじょう)の夜半(よわ)の月(つき)　　嗚呼！荒城夜半月

語詞分析

1. 「荒城之月」：根據維基百科記載，這首知名的日本民謠是瀧廉太郎（Rentaro Taki，1879~1903）作曲，土井晚翠（Bansui Tsuchii，1871~1952）作詞。荒城之月最早載於日本明治時代五年制中學音樂課本，它是 1901 年應東京音樂學校（今東京藝術大學音樂系）編輯新音樂教材的需要，而誕生的作品。當時的著名詩人「土井晚翠」受到東京音樂學校的委託，替中學音樂教材創作歌詞。這篇「荒城之月」的題目勾起了他的幽思，以「會津藩」的「鶴ヶ城」（德川幕末戊辰戰爭的發生地點）為背景，創作了四段優美哀悽的詩文，非常動人。

   荒城之月的翻譯版，非常多。中文維基版的譯文如下：「一、春高樓兮花之宴、交杯換盞歡笑聲、千代松兮枝頭月、昔日影像何處尋、二、秋陣營兮霜之色、晴空萬裡雁字影、鎧甲刀山劍樹閃、昔日光景何處尋、三、今夕荒城夜半月、月光依稀似往昔、無奈葛藤滿城垣、孤寂清風鳴松枝、四、天地乾坤四時同、榮枯盛衰世之常、人生朝露明月映、嗚呼荒城夜半月」。

   台灣常常吟唱的中文版本，今簡略如下：「夜半荒城聲寂靜，月光淡淡明。昔日高樓賞花人，今日無蹤影。玉階朱牆何處尋，碎瓦漫枯藤。明月永恆最多情，夜夜到荒城。」

2. 荒城：（名）荒城、荒廢之城。

3. 高楼：（名）高樓。

4. 巡る盃かげさして：「巡る」（自Ｉ）①循環、旋轉 ②歷訪 ③繞行、繞境。此處「巡る盃」本為「盃を巡る」〈杯斛交錯、相互敬酒、輪番敬酒之意〉，「巡る盃」＋「かげ」【影】→→「巡る盃影」〈杯斛交錯的影子〉，「巡る盃かげさして」→→「～に巡る盃かげがさして」〈杯斛交錯的影子照射於...〉，「盃かげがさして」中的表示動作主語的格助詞「が」省略了。「差す」（自Ｉ）①照射 ②潮水上漲、浸潤 ③（情感的）發生 ④撐（傘）、打（傘） ⑤

呈獻 ⑥透露、呈現⑦量。「さして」為其「て」形，此處表接續用法，用以接續下句「千代の松が枝　わけ出でし」。故本句可譯為杯斛交錯的影子照映著。

5. 千代：(代)(古)萬世、永遠、萬代。

6. 松が枝：「松が枝」=「松の枝」〈松枝〉。「が」(格助)當修飾名詞用，等於現代語中的「の」用法。 例如①「わが国(くに)」〈我國〉 ②「梅(うめ)が香(か)」〈梅香〉 ③「われらが母校(ぼこう)」〈我們的母校〉 ④「これがために」〈為此、因此〉。

7. わけ出でし：「分ける」(他Ⅱ)①分開 ②劃分 ③分類、區別 ④調停、仲裁 ⑤分配、分派。「出づ」(文)(自下Ⅱ)(で、で、づ、づる、づれ、でよ)接在動詞連用形之後，形成複合動詞，意思有①「出る」 ②「出す」之意。此動詞等於現代語中常用的「出でる」(自Ⅱ)出、出來。例「流れ出でる」〈流出來〉。(古)「し」(文)(助動)古文過去式助動詞「き」的連體形，接續於連用形之後。「し」的變化為「せ、0、き、し、しか、0」。「分ける」+「出づ」→→「分け出づ」→→「分け出づ」+「き」→→「分け出でき」(=わけ出でました)(現代文)→→「分け出でし」(=わけ出でた)(現代語)〈分開來的〉。「し」是連體形☞P22-5 表16。，用以修飾後面名詞「昔の光」。故歌詞「千代の松が枝、わけ出でし昔の光」=「千代の松が枝をわけ出でた昔の光」主要描述過去的光芒，如萬年松枝伸展、擴展開來。

8. 光：(名)①光亮 ②光明 ③光芒 ④光榮 ⑤勢力。

9. いずこ：(代)(古)=「どこ」。哪裡、何處。

10. 秋陣営の霜の色：「秋」(名)+「陣営」(名)→→「秋陣営」。「陣営」陣營、陣地。「秋」表憂愁、凋零、哀怨、由盛而衰的景象。「霜の色」(名)下霜景色。

11. 鳴きゆく：「鳴く」(自Ⅰ)〈鳴叫、啼〉+「ゆく」(自Ⅰ)而成。此動詞相加的稱之為複合動詞，「鳴きゆく」可為現代文的「鳴っていく」〈鳴叫下去、鳴叫而去〉；「V2」+「て」漸遠態用法☞P48-23。「鳴きゆく雁」=「雁が鳴きゆく」，此為連體修飾語，以當下句動詞「見せる」的受詞。

12. 雁の数みせて：此處省去格助詞「を」，本為「雁の数を見せる」→→「雁の数をみせて」→→「雁の数みせて」〈讓我們看到雁群、讓我們看到數隻雁〉。「みせて」為「見せる」(他Ⅱ)的「て」形，「て」表接續用法，用以接續後句。

13. 植うる剣に:「植う」(他下Ⅱ)為古文動詞，其變化為「ゑ、ゑ、うう、うる、うれ、ゑえ」，故以其連體形「うる」修飾名詞「剣」。「植う」等於現代文的「植える」(他Ⅱ)①種、植 ②嵌入 ③培養、培育。此當崁入解釋，應為「～に剣を植える」〈把劍砍入…〉。「に」(格助)表動作的目的點。

14. 照りそいし:「照る」(自Ⅰ)+「添う」(自Ⅰ)→→「照り添う」(自Ⅰ)+「し」→→「照りそいし」(＝照る添った)。「照る」(自Ⅰ)①照耀 ②照射 ③晴天 ④。「添う」(自Ⅰ)〈①不離左右 ②增添 ③結婚 ④表示符合或希望〉。「し」(助動)見本篇解釋6。歌詞「照りそいし」修飾「昔の光」，即「照りそいし昔の光」＝「照る添った昔の光」(現代文)〈昔日光芒添輝照〉。

15. 夜半:(名)(雅)「よわ」發音為古文發音，重音頭高形，現代文則為【夜中】「よなか」。中文意思「夜半」、「半夜」。

16. 替らぬ光:可改為「光が替らぬ」，中譯為光芒不變、不變的光、永恆之光，此歌詞表月亮之光。「替る」(自Ⅰ)〈改變、更換、更迭〉→→「替らぬ」＝「替らない」。否定助動詞「ぬ」＝「ない」，文型「V1」+「ぬ」＝「V1」+「ない」☞P39-13。

17. 誰がためぞ:「が」(格助)参考本篇解釋2。「ため」(名)①為了…，對…好處 ②因為…所以…。「ぞ」(終助)①(表強烈的通知或指示)啦！ ②(自言自語)啦！ ③(古語上的反問用法)呢！ ④(當副助詞時，表疑問或不確定)嗎？ ⑤(當副助詞時，表強調)才 ⑥否定強調用法。此處放於句尾為終助詞用法，表反問用法。因此整句譯為「為了誰呢？」

18. 垣に残るは…:＝「垣に残るのは…」〈留在牆垣上〉，此處為古文用法，所以直接用動詞去接助詞「は」，在現代語中，除了成語或古文外，不會有此文法出現的。「残る」(自Ⅰ)殘留、留下、剩下。「に」(格助)表動作的歸著點。

19. ただ:(名/副/接續)此歌詞為副詞用法，譯為只有、只不過。

20. 松に歌うは…：=「松に歌うのは…」〈對著松樹歌唱〉，文法解釋如上題。「歌う」(他Ⅰ)歌唱、唱歌。「に」(格助)表動作的方向。

21. 嵐：(名) ①風暴 ②暴風雨。

22. 天井影：(名)「天井」①頂棚、天花板 ②物體內最高處 ③(經)物價上漲到最高。「影」①(文)指月亮、太陽、燈光的「光」 ②影、影子 ③映象 ④蹤跡、蹤影。故兩名詞相連接後，意指高樓樓頂或天花板上的光影。

23. 替らねど：=「替らなくても」。「V5」+「ど」(接助) (文)「ど」=「でも」=「ても」=「けれども」☞P151-23。「替る」(自Ⅰ)+「ぬ」(助動) =「替る」+「ない」。「ぬ」的第五變化為「ね」☞表9。「替る」+「ぬ」→→「替らぬ」→→「替らぬ」+「ど」→→「替らねど」。整句譯成雖然沒變、雖然沒有更迭、即使不變。「ど」(接助) (文)例子有①「呼(よ)べど、答(こた)えず。」〈叫了他，但沒回應。〉②「捜(さが)せど、見(み)えず。」〈找過了，但沒看到。〉③「本日(ほんじつ)、天気晴朗(てんきせいろう)なれど、浪高(なみたか)し。」〈今天天氣晴朗，但海浪很高。〉

24. 栄枯は移る：「移る」(自Ⅰ)①搬遷 ②轉移、變化 ③經過、推移 ④調動 ⑤轉向、移到 ⑥傳染、感染 ⑦染上、沾染⑧蔓延、延燒。「栄枯」(名)榮枯、盛衰。故此句譯為榮枯盛衰變化。

25. 写さんとてか：「写す」(他Ⅰ)→→「写さぬ」→→「写さん」〈不映、不映照〉。「写す」①抄、騰、摹寫 ②描寫 ③拍照。不過若漢字寫成【映す】時，其意①映照 ②電影放映。有否定助動詞「ぬ」=「ん」☞表9。「とて」(副助) =「～と言って」=「～からと言って」=「～だけあって」。中文意思有①說是…當然… ②也…。「か」此處當終助詞，意思有①(表疑問)嗎？ ②(表反問)可不是嗎？ ③(徵求同意)吧！ ④(表意向)行嗎？ ⑤(表拜託)好嗎？ ⑥(表催促提醒)呀！ ⑦(表自言自語)呀！啦！啦！ ⑧(表驚訝)嗎！啦！

26. 今もなお：「いまなお」(副)現在還…、現在仍然…。也可以說是「今も」+「なお」而形成的副詞。「も」(副助)表強調，也、竟、即使。

さくら（独唱）｜櫻花

作詞：森山直太朗·御徒町凧 ｜ 作曲：森山直太朗 ｜ 唄：森山直太朗 ｜ 2003

01.	僕(ぼく)らはきっと待(ま)ってる君(きみ)と、また会(あ)える日々(ひび)を	我們在櫻花行道樹的路上，揮手呼喊著能夠跟妳再見面的每一天
02.	さくら並木(なみき)の道(みち)の上(うえ)で、手(て)を振(ふ)り叫(さけ)ぶよ	妳一定會等我
03.	どんなに苦(くる)しい時(とき)も、君(きみ)は笑(わら)っているから	無論多麼痛苦的時候，妳都微笑
04.	挫(くじ)けそうになりかけても、頑張(がんば)れる気(き)がしたよ	所以，縱使心情似乎將要沮喪，也會覺得我能加油努力喔！
05.	霞(かす)みゆく景色(けしき)の中(なか)にあの日(ひ)の唄(うた)が聴(き)こえる	在飄渺薄霧的景色裡，聽見那天的歌
06.	さくら、さくら、今(いま)　咲(さ)き誇(ほこ)る	櫻花、櫻花、現在正要盛開
07.	刹那(せつな)に散(ち)りゆく運命(さだめ)と知(し)って	因為我們了解到，將在剎那間散落的命運
08.	さらば、友(とも)よ、旅立(たびだ)ちの刻(とき)、変(か)わらないその想(おも)いを今(いま)	所以、在出發要去旅行的此時此刻，我仍不改那樣的想法，再見了，朋友
09.	今(いま)なら言(い)えるだろうか　偽(いつわ)りのない言葉(ことば)	當下的話，或許可以說出真心話吧！
10.	輝(かがや)ける君(きみ)の未来(みらい)を願(ねが)う本当(ほんとう)の言葉(ことば)	說出那句願你會有個閃亮未來的真話，
11.	移(うつ)りゆく街(まち)はまるで僕(ぼく)らを急(せ)かすように	變遷中的街道，宛如催促我們一般，

12. さくら、さくら、ただ舞(ま)い落(お)ちる	櫻花、櫻花、只是櫻花飛落，
13. いつか生(う)まれ変(か)わる瞬間(とき)を信(しん)じ	我相信有一天重生的那瞬間，
14. 泣(な)くな友(とも)よ、今惜別(いませきべつ)の時(とき)　飾(かざ)らないあの笑顔(えがお)でさあ	朋友啊！不要哭。如今惜別的時刻，唉呀！就不要用那張笑臉去矯飾了
15. さくら　さくら　いざ舞(ま)い上(あ)がれ	櫻花、櫻花、喂！飛揚呀！
16. 永遠(とわ)にさんざめく光(ひかり)を浴(あ)びて	希望永遠沐浴在喧鬧的光芒中，
17. さらば、友(とも)よ、またこの場所(ばしょ)で会(あ)おう	朋友啊！再見了，我們會在這地方重逢吧！
18. さくら　舞(ま)い散(ち)る道(みち)の上(うえ)で	在這條櫻花飛散的道路上。

語詞分析

1. 僕ら：我們。「僕」+「ら」→→「僕ら」。「ら」為接尾詞，加在名詞後面表示複數☞P73-4。

2. きっと：(副)一定。

3. 待ってる：=「待っている」=「待っています」(會話體)。歌詞以常體表現，而且省去補助動詞「いる」的語幹「い」，然後修飾名詞「君」。

4. 君とまた会える：「また」(副)再、又。「と」(格助)表一起動作的對象。「君と会う」〈跟妳見面〉→→「君と会える」〈能跟妳見面〉。「会う」(自Ⅰ)〈見面、相會〉變成可能動詞「会える」，第一類動詞用其語尾改成「え」段音，加上「る」即可☞P34-6。

5. 日々を：「日々」(名)每一天、日日。「を」(格助)承接下一句歌詞動詞「叫ぶ」的受詞作用。

6. さくら並木の道の上で：「で」(格助)表動詞「叫ぶ」的動作地點，中譯為「在」。「さくら並木の道の上」中譯為兩排櫻花樹的馬路上。

7. 手を振り叫ぶよ：「よ」(終助)呀！啦！囉！。

8. どんなに苦しい時も：「どんなに」(副)多麼地、那麼地。「苦しい」(形容)痛苦　、困苦。「苦しい」＋「時」〈時候〉→→「苦しい時」〈痛苦的時候〉。「も」(副助)也。故整句譯為不管多麼痛苦的時候也...。

9. 笑っているから：「笑う」(自Ⅰ)〈笑、嘲笑〉→→「笑っている」〈正在笑〉(現在進行式表持續狀態)→→「笑っているから」〈因為正在笑〉。「から」(格助)因為...所以。

10. 挫けそうになりかけても：「挫ける」(自Ⅱ)〈沮喪〉＋「そうだ」(助動)〈好像、快要〉→→「挫けそうだ」〈快要沮喪〉→→「挫けそうに」＋「なる」(自Ⅰ)〈變成〉→→「挫けそうになります」〈變得好像要沮喪〉＋「かける」(他Ⅱ)〈即將要...〉→→「挫けそうになりかける」〈好像即將沮喪〉＋「ても」(接助)→→「挫けそうになりかけても」〈即使好像即將沮喪〉。「かける」(他Ⅱ)此處當接尾動詞用，表①剛剛開始一個動作。②還沒...完。(動作在途中)　③就要...。(動作將開始)。例子：①「この肉は腐りかけているようです。」(這塊肉好像已經開始腐壞了)　②「仕事をやりかけのまま、出かけたらしい。」(好像工作還沒作完，就出去了)③「火が消えかけている。」(火就要滅了)
文型「V2」　＋「そうだ」(助動)「看起來...」、「好像...」、「似乎...」。「そうな」是「そうだ」的連體形,必須下接名詞。①　下接動詞時，去掉「ます」。「雨が降りそうです。」〈好像要下雨〉②下接形容詞時，去掉「い」。「美味しそうです。」〈好像很好吃〉③下接形容動詞時，用語幹加。「親切です」→→「親切そうです。」〈好像很親切〉④「元気です」→→「元気そうです。」〈好像有精神〉☞表18

11. 頑張れる気がしたよ：中譯為覺得我會努力加油啊！「頑張る」(自Ⅰ)〈加油努力〉→→「頑張れる」〈會加油會努力〉(可能動詞☞P34-6)。片語「気がする」〈覺得〉(現在式)→→「気がした」〈覺得〉(表過去式或完了)。「気がする」①有心思、願意　②好像覺得、彷彿。「よ」(終助)呀！啦！囉！

12. 霞ゆく：(自Ⅰ)「霞む」(自Ⅰ)①薄霧。　②眼睛矇矓、看不清楚。「霞む」的名詞形加上「ゆく」＝「行く」(自Ⅰ)〈這裡表薄霧流動方向、薄霧移動樣子〉→→「霞ゆく」〈縹緲薄霧〉。

13. あの日の唄が聴こえる：整句譯為聽得到那一天的歌。「聴こえる」(自Ⅱ)聽得到、傳來...聲。「あの日の唄」翻譯為那一天的歌。「が」(格助)表可能動詞的目的語。

14. 景色の中に：「景色」(名)景色、景致。「に」(格助)表動詞的定點。

15. 咲き誇る：(自Ⅰ)盛開、開得艷麗。

16. 刹那に：「刹那」(形動な)霎那。因其為形容動詞，要修飾動詞時，以其語尾第二變化「に」，變成連用修飾語，修飾後接動詞。

17. 散りゆく：「散りゆく」(自Ⅰ)＝「散る」(自Ⅰ)〈散落、謝落〉＋「行く」(自Ⅰ)〈去、離去〉→→「散りゆく」〈散落掉〉。「行く」☞P48-23。

18. 運命と知って：「と」(格助)表動詞「知る」的內容。歌詞中漢字寫成「運命」，念成「さだめ」〈命運、註定〉，也可念為「うんめい」〈命運〉。「知る」(他Ⅰ)〈知道、了解〉→→「知って」(動詞「て」形，促音便)☞表 8，此處接續助詞「て」表原因理由，所以「刹那に散りゆく運命と知って」翻譯成因為知道那是刹那間散落的命運。

19. 輝ける：「輝く」(自Ⅰ)〈光輝、閃爍、輝耀〉→→「輝ける」。「輝ける」是可能動詞，所以譯為會有光輝、能夠閃爍、能夠閃亮。第一類動詞的可能動詞變化☞P34-6。

20. 君の未来を願う：此句譯為許願你的未來。「願う」(他Ⅰ)①請求、懇求 ②向神禱告、許願 ③指望、期望 ④羨慕 ⑤提出申請書。「輝ける」動詞修飾「君の未来」後，許願有個閃爍的你的未來。

21. 移り行く街：「移りゆく」(自Ⅰ)變遷、推移。然後用這動詞修飾「街」，中譯成變遷的街頭。

22. まるで：(副)①完全、簡直 ②恰像、宛如。

23. 僕らを急かすように：這句中譯為如催促我們般。「急かす」(他Ⅰ)＝「急かせる」，中文意思為催促『僕らを急かす』〈催促我們〉『ように』☞P68-3。此處當好像...一般。

24. 舞い落ちる：「舞う」(自Ⅰ)〈飛舞、舞蹈〉＋「落ちる」(自Ⅱ)〈掉落〉→→「舞い落ちる」(自Ⅱ)〈舞落、飛落〉。

25. いつか：（副）某一天、某日。

26. 生まれ変わる：（自Ⅰ）①來世、來生、下輩子 ②重新做人、悔過自新。

27. 瞬間：（名）此歌詞特地念為「とき」，中譯為「時候」，但一般發音為「しゅんかん」時，中文意思為「瞬間」。

28. 信じ：「信じる」（他Ⅲ）〈相信、信賴、信仰〉→→「信じて」，此為文章體，故省去助詞「て」。

29. 泣くな：「泣く」（自Ⅰ）＋「な」（終助）→→「泣くな」〈不要哭、別哭〉。「な」其用法如下：「V3」＋「な」表禁止或否定命令，中譯「不要...」、「不許...」、「別...」。例：①「そんなに、あわてるなよ」〈不要那麼慌張啦！〉②「芝生(しばふ)に入(はい)るな」〈不要踐踏草坪〉 ③「そんなこと二度(にど)とするな」〈那種事別再做第二次〉

30. 飾らないあの笑顔でさあ：這裡歌詞顛倒寫的，本應該要「あの笑顔で飾らないさあ」，因此依照歌詞，句中的格助詞「で」表方法、手段。所以整句翻譯為「不要用那張笑容掩飾呀！」。「飾る」（他Ⅰ）〈裝飾、粉飾、裝潢〉→→「飾らない」〈不裝飾〉。動詞否定句文型「V1」＋「ない」（助動）☞P39-13。「あの」（連體）〈那、那個〉＋「笑顔」（名）〈笑容〉→→「あの笑顔」〈那張笑容〉。「さあ」（感）①用於催促、勸誘時，翻譯成「來！」「吧！」 ②用於遲疑、躊躇時，翻譯為「哎！」「嗯！」「呀！」 ③用於緊急困難時，翻譯為「哎呀！」「糟了！」。

31. いざ：（感）譯為喂！唉！①例「いざ、帰(かえ)ろう」〈喂！回家吧！〉 ②例「いざ、さらば」〈那麼、再見〉 ③例「いざという時(とき)」〈緊急時〉

32. 舞い上がれ：（自Ⅰ）飛舞、飛揚。「舞い上がる」→→「舞い上がれ」。歌詞「舞い上がれ」為動詞命令形，這裡表示希望。命令形。命令形帶有簡慢、粗魯、緊急、斥責、生氣等語氣。動詞命令形文法變化如下：

〈1〉第一類動詞用語尾「え」段音：

①「行きます」→→「行く」→→「行け」〈去!〉

②「呼びます」→→「呼ぶ」→→「呼べ」〈喊!叫!〉

〈2〉第二類動詞用語尾「る」改成「ろ」

①「食べます」→→「食べる」→→「食べろ」〈吃!〉

②「入れます」→→「入れる」→→「入れろ」〈進去!〉

〈3〉第三類：

①「します」→→「する」→→「しろ」〈做!幹!〉

②「来ます」→→「来る」→→「こい」〈來!〉

33. 永遠：(文)此歌詞發音為「とわ」，一般寫的漢字為「永久」，中文意思即永遠。此處將名詞作為副詞，修飾後面的動詞「さんざんめく」，所以以語尾「に」連用形來修飾動詞。

34. さんざんめく：(自Ⅰ)說說鬧鬧、喧鬧。

35. 光を浴びて：此用「て」形，表動作的接續，以連用修飾下句之用。「光を浴びる」〈沐浴光芒〉→→「光を浴びて」〈沐浴光芒而...〉。「浴びる」(他Ⅱ)①淋 浴 ②照、曬 ③遭受。

36. この場所で会おう：中譯為在這場所見面吧！「で」(格助)動作地點。「会う」(自Ⅰ)〈見面〉→→「会おう」〈見面吧！〉。動詞勸誘形、意志形文型為「V1」+「う/よう」，第一類動詞用語尾「お」段音加上助動詞「う」，第二類動詞去掉「ます」形的「ます」，加上助動詞「よう」。

37. さくら　舞い散る道の上で：本應該為「さくらが道の上で舞い散る」。「で」(格助)動作地點。整句翻譯為櫻花在馬路上飛落。

細雪(ささめゆき) ｜ 細雪

作詞：吉岡治 ｜ 作曲：市川昭介 ｜ 唄：美空ひばり ｜ 1983

一：

01. 泣(な)いてあなたの背中(せなか)に投(な)げた	哭泣的妳，背上飄落了
02. 憎(にく)みきれない雪(ゆき)の玉(たま)	恨意難消的雪花，
03. 今(いま)もこの手(て)がやつれた胸(むね)が	我這樣的女人和我憔悴的心， 如今仍(傷口憔悴的心)
04. 男(おとこ)の嘘(うそ)を恋(こい)しがる	眷戀著男人的謊言
05. 抱(だ)いてください、もう一度(いちど)　ああ	請抱我一下，再一次，啊！
06. 外(そと)は細雪(ささめゆき)	外面飄著細雪

二：

07. 不幸(ふこう)つづきの女(おんな)に似合(にあ)う	這情景跟持續不幸的女人相似，
08. 掴(つか)むそばから　消(き)える雪(ゆき)	才抓在手隨即消失的雪花，
09. 背中合(せなかあ)わせの温(ぬく)もりだって	說是背靠著背的溫暖(才溶化的)
10. あなたがいれば、生(い)きられる	有你在，就能活下去，
11. 夢(ゆめ)のかけらが散(ち)るような　ああ	有如夢的碎片四處散落一般，啊！
12. 外(そと)は細雪(ささめゆき)	外面飄著細雪

三：

13. 酔(よ)ってあなたが私(わたし)にくれた	醉了的你給了我，
14. 紅(べに)が悲(かな)しい水中花(すいちゅうか)	水杯中假花的紅色(口紅)是悲傷的，

15. 春になったら、出直したいと	到了春天之後，我想要重新開始，
16. 心に決めて未練酒	心中已決定了，迷戀的酒，
17. お酒ください、もう少し、ああ	請給我酒，再一點，啊！
18. 外は細雪	外面飄著細雪。

語詞分析

1. 細雪：(名)細雪、細細的雪花、稀疏的雪花。順便一提，「細雪」(1947)本來是長篇小說名，作者是日本明治大文豪，谷崎潤一郎(1886年～1965年)。內容優美絢爛，因而被選為日本中學生語文教材及必讀課外讀物之一。「細雪」曾經三度拍成電影，日本民眾百看不厭的文學名著，歷久不衰。

2. 泣いて：「泣く」(自Ⅰ)〈哭〉→→「泣いて」(動詞「て」形)，語尾是「く」的第一類動詞，變「て」形時，必須音便☞表8。此處「て」表動作的接續。

3. 背中に投げた：「投げる」(他Ⅱ)①丟、投、拋、扔 ②摔 ③提供 ④投射 ⑤放棄、潦草行事。「投げる」(現在式)→→「投げた」(過去式)，此動詞的受詞為下句的「雪の玉」〈雪球〉，「に」(格助)表動詞動作歸著點。組成前後句，變成「雪の玉をあなたの背中に投げた」〈把雪球丟到你背上〉。

4. 憎みきれない：「憎む」(自Ⅰ)〈憎恨〉→→「憎みます」→→「憎み」+「～きれない」(接尾動詞，屬形容詞詞性)〈...不完、...不了〉→→「憎みきれない」〈憎恨不完的〉。日語中的複合動詞，均以其第二變化作接續，文型為「V2」+「V」☞P121-6。

5. この手：(名)①這方法、這一手 ②這種、這類。

6. やつれた胸：「やつれる」(自Ⅱ)①消瘦、憔悴 ②落魄。其過去式「やつれた」形容名詞「胸」〈內心、心胸〉，所以此句譯為落魄的心。

7. 男の嘘を恋しがる：「恋しがる」(他Ⅰ)①(對異性)戀、戀慕 ②想念、思念。而這動詞的主語是上句的「胸」。所以「胸が男の嘘を恋しがる」〈內心思念男人的謊言〉

8. 抱いてください、もう一度：=「もう一度抱いてください」〈請再抱我一次〉。「抱く」(他Ⅰ)抱，其為第一類動詞，語尾為「く」，加「て」時要「い」音便☞表 8。日語命令句文型「V2」+「～てください」〈請...〉。 例：①「東京へ行く」〈去東京〉→→「東京へ行ってください」〈請去東京〉 ②「お酒を飲む」〈喝酒〉→→「お酒を飲んでください」〈請喝酒〉 ③「国へ帰る」〈回國〉→→「国へ帰ってください」〈請回國〉 ④「西瓜を食べる」〈吃西瓜〉→→「西瓜を食べてください」〈請吃西瓜〉 ⑤「バスを降りる」〈下公車〉→→「バスを降りてください」〈請下公車〉 ⑥「ダンスをする」〈跳舞〉→→「ダンスをしてください」〈請跳舞〉

9. ああ：(副)①那樣、那麼 ②(感)那種、那樣的 ③(表肯定)是！嗯！④(表驚訝、感嘆)呀！啊！唉！。

10. 不幸つづきの女に似合う：「不幸」(名/形動な)〈不幸〉+「つづき」【続き】〈持續、繼續、連在一起〉→→「不幸つづき」(名)〈連續不幸〉。「似合う」(自Ⅱ)相似、相配、相稱。「に」表動作的對象。整句中譯為「跟連續不幸的女人很相稱」。

11. 掴むそばから 消える雪：文型「V4」+「そばから」「隨...之後...」「剛...就...」。①「教わるから、忘れてしまう」〈隨學隨忘〉 ②「聞いたそばから、忘れてしまう」〈剛聽就忘〉 ③「片付けるそばから、子供が散らかす」〈剛整理好，隨後又被小孩弄亂〉。「掴む」(他Ⅰ)抓住、揪住。「消える」(自Ⅱ)①消失 ②融化 ③熄滅。 句子「掴むそばから 消える」修飾名詞「雪」，整句翻譯為「剛抓到又隨之融化的雪。」

12. 背中合わせ：(名)①背靠背 ②背面、背後 ③比喻不合。

13. 温もりだって：中譯為「即使有溫暖」。「温もり」(名)溫暖。「だって」(1)(接續)話雖如此...(2)(接助/副助)即使...、就連...。例①「私だって、いやです。」〈就是我也不喜歡〉(副助詞) ②「誰だって、知らない。」〈誰也不知道〉(副助詞) ③「今からだって、遅くはない」〈就是現在開始也不晚〉A：「早くやってくれよ。」〈趕快幫我弄啊！〉B：「だって、本当に暇がないんですよ。」〈可是、我實在沒空啊！〉(接續詞)

14. あなたがいれば、生きられる：假定形「V5」+「ば」「如果...的話... 就...」。「いる」〈在、有〉→→「いれば」〈有的話、在的話〉。「あなたがいる」〈有你〉→→「あなたがいれば」〈有你的話〉。「生きる」(自Ⅱ)〈活、生存〉→→「生きられる」〈可以活下去、能生存下去〉，第二類動詞去其語尾「る」加上助動詞「られる」，即變成可能動詞。此句譯為「有你話就能活下去。」

15. 夢のかけら：中譯為夢的碎片。「かけら」①破片、碎片 ②一點點。夢のかけらが散るような：「ような」為比況助動詞「ようだ」的第四變化，可接續名詞☞表17。文型「V4」+「ようだ」「好像...看起來...似乎...」。「散る」(自Ⅰ)謝落、散落。整句譯為像夢的碎片散落般。

16. 酔って：「酔う」(自Ⅰ)醉、暈。「酔って」為動詞「て」形，此處表動作的接續。動詞音便☞表8。

17. あなたが私にくれた：「くれる」(自Ⅱ)①給、送 ②施捨，「に」(格助)表動詞動作對象。故這句譯為你送給我。

18. 紅が悲しい水中花：「紅」(名)①紅色顏料、胭脂紅 ②鮮紅色 ③口紅，歌詞描寫女人的口紅，以口紅自喻女人自己。「水中花」(名)插入水杯中的假花。「悲しい」(形容)悲傷的 傷心的。「紅が悲しい」指顏色不鮮豔、女人是悲傷的。整句連接上句指送給我一朵顏色不鮮豔的假花。

19. 春になったら：文型「V2」+「たら」「如果...的話...、...之後」，第一類動詞時，必須音便☞表8。日語假設語氣用法之一☞P55-21。「春になる」=「春になります」〈變春天、到春天〉→→「春になったら」〈到了春天的話〉。

20. 出直したいと：「出直す」(他Ⅰ)〈再來、重來、重新開始〉=「出直します」→→「出直したい」〈想重來〉。文型「V2」+「たい」(助動)「想...」☞P60-12。「と」(格助)此處表下面動詞「決める」的決定內容。

21. 心に決めて：「に」(格助)表動詞動作地點。「決める」→→「決めて」，此為動詞「て」形，此處表動作的接續。

22. 未練酒：(名)「未練」(名/形動な)〈依依不捨〉+「酒」〈酒〉→→，「未練酒」〈依依不捨的酒〉。「未練」①依戀、依依不捨 ②不乾脆、怯懦。

23. お酒ください：=「お酒をください」〈給我酒、給我一杯酒〉。「下さる」(特殊Ⅰ)〈送給...、給...〉→→「下さい」(動詞命令形)〈請給...〉。參考本篇解釋8。

24. もう、すこし：「もう」(副)再。「すこし」(名/副)一點點。

幸せ(しあわ) | 幸福

作詞：中島美雪 | 作曲：中島美雪 | 唄：小林幸子 | 1997

01.	夢(ゆめ)なら醒(さ)める	夢若會醒，
02.	ああ、いつかは、醒(さ)める	啊呀！何時何日會醒?
03.	見(み)なけりゃ、よかったのにと	被人家說妳不要做夢還比較好，
04.	言(い)われても、それでも	儘管如此，
05.	夢(ゆめ)が醒(さ)めるまでの間(あいだ)	我想將我到夢醒的這段期間，
06.	見(み)てたことを幸(しあわ)せと呼(よ)びたいわ	我所夢到的，稱做幸福喔，
07.	あなたの町(まち)が窓(まど)の向(む)こうで	你的故鄉就在窗外的那邊，
08.	星(ほし)のように、遠(とお)ざかる	它如天際上的星星，遠離我，
09.	電車(でんしゃ)で、思(おも)います	在電車上我想，
10.	※幸(しあわ)せになる	我會幸福的，
11.	道(みち)には、二(ふた)つある	幸福的路有兩條，
12.	一(ひと)つ目(め)は、願(ねが)いごと	第一條是心之所願，
13.	うまく、叶(かな)うこと	能順利實現，
14.	幸(しあわ)せになる	幸福的路，
15.	道(みち)には二(ふた)つある	有兩條，
16.	もう一(ひと)つは願(ねが)いなんか	另一條就是，
17.	捨(す)ててしまうこと	捨棄願望，
18.	せんないね　せんないね	無奈啊！無奈啊！

19. どちらも、贅沢(ぜいたく)ね	而這兩者都過份奢求了，
20. せんないね　せんないね	無奈啊！無奈啊！
21. これから、どうしよう	今後，我該如何?
22. ※幸(しあわ)せになりたいね	我想要幸福呀！
23. 旅(たび)の途中(とちゅう)の	旅途中，
24. ああ、雪降(ゆきふ)る駅(えき)で	啊呀！為什麼在下著雪的車站?
25. なぜ、降(お)りてしまったのか	下了車了呢?
26. わからない	我不清楚，
27. あなたは来(こ)ない	你不來，
28. 追(お)いかけては、来(こ)ない	追你，你也不會來，
29. 当(あ)たり前(まえ)ねと小(ちい)さく笑(わら)います	我輕輕地自嘲說那是當然的，
30. 急(いそ)ぎ足(あし)では、遠(とお)ざかれない	用快步追的話，也不會離你太遠
31. 雪(ゆき)の粒(つぶ)より、小(ちい)さな夢(ゆめ)をまだ見(み)てるわ	我仍在做一個比雪花還小的夢啊！

※表重複區間

語詞分析

1. 夢なら：中譯為如果是夢的話。「N」＋「なら」假定形用法，譯成「如果…」。「夢」(名)＋「なら」→→「夢なら」〈如果是夢、若是夢〉☞P93-5假定形文型為「名/形動語幹/活用語原形」＋「なら」「如果…的話　」。例：
   ① ラジオなら、秋葉原(あきはばら)が安(やす)い。〈收音機秋葉原便宜〉
   ② 君(きみ)が行(い)くなら、僕(ぼく)も行(い)こう。〈你去的話，我也要去　〉
   ③ 読(よ)みたいなら、貸(か)してあげよう。〈想看的話，　借給你吧！〉

④ ここなら、たばこを吸っても、いいだろう。〈這裡的話可以抽煙吧!〉

2. 醒める：=【覚める】(自Ⅱ) ①醒過來 ②覺醒、醒悟 ③醉醒。

3. ああ：①(副)那麼、那樣、那種 ②(感)啊！、嗯！。

4. いつか：(副)①早晚、有一天、總有一天 ②曾經、以前 ③不知不覺、不知什麼時候。

5. 見なけりゃ：此句為假定形用法 ，「りゃ」為「れば」的口語縮音形，故可說「～りゃ」=「～れば」。歌詞「見なけりゃ、よっかたのに。」文法變化上由動詞「見る」開始，先將其改成否定形「見ない」，「ない」為形容詞詞性，它變成「見ない」的假定形，需要去其語尾「い」，變「けれ」加上助詞「ば」。「見る」(他Ⅱ)〈①看 ②作夢 ③檢查 ④推斷 ⑤處理 ⑥照料〉→→「見ない」〈不看、不做夢〉→→「見なければ」〈沒做夢的話、不看的話〉=「見なけりゃ」。「～りゃ」=「～れば」例：①「買ってやれば、いいじゃないか。」→→「買ってやりゃ、いいじゃないか。」〈幫他買不就好了嗎？〉 ②「早く、止めれば、いい。」→→「早く、止めりゃ、いい。」〈早點戒掉比較好〉 ③「行けば、いいんだろう」→→「行きゃ、いいんだろう。」〈去就好了吧！〉

6. 見なけりゃ、よかったのにと言われても：「よい」(形容)〈好〉(現在式) →→「よかった」〈好〉(過去式)。「のに」(接助)逆接的接續助詞，帶有意外、不滿、責怪的語氣，尤其放在句尾時、更有表示失望、遺憾、意外、不滿等語氣。歌詞「見なけりゃ、よっかたのに」中的「よっかた」接上「のに」後，整句中譯為「沒作夢就好了啊！」語氣上帶有責難的味道。「V4」+「のに」例：①「まだ、早いのに、もう、帰るんですか。」〈還很早，你卻要回去了？〉(感到意外) ②「熱があるのに、外出した。」〈發燒卻外出了〉(感到意外、責怪) ③「よせばいいのに。」〈不做就好了啊！真是的！〉(感到責難和不滿)

7. 「と」(格助) 是「言われても」的動詞內容。「...と言われても」〈即使被人家說...〉它的文法變化是「...と言う」〈說...〉→→「...と言う」+「れる」(助動) →→「...と言われる」〈被人家說...〉→→「...と言われる」+「ても」(接助)「...と言われても」〈即使被人家說...〉。日語被動式「V1」+「れる/られる」☞P31-3，「V2」+「ても」(接助)〈即使...〉☞P74-16

8. それでも：(接續)〈雖然那樣、即使那樣〉。

9. 醒めるまでの間：「まで」 (副助)+「の」 (格助)+「間」(名)，「間」①間隔、距離 ②中間 ③期間、時候、工夫④關係；「まで」(副助) 。此句指「到醒來這段期間」之意。

10. 見てたこと：日語做夢說法「夢を見る」。「見ていた」+「こと」(名)，歌詞「夢を見ていたこと」指做夢這件事。「見てた」省去了補助動詞「いた」的「い」，語意不變。

11. 幸せと呼びたいわ：「と」(格助)表後接動詞「呼ぶ」的內容。「呼びます」〈叫做、稱為〉+「たい」→→「呼びたい」〈想叫做...、想稱為...〉。文型「V2」+「たい」(助動)「想...」☞P59-12、151-22。「呼ぶ」(他Ⅰ)①招呼、呼喚 ②叫來 ③請來 ④叫做、稱做 ⑤招致 ⑥招待、邀請；「わ」(終助)女性常用，譯成「呀！」， 所以「幸せと呼びたいわ」中譯成「想要稱它是一種幸福呀！」

12. 向こう：(名)①正面、前面 ②另一邊 ③那邊 ④對方 ⑤從現在起。

13. 星のように：如星星一般。文型「V4」+「ように」(助動)☞P150-19。

14. 遠ざかる：(自Ⅰ)①遠離 ②疏遠。

15. 電車で思います：「で」(格助)表動詞「思います」的動作地點， 中譯為「在」。「思います」的原形「思う」(他Ⅰ) ，此處當「想」解釋。

16. 道には、二つある：日語存在句用法，文型「～に～がある」「在... 有...」，例：①「シニアセンターは、長青通り(ちょうせいどお)にある。」〈老人長青中心位於長青街。〉 ②「田中先生(たなかせんせい)は、陽明山(ようめいざん)に、別荘(べっそう)をもっている。」〈田中老師在陽明山有間別墅〉③「スーパーの近(ちか)くに、新(あたら)しいビルができた。」〈超市附近蓋了一棟新大樓〉 ④「壁(かべ)に耳有(みみあ)り、障子(しょうじ)に目有(めあ)り。」〈隔牆有耳〉

17. 願いごと：【願い事】(名)願望、心願。

18. 叶う：(自Ⅰ)能實現、能如願以償。

19. なんか：(副助) ①=「など」，「など」的口語表現，中文意思為「...之類的、...等等」②(代)=「なにか」表否定強調，中文意思為「哪！」。☞P152-29

20. 捨ててしまうこと：日語完結態用法，「V2て」+「しまう」；「しまう」

當補助動詞用，表無法復原或後悔等語氣。「捨てる」 (他Ⅱ) +「て」(接助) +「しまう」→→「捨ててしまう」，中譯為「丟棄掉」;「こと」(終助)①(表感動)啊！ ②(表斷定)呀！ ③(表徵求同意)嗎？「Ｖ2てしまう」句型舉例如下：

A：意志動詞「V2」+「～てしまう。」①「早く、食べてしまいなさい。」〈請快點把它吃完〉 ②「この本はもう読んでしまったから、上げます。」〈這本書我已經讀完了，所以送給你〉 ③「この宿題をしてしまったら、遊びにいける。」〈這功課做完之後，就可以去玩〉

B：無意志動詞「V2」+ 「～てしまう」①「なぜ、降りてしまったの。」〈為什麼下車了呢！〉 ②「よく、疲れていたので、眠ってしまった。」〈很累，所以就睡著了〉 ③「友達が手伝いに来た時には、ほとんどの荷造りは終わってしまった。」〈朋友來幫忙的時候，大部份的行李都整理完畢了〉④「彼は友達に嫌われてしまった。」〈他受到朋友的嫌棄〉 ⑤「雨の中を歩いて、風邪をひいてしまった。」〈在雨中走路，所以感冒了〉

21. せんない：【詮無い】(形容)無奈、沒用。

22. どちらも：「どちら」(代) + 「も」(副助)「兩個都...、兩者皆...」。

23. ぜいたく：【贅沢】(形動な)①奢侈、浪費 ②過份的奢求、奢望。

24. どうしよう：=「どうしましょう」。〈怎麼辦啊！如何做啊！〉「どう」 (副)怎麼、如何；意想形文型「V1」+「よう」(助動) 。「する」(自他Ⅲ) +「よう」→→「しよう」。「どう」 + 「しよう」→→「どうしよう」。

25. 幸せになりたい：「～になる」〈成為...、變成...、當...〉(普通形)→→「なります」〈成為...、變成...、當...〉(ます體)→→「なりたい」〈想成為...、想變成...、想要...〉。「幸せ」(形動な)的第二變化語尾為「に」，故成為「幸せに」+「なりたい」〈想要幸福〉。「幸せだ」〈幸福〉→→「幸せになります」〈變幸福〉→→「幸せになりたい」〈想要幸福、想要變幸福〉。

26. 雪降る駅で：=「雪が降る駅で」〈在下雪的車站〉，「雪が降る」〈下雪〉，歌詞中省去了格助詞「が」， 然後以「雪降る」修飾名詞「駅」。「で」(格助)表動詞動作地點，中譯為「在」。

27. 降りてしまったのか：文法見本篇說明 18，此句「Ｖ２てしまう」表意外用法。 「降りる」〈下車〉→→「降ります」〈下車〉→→「降りてしまう」

〈下車〉→→「降りてしまった」〈下了車〉(表過去式或完了)→→「降りてしまったのか」〈下了車呢！〉。「の」表柔和斷定☞P98-1。「か」表輕微疑問、驚呀、意外☞P80-25。

28. 分からない：=「分かりません」〈不知道、不懂、不明白〉。否定形文型為「V1」+「ない」(助動)☞P39-13、195-12，「分かる」〈知道、懂〉→→「分からない」〈不知道、不懂〉。

29. 追いかけては：「追いかける」(他Ⅱ) ①追趕 ②緊接著、緊跟的。歌詞以「追趕」解釋適當。文型「V２」+「ては」(慣)例：

A：表條件用法：中譯為「要是...」

①「先生がそんなに、厳しくては、誰も付いてきません。」

〈老師要是那樣嚴格的話，沒有人會跟他的。〉

②「そんなに、先生に頼っていては、進歩しませんよ。」

〈那麼樣的依賴老師的話，是不會進步喔！〉

B：表動作反複出現：中譯為「又...、又...」

①「降っては止み、降っては止みの天気が続いいている。」

〈一直都是下了停，停了又下的雨天天氣〉

②「食べては寝、寝ては食べるという生活をしている。」

〈過著吃了睡，睡了吃的日子〉

③「家計が苦しいので、母はお金の計算をしては、溜め息をついている。」

〈家計很苦，母親算了算錢，發出嘆息聲〉

④「待って待って、待ちくたびれた。」(表強調動詞)

〈等了再等，等到疲憊不堪〉

⑤「書いては消し、書いては消し、やっと、手紙を書き上げた。」

〈寫了擦，擦了又寫，終於把信寫完了〉

30. 当たり前と小さく笑います：「当たり前」(名/形動な)〈當然〉。「小さい」→→「小さく」，形容詞第二變化必須去其語尾「い」變「く」，此處的「小さく」當副詞用，用以修飾後面的動詞「笑います」;「と」(格助)當動詞「笑います」的指示內容，整句中譯為輕輕地笑說：「那當然啦！」

31. 急ぎ足では：「急ぎ足」(名)急步、趕的步伐；「で」(格助)表方法、手段;「は」(副助)表強調，中譯成用趕的步伐。

32. 遠ざかれない：「遠ざかる」(自Ⅰ) ①遠離 ②疏遠。「遠ざかる」〈遠離〉

→→「遠ざかれる」〈會遠離〉→→「遠ざかれない」〈不會遠離〉。第一類動詞用語尾「え」段音表可能動詞，此處「遠ざかる」的「る」改成「れ」即為可能動詞☞P34-6。

33. 雪の粒より小さな夢：「より」(格助) 比。這句中譯為比雪花還小的夢。「小さな」=「小さい」〈小的〉。

34. 「見てる」：=「見ている」=「見ています」。「見る」(他Ⅱ)此動詞含多種意思，歌詞中當做夢的「做」解釋。「夢を見る」〈做夢〉→→「夢を見ている」〈做著夢〉(現在進行式) 。

知(し)りたくないの ｜ 我不想知道啦！

作詞：なかにし礼 ｜ 作曲：ドン·ロバートソン(D·Robertson & Bames)

唄：菅原洋一 ｜ 1965

一：

01. あなたの過去(かこ)など　知(し)りたくないの	我不想知道你的過去啦！
02. 済(す)んでしまったことは	已經過去的事，
03. 仕方(しかた)ないじゃないの	不都也是無可奈何的啊?
04. あの人(ひと)のことは忘(わす)れてほしい	但願你忘掉她(那女人)
05. たとえ、この私(わたし)が聞(き)いても言(い)わないで	縱使我問你　，請你也不要說

二：

06. あなたの愛(あい)が、真実(しんじつ)なら、	你的愛若是真心
07. ただ　それだけで嬉(うれ)しいの	僅僅這樣，我就很高興
08. ああ、愛(あい)しているから、知(し)りたくないの	啊！因為愛你，所以不想知道啊！
09. 早(はや)く、昔(むかし)の恋(こい)を忘(わす)れてほしいの	但願你盡快忘掉過去的戀情
10. ああ、愛(あい)しているから、知(し)りたくないの	啊！因為愛你，所以不想知道啊！
11. 早(はや)く、昔(むかし)の恋(こい)を忘(わす)れてほしいの	但願你盡快忘掉過去的戀情

語詞分析

1. 知りたくないの：「知る」(他Ｉ)〈知道、了解〉，文型「V2」+「たい」(助動「想…」☞P60-12。「知る」(他Ｉ)〈知道、了解〉→→「知ります」〈知道、了解〉→→「知りたい」〈想知道〉→→「知りたくない」〈不想知道〉，「～たい」這助動詞，屬形容詞詞性，故其否定形為去其語尾「い」變「く」

加否定助動詞「ない」。

の：「の」此處為終助詞，女性常用語，意思有：

① 表示疑問：例１「今日行くの。」〈今天去嗎?〉。
例２「祭りは何時から始まりますの。」〈廟會何時開始啊！〉

② 委婉表示自己看法：例「とても、いやなの。」〈真討厭耶！〉

③ 輕輕引起對方注意：
例「私これから、出かけますの。よろしければ、いらっしゃいませんか。」〈我這就要出門，怎樣！一塊兒出去不?〉

④ 表示勸勉：例「心配することはいらないの。」〈不必擔心啦！〉

⑤ 表示命令語氣：例「ゲームなんかしていないで、勉強するの。」〈別打什麼電動了，讀書吧！〉

2. 済んでしまったこと：「済む」(自Ⅰ)〈結束、完了〉。文型「V2」+「て」+「しまう」→→「V2 てしまう」☞P94-20→→「済む」+「～てしまう」→→「済んでしまった」〈結束了、完了〉。「こと」此當名詞用，上接「済んでしまった」後，成為「済んでしまったこと」可當主語，歌詞上下句連接後「済んでしまったことは仕方ない」〈結束是沒辦法的〉。

3. 仕方ないじゃないの：「仕方ない」(慣)=「仕方がない」=「しようがない」=「しょうがない」〈沒辦法〉。文型「～じゃない」(慣)「不是～嗎?／可不是～嗎?」故此句中譯為可不是沒辦法嗎?「の」用法參考本篇解釋 2。

4. あの人のことは忘れてほしい：文型「V2 てほしい」〈希望…〉;「忘れる」(自他Ⅱ)為第二類動詞，加接續助詞「て」時，去其語尾「る」加上即可。「忘れる」〈忘記〉→→「忘れてほしい」〈希望忘記〉。「V2 てほしい」〈希望…〉。例：①今後は注意してほしい。〈希望今後多注意〉 ②もうすこし早く来て欲しい。〈希望再早一點來〉 ③あなたの書いた絵を見せてほしい。〈希望讓我看你畫的畫〉。純述句時「あの人のことを忘れてほしい」〈希望忘掉他〉→→「あの人のことは忘れてほしい」。文法上將格助詞「を」改為副助詞「は」，表強調在「忘れてほしい」作用上。

5. たとえ、この私が聞いても、言わないで：文型「たとえ」+「V2 ても…」〈縱使…也〉。「聞く」(他Ⅰ)〈問〉+「ても」→「聞いても」〈縱使問也…〉。否定命令形文型為「V1」+「～ないでください」〈請不要…〉，所謂「V1」指的是動詞語尾的「あ」段音變化☞P195-12。所以文法變化過程是「言う」(他Ⅰ)〈說〉→→「言わない」〈不要說、沒說、不說〉→→「言わないでください」〈請不要說〉→→「言わないで」〈請不要說〉(省略補助動詞「ください」)，整句譯為縱使我問，也請你不要說。文型「たとえ」+「V2 ても...」例子：

① たとえ、苦(くる)しくても、私(わたし)は一生懸命(いっしょうけんめい)やります。
〈不管多麼苦，我也要努力〉

② たとえ、冗談(じょうだん)でもそんなことを言(い)うものではない。
〈即使是開玩笑，也不該說那種話〉

③ たとえ、君(きみ)の頼(たの)みでも、それは聞(き)けない。
〈即使是你的請求，我也不能答應〉

6. あなたの愛が真実なら：文型「名/形動な」+「なら」〈如果...的話〉☞P92-1，「真実」(名/形動な)①真實②真心、真實感。故此句譯為「妳的愛，如果是真的的話。」

7. ただ：(副/名)只有、只、只是。

8. それだけで：〈只要那樣、光那樣〉，「それだけ」(副) ①只有那些、只那樣 ②唯獨那個 ③相對地。「で」(格助)表狀態、作用。

9. 愛しているから：此句譯為因為愛妳 。文型「V3」+「から」〈因為...所以...〉，「愛する」(他Ⅲ)〈愛〉→→「愛している」〈愛著〉(現在進行式，表狀態用法)。

10. 早く、昔の恋を忘れてほしいの：「忘れてほしい」見本篇解釋 5。「の」見本篇解釋 2，「昔の恋」〈以前的戀情〉。「早く」是形容詞「早い」的第二變化，此當副詞用，修飾「忘れる」。故整句翻譯為希望早日忘掉舊戀情呀！

青春時代 | 青春時代

作詞：阿久悠 | 作曲：森田公一 | 唄：森田公一/トップ·ギャラン | 1976

一：

01. 卒業までの半年で	離畢業還有半年，
02. 答えを出すと言うけれど	雖然有人說要交出個答案，
03. 二人が暮らした年月を	我們兩人一起度過的歲月，
04. 何で計れば、いいのだろう	要如何計算啊！
05. 青春時代が、夢なんて	青春就是一場夢，
06. 後からほのぼの 想うもの	以後會模糊地去懷念啊！
07. 青春時代の真ん中は	正值青春時，
08. 道に迷っているばかり	盡都是迷失中。

二：

09. 二人はもはや	兩人已經
10. 美しい季節を生きてしまったか	渡過美麗的季節了嗎?
11. あなたは少女の時を過ぎ	妳經過少女時期
12. 愛に悲しむ女になる	變成一個為愛所苦的女人，
13. ※青春時代が夢なんて	青春時代就是一個夢，
14. あとからほのぼの想うもの	以後就會朦朧地想起來啊！
15. 青春時代の真ん中は	正值青春時，
16. 胸に刺さすことばかり	盡是椎心之痛的事

※表重複區間

語詞分析

1. 卒業までの半年で：「まで」+「の」是助詞的重疊用法，「卒業までの半年で」中的「で」(格助)表狀態，故此句翻譯為「到畢業的這半年間」。
日語中，原則上兩個助詞不能重疊，但「への」、「での」、「からの」、「までの」、「との」、「よりの」，可以重疊，例①「先生(せんせい)への手紙(てがみ)。」〈給老師的信〉②「母(はは)からの送金(そうきん)。」〈母親寄來的錢〉 ③「故郷(ふるさと)からの通知(つうち)。」〈來自故鄉的通知〉 ④「彼女(かのじょ)との約束(やくそく)。」〈跟女友的約定〉 ⑤「台湾(たいわん)での生活(せいかつ)。」〈在台灣的生活〉

2. 答えを出す：中譯為交出答案、提交答案。「出す」(他Ⅰ) ①出、拿出、送出、交出 ②伸出 ③救出 ④供應 ⑤寄 ⑥發表 ⑦出版 ⑧加速 ⑨出席。此歌詞解釋成交出答案或做出回答之意。

3. 答えを出すと言うけれど：「と」(格助)表動詞「言う」的內容。文型「～と言う」①叫做... ②稱之為 ③據說、聽說 ④這種、這個 ⑤都、全。「けれど」(接助/終助) ①雖然...但是... ②(表對比)「也...、更...」 ③不過...可是...☞P151-23。「答えを出す」交出答案、提出答案、作出回答。整句翻譯為雖然有人說要有個答案交出來。

4. 二人が暮らした年月：「が」(格助)表動作主語。「暮らす」(自他Ⅰ)生活、過日子，過去式為「暮らした」，「暮らした」修飾名詞「年月」(名)〈歲月〉，整句譯為兩個人所過的日子。

5. 年月を何で計れば：整句譯為「如果要用什麼計算歲月的話。」「で」(格助)表方法手段，中譯為「用」。「何で」①用什麼 ②為什麼。「計る」(他Ⅰ) ①推測、揣測 ②計算計量。假定形文型「V5」+「ば」(接助)「...的話」☞P24-18，「計る」是第一類動詞所以用語尾「え」段音的「れ」加「ば」，「計る」〈計算〉 →→「計れば」〈要計算的話〉→→「何で計れば」〈用什麼計算的話〉。「計れば」的受詞為格助詞「を」前面的「年月」(名)，而「二人が暮らした」再修飾「年月」成為「二人が暮らした年月」。

6. いいのだろう：「いい」(形容)〈好的、可以的〉。推量形文型「V3」+「だろう」「...吧！」「いいのだろう」翻譯成「可以吧！」。「の」(格助)表說明原因、理由。

7. 青春時代が夢なんて：「青春時代が夢」〈青春是一場夢〉，「が」(格助)表對象語，即「青春時代が夢です」。「なんて」(副助) ①什麼的…、之類的話…、說是… ②叫做…之類的 ③(表意外)…哩！☞P44-22。

8. ほのぼの：(副)①朦朧、模糊 ②感覺溫暖。修飾下接動詞「想う」。

9. 後からほのぼの想うもの：「後」(名)＋「から」(格助)→→「後から」〈此處中譯為今後起、之後〉。「もの」(終助)有不滿、抱怨、撒嬌等情緒須要抒發、申訴理由時使用，常翻譯成中文「…啊！」「…嘛！」「哪！」「想う」(他Ⅰ)主要意思有①想、思考 ②感覺、覺得 ③以為、看做 ④想要、打算 ⑤想念。此處「想う」的受詞是「青春時代が夢」。上下句歌詞整理後「青春時代が夢などということを想うもの」→→「青春時代が夢なんて想うもの」〈以後會想起青春是一場夢啊！〉〈以後會懷念青春夢啊！〉。

10. 道に迷っているばかり：「迷う」(自Ⅰ) ①迷失 ②猶豫 ③迷惑、貪戀，「道に迷う」〈迷路〉→→「道に迷っている」〈迷路〉(現在進行式表狀態、經驗、習慣)，「迷う」第一類動詞語尾為「わ」行的，加上「～ている」時，必須「つ」音便☞表8；「ばかり」(副助)，「V4」＋「ばかり」「一直…、越來越…」☞P186-14，這句歌詞譯成「一直迷著路、總是迷路」。

11. もはや：(副)已經。

12. 美しい季節を生きてしまったか：「美しい季節」〈漂亮的季節、美好季節、優美的季節〉。「を」(格助)表動詞經過的時間。「生きる」(自Ⅱ) ①活、生存 ②生活、維持生活 ③有生氣 ④有效、有意義 ⑤(下棋)活棋。「V2てしまう」日語「完結態」，表示動作完全結束或違反自己的意志而對事情表示遺憾或後悔☞P94-20；「生きます」＋「～てしまう」〈…完了、…了〉→→「生きてしまう」〈活過來〉→→「生きてしまった」〈活過來了〉。「か」(終助)此處當「嗎？吧！」解釋，整句中譯為「活過美好季節了吧！」

13. 少女の時を過ぎ：＝「少女の時を過ぎて」。文章體省去接續助詞「て」。「過ぎる」(自Ⅱ) ①過、經過 ②過去、逝去 ③超過、渡過；「時」主要意思有①時間 ②時候 ③時期、季節 ④情況、時候 ⑤時機。(名)故此譯為「過了少女時代」。

14. 愛に悲しむ女になる：「悲しむ」＝「哀しむ」(他Ⅰ)，漢字不同，意義相同，有悲傷、悲哀、悲痛之意;「に」(格助)表原因。整句「因愛而傷悲」。

「愛に悲しむ」+「女」→→「愛に悲しむ女」〈因愛而傷悲的女人〉→→「愛に悲しむ女になる」〈成為一個因愛而傷悲的女人〉。文型「～になる」「變成…、成為…」☞P195-15。

15. 真ん中：(名)「真中」(まなか)的口語說法，中譯為「正中央、中間」。

16. 胸に刺さすことばかり：=「胸に刺をさす」〈刺扎入內心〉。「さす」【刺す】(他Ⅰ) ①刺、扎 ②螫 ③黏捕 ④縫紉、縫綴 ⑤(棒球)觸殺；「刺」【とげ】(名) ①刺 ②說話帶刺、話尖酸，這句歌詞為「將刺扎進內心」，意味著學生時代刻骨銘心的事情，或者後悔的事情，不安煩惱等事情吧。「胸に刺さす」+「こと」(名) →→「胸に刺さすこと」〈將刺扎進內心的事〉。「ばかり」(副助) 見本篇解釋 11。

千の風になって ｜ 變成「千之風」

作曲：新井滿 ｜ 唄：秋川雅史 ｜ 2003

一：

01.	※私のお墓の前で泣かないでください	請不要在我墓前哭泣
02.	そこに私はいません	我不在那裏面
03.	眠ってなんかいません	我沒長眠
04.	千の風に 千の風になって	我變成千之風
05.	※あの大きな空を吹き渡っています	吹過那整片廣大天際
06.	秋には光になって畑にふりそそぐ	秋天時，我會變成光灑入田野
07.	冬はダイヤのように、きらめく雪になる	冬天我變成雪，如鑽石般地閃爍
08.	朝は鳥になってあなたを目覚めさせる	早晨，我變成一隻鳥，讓我叫醒妳（你、親愛的）
09.	夜は星になってあなたを見守る	夜晚，我變成星辰，守護妳（你、親愛的）

※表重複區間

A Thousand Winds「千風之歌」英文原文為：

Do not stand at my grave and weeP.
I am not there，I do not sleeP.
I am not thousand winds that blow，
I am not diamond glints on snow，
I am the sunlight on riPened grain；
I am the gentle autumn's rain.
When you awaken in the morning's hush.
I am the swift uPlifting rush of quiet birds in circling flight.
I am the soft starlight at night.
Do not stand at my grave and cry，
I am not there；I did not die.

語詞分析

1. 這首歌是 2004 年日本電影「千の風になって-----天国への手紙」的主題曲。

在美國，原詩的題目為「Do not stand at my grave and weeP。」作者美國人，據傳名為「Mary Frya」。

簡單講，這首歌是從西方紅到日本，然後再紅到台灣的一首歌。這首歌原來是描述印地安人一家三口的故事，家庭故事內容大概是太太死了，先生深愛太太，難以獨自過日，因此要他兒子跟他一起自殺去陪媽媽，於是，父子兩人開始準備自殺事宜，當先生在整理太太遺物時，發現太太生前寫下的這首詩。於是，父子看到這詩，兩人打消自殺念頭。

這首英文詩，漸漸地在美國流傳開來，美國紐約 911 週年悼念大會上，由一位災難中失去父親的十一歲小女孩朗誦，讓出席者不禁流淚。之後，經由媒體傳至東方的日本。

這首原文作者佚名，原詩無題，但到日本被賦予新歌名為「千の風になって」。將英文詩大意改寫成歌詞後，感動千百萬人。

在日本將這首「千風之歌」寫成日語的人，是一位小說作家，也是吉他歌手，所寫小說曾經得過「芥川賞」。他作此曲的心境，乃因他在高中時代的一群死黨朋友中，有位同學英年早逝，因而這群朋友每年都一起悼念友人，不知在哪一年，當他苦於表達這種適當情感的時候，恰巧有位西方朋友送他這首英文詩，他一看，便作了這首日文版的歌。這個人叫做「新井滿」，他自作曲子，自己朗誦，作的 CD 也只送人。

這首詩於 2003 年 8 月首次在「朝日新聞」的「天聲人語」中發布，同年發行詩集和單曲，創下連續 23 週入排行榜記錄，2004 年 7 月，以「千の風になって」為題拍成電影，同時也以此曲為電影主題曲。

到了 2006 年末紅白歌唱對抗賽中，由「木村拓哉」朗誦，「秋山雅史」演唱，這一唱一念，使得這原本首默默無聞的歌，大賣 540 萬張 CD，幾乎所有日本人，都知道這首歌。

台灣版於 2007 年，已由「張桂娥」翻譯。網路上流傳版本甚多，下載、傳誦之後，加油添醋的、故事改編過的，不勝枚舉，眾說紛紜。

靜宜大學生態學研究所教授，也是台灣山海保育始祖陳玉峰教授，于 2011 年將英文版的翻譯如下：

① 請別在我面前落淚，
② 我不在那兒，也沒長眠，
③ 我是千陣拂面的清風，
④ 是雪花上晶晶躍躍的靈動，
⑤ 我是黃澄澄稻穗上陽光的容顏，
⑥ 也以溫和的秋雨同你相見，
⑦ 當你在破曉的寧靜中醒來，
⑧ 我是你疾捷仰衝的飛燕，在你頭頂飛翔盤旋，
⑨ 暗夜裡，我是閃閃星眼，
⑩ 請別在我面前哭泣，
⑪ 我不在那兒，也沒離你而去，

這首歌傳誦出對死亡的詮釋，表達了「一即一切，一切即一」的情愫面向，死亡非終結，而是變成了所有。死亡單單是肉體的分解，塵歸塵，土歸土，一切還給大自然的生命感動，全部融會在這首歌裡。

2. 千の風になって：「千」(名) 千、或表數目之多，「千の風」〈千之風〉，「～になる」「變成…、 成為…」→→「～になって」「變成…後…、 成為…後…」，

「V2」+「て」(接助)此處表動作的繼起、接續，所以「なる」→→「なって」,「千の風」為名詞，其語尾第二變化與形容動詞相同，必須用「に」接續動詞「なる」。

3. お墓の前で：「お墓」〈墓、墳墓〉，加上「お」表接頭語。此處「で」(格助)表動作地點。譯為在墳墓前。

4. 泣かないでください：請不要哭泣。文型「V1」+「ないでください」「請勿…、請不要…」☞P195-12，「泣く」〈哭、哭泣〉→→「泣かない」〈不哭〉→→「泣かないでください」〈請不要哭〉

5. そこに私はいません：日語存在句文型「～に～が～いる」「在…有…」☞P185-3、94-16，這歌詞為否定句，故將存在句主語由「が」改為「は」，整句譯為那裡沒有我，我不在那裡。。

6. 眠ってなんかいません：「眠る」(自Ⅰ)①睡覺 ②死、安息 ③閒置、沒用過。此歌詞解釋為安息較恰當。「なんか」(副助)它是「など」的口語表現，也是「なにか」(代)的口語表現。①…之類、…什麼的。例「言葉使いなんかも、汚い。」〈說話用辭也粗魯〉 ②哪。例「君なんかにできるものか。」〈你這個人哪會辦得到呢？〉 ③有些、好像。例「なんか嬉しそうな顔だ。」〈好像很高興的樣子〉。「眠る」〈安息〉→→「眠っていません」〈沒安息〉+「なんか」→→「眠ってなんかいません」〈哪有安息、沒睡〉☞P152-29

7. あの大きな空を吹き渡っています：「あの大きな空」〈那片廣大的天空〉，「大きな」=「大きい」〈大的〉。「吹き渡る」(自Ⅰ)颳得遠、到處颳風。格助詞「を」表動詞經過場所，因此，此句歌詞中譯為風吹(掃)過那片廣大的天空。「吹き渡る」→→「吹き渡っています」,「V2」+「ています」表動詞現在進行式、狀態等。此動詞為第一類動詞，所以必須音便，音便請見表8。

8. 畑にふりそそぐ：「ふりそそぐ」【降り注ぐ】(自Ⅰ)①傾盆而下 ②陽光照射 ③紛紛而至。「に」表動詞目的點。此處接前句歌詞後，譯為陽光灑入田野。

9. ダイヤのように：「ダイヤ」=「ダイヤモンド」(名)〈鑽石〉。「V4」+「ようだ」(助動)→→「V4」+「ように」「如…一般」☞P68-3。「ように」上接名詞時，必須以「の」連接。此句歌詞譯為如鑽石般。

10. きらめく雪になる：「きらめく」(自Ⅰ)閃閃發光、耀眼、閃爍。歌詞以此動詞修飾名詞「雪」成為「きらめく雪」〈閃亮的雪〉，「きらめく雪」+「なる」(自Ⅰ)〈會成為閃亮的雪〉。文型「～になる」「變成…、 成為…」如本篇解釋1。

11. あなたを目覚めさせる：「あなた」(名)①(妳/你)的禮貌話)您 ②(夫妻之間稱呼)親愛的。「目覚める」(自Ⅱ)〈覺醒、醒過來〉→→「目覚めさせる」〈讓你覺醒、叫你醒來〉。使役動詞的文型「V1」+「せる/させる」，「目覚める」為第二類動詞，必須加上「させる」，而成為「目覚めさせる」☞P148-3。

12. あなたを見守る：守護你。「見守る」(他Ⅱ)
①「守護」。例：「神(かみ)に見守(みまも)られている。」〈受神保佑〉
②「照料」。例：「親猫(おやねこ)が子猫(こねこ)を見守(みまも)る。」〈母貓照顧小貓〉
③「注視」。例：「成(な)り行(ゆ)きを見守(みまも)る。」〈注視事態的發展〉

竹田の子守唄 ｜ 竹田搖籃曲

京都地方民謡 ｜ 唄：赤い鳥 ｜ 1969

一：

01.	守りもいやがる　盆から、さきにゃ	就連照顧小孩也覺得也討厭，從盂蘭盆節起
02.	雪もちらつくし　子も泣くし	雪稀稀疏疏地下，小孩也哭泣著

二：

03.	盆がきたとて　なにうれしかろ	人家說盂蘭盆節來了。哪有高興的呀！
04.	かたびらはなし　帯はなし	而我沒有單衣，也沒有和服腰帶

三：

05.	この子よう泣く　守りをばいじる	這小孩，常哭，更辛苦看小孩了
06.	守りもいちにち　やせるやら	照顧小孩的人，會一天天地瘦呀！

四：

07.	早よも行きたや　この在所こえて	經過幫傭地點，早已想回家去了
08.	むこうに見えるは　親のうち	前面看到的是父母的家

語詞分析

1. 本來歌曲名為「子守り唄」。負責看小孩的小孩，抱著嬰兒，或揹著小嬰兒唱歌哄小孩的曲子。

   「竹田の子守歌」曾經是日本三大民謠之一(其他兩首是熊本縣民謠「五木の子守唄(いつきのこもりうた)」和東京的「江戸子守唄」)，後來逐漸沒人唱，因為歌曲原唱地是個被歧視的鄉下小地方。都府伏見区的「竹田」地名發音為「たけだ」(takeda)。若是九州的大分縣的「竹田」發音為「たけた」(taketa)。「竹田の子守歌」即翻譯為竹田搖籃曲。

   台灣屏東縣也有個「竹田鄉」，國道三號在該地設置「竹田交流道」。

   1960 年代由鄉村歌曲團體「紅鳥」(赤い鳥) 唱紅。

   這首歌會紅到「竹田」以外的地方，有其因緣。據說當初關西有個非常活躍的作曲家，名叫「尾上和彥」，在該地組織合唱團，發展音樂活動。此時他認識一位媽媽，她熟悉流傳於「竹田」的古歌謠，這位媽媽也是當時當地「赤腳孩童合唱團」(裸足の子グループ) 的一員，這位媽媽教唱「尾上和彥」先生民謠歌曲，其中一首就是「竹田の子守り唄」。尾上先生學到這首歌後，直覺是首好歌，腦筋一動，一夜編曲完成。

   之後，尾上先生受邀參加東京藝術座創作舞台 -「橋のない川」的一個音樂節目，因此他趁機將「竹田の唄」帶上舞台。而這首歌初次登臺時，單有音樂而已。

   這之後，尾上後來才將那位媽媽唱出的歌詞譜上去。而再由聽過該歌曲的「大塚孝彥」和「高田恭子」開始傳唱，之後「紅鳥」(赤い鳥) 團體的「後藤悅治郎」才將此首民謠納入自己表演曲目中。1969 年「紅鳥」的「竹田の子守り唄」單曲唱盤，於焉誕生。

   不過，「竹田の子守唄」雖然是好歌，卻跟「復興節」和「ヨイトマケの唄」都被檢舉歌曲背景具有歧視某村落的意涵，被列禁唱歌曲名單。主唱的「紅鳥」團體也多次被勸必須將該曲從他的唱片中剔除。時至 1990 年代，才被解禁，開始又有人翻唱此曲。

   其實，在明治到大正到昭和初期，社會上被父母硬推去當看顧小孩的少女，並不僅僅只有京都府伏見区的「竹田」地方的小女孩而已，實際上，這些少女帶小孩時哼唱的歌，才是真正的「～子守り唄」的作者。也就是說當代日本類似這樣的搖籃曲，非常多樣，這些曲子並非在書桌上，光憑想像力所創作的曲子，而在現實面上的真實體驗，由小少女以其辛酸血淚編織起來的。

此曲已成為日本民謠名曲，歌詞各式各樣，大致上，分為廣泛被唱的新詞舊曲和原本老歌詞兩種。名歌手「美輪明宏」和近來的「森山良子」都曾翻唱過。

1974 年國際明星翁倩玉 (ジュディ・オング) 將原曲「竹田の子守唄」，改編中文歌詞，歌名「祈禱」首錄，立即紅遍台灣大街小巷，成了耳熟能詳的曲子。

在此先簡介這首歌 4 個段落的大意，第 1、2 段說明這小女孩，在寒冬中，未著布襪，天寒地凍裡看小孩的境遇，雪天裡，小女孩背娃娃時，手腳變得遲鈍，背上的娃娃常哭，因而受雇主痛罵，所以討厭看小孩。而當日本「盂蘭盆」節來臨時，家家戶戶親族在一起掃墓，孩子們通常可吃到美食，穿新和服，一同和小朋友玩耍嬉戲的歡樂時光，她都錯過，因為她在異鄉工作，哪有值得在節日高興的呢！第 3、4 段描述哄小孩的情景，娃娃越背越哭，越是辛苦的情景。而且暗喻著受雇他人，看小孩之外，必須燒洗澡水、煮飯等粗重雜工勞動，思鄉又工作煩勞的身形消瘦的心境。

2. 竹田：(地) (たけだ) 京都的小地方名。

3. 子守唄：也可寫成【子守唄】【子守り唄】。「子守」(名) 看小孩、看小孩的人、哄小孩。「子守唄」搖籃曲。

4. 守り：＝「子守」(名)。看小孩、看小孩的人、哄小孩。

5. いやがる：(他Ⅰ)「嫌がる」是「いや」【嫌/厭】的動詞形。形容詞、形容動詞的語幹或助動詞「たい」、「た」的後面接上接尾詞「がる」，構成動詞。例「勉強を嫌がる」〈討厭讀書、不願用功〉

6. 盆から：一般叫做「お盆」，就是「お中元」，即是台灣的中元節，也叫做「盂蘭盆(うらぼん)」，或「精霊会(しょうりょうえ)」，現在這節日都定在七月中旬左右，主要是回鄉祭拜自己的祖先亡靈，如同我們的七月半中元普渡節，在這邊順便介紹一個常用的成語「盆(ぼん)と正月(しょうがつ)が一緒(いっしょ)に来(き)たよう」意思有①雙喜臨門 ②忙碌不堪。

7. 「から」(格助) 時間起點。「盆から」這句譯為從盂蘭盆節起。

8. 先にゃ：①日本關西方言說法，「にゃ」=「～ねば」，所以「帰らにゃ、ならん」=「帰らなければ、なりません」。 ②等於口語的「～には」。「にゃ」為「には」的縮音，為格助詞「に」加上副助詞「は」而組成。即「～にゃ」=「～には」。「先にゃ」=「先には」，「に」此處表時間定點，「は」表強調。「～には」用例☞P140-27。「先」(名) ①尖端、頭部 ②最前面 ③前面、往前 ④去處、目的地 ⑤對方 ⑥將來、往後 ⑦下文 ⑧最先、首先 ⑨事先、預先 ⑩以前。此處當將來、往後解釋。

9. 雪もちらつくし、子も泣くし：「ちらつく」(自Ⅰ) 紛紛地落、雪紛飛地下的樣子。這是標準句型「～も～し～も～」「既…又…」。第一個「し」表示並列用法，而「泣くし」的第二個「し」表示輕微的原因理由。「も」(副助)「泣く」(自Ⅰ) 哭泣。 「～し」(接助) 例①「雪も降るし、風も吹いた」〈既下雪又颳風〉 ②「用事もあるし、今日はこれで失礼します」〈因為有事，今天在此告辭〉 ③「頭もいいし、気立てもいい」〈腦筋不錯，性情也好〉

10. 盆が来たとて：「とて」它是格助詞，=「…といって」、「…と思って」翻譯成「說是」、「話說」、「也當然」。當副助詞時等於「…だって」、「…でも」意思是「即使…也」，也可當接續助詞時是「たとえ…といっても」、「…としても」☞P99-5，相當於中文的「即使…也」、「因為」的意思。 「とて」在此歌詞裡，當接續助詞「…としても」的用法。「来た」(常體說法) =「来ました」(禮貌說法)〈來了〉。所以整句翻譯為中元節即使來了、即使到了中元節。

11. なに：(名) ①什麼 ②那、那個 ③任何 ④哪裡。

12. 嬉かろ：本應該是「嬉しかろう」，這裡省略了「う」，這是形容詞「嬉しい」的推量形的古文文法用法，現代語則是「嬉しいでしょう」「嬉しいだろう」。

13. 帷子 (かたびら) は、なし：「かたびら」意指沒有裏布的單層衣服，「なし」=「ない」=「ありません」〈沒有〉

14. 帯はなし：「帯」(名) ①帶狀物 ②日本和服腰帶 ③信封封帶 ④帶狀節目。「なし」=「ない」=「ありません」。〈沒有〉

15. この子よう泣く：這裡應該分析為二種情況來欣賞，「この子よう，泣く」〈這孩子啊！會哭。〉和「この子，よう泣く」〈這孩子、常哭〉。若是前句「この子よう」時，斷句「よう」之後，這裡的「よう」放在名詞「この子」後面，屬終助詞「よ」的長音化，用法和「よ」一樣，譯為啊！啦！喔！若是後句「この子，よう泣く」，斷句在「この子」之後，「よう泣く」的「よう」是形容詞「よい」的連用形「よく」的「ウ音便」，用以修飾「泣く」，即「よう」=「よく」。因此，「この子よう，泣く」翻譯為這小孩啊！會哭。若是「この子，よう泣く」翻譯為這小孩、這小孩很會哭（常哭）。

16. 此外，依據日本語版『Wiktionary』紀錄，顯示出廣島縣備後地區的方言裡，使用「よう」用語，舉例如下：「雨バー、よう降るなぁや...」，等於東京標準語成為「雨ばかり降るなぁ...」〈光下雨啊！一直下雨喔！〉。「バー」或寫成「ばあ」是備後地區的「備後バーバー」調。這裡的「よう」=「ばかり」。所以，「この子，よう泣く」也可譯為「這小孩光會哭」。

17. 此外，「この子」的「子」意思有①小孩、兒童 ②特指男孩。

18. 守りをばいじる：「をば」（連語）這是格助詞「を」加上副助詞「は」，再將給予濁音化變成「ば」後，成為「をば」。其實即是「を」的強調型用法，表動詞動作、作用的目標、對象，常用於日語文言文。例①「失礼をば、致しました」=「失礼致しました」〈失禮了〉。例 ②「道をば　歩くとき」=「道を　歩くとき」〈在路上走的時候〉。「いじる」【弄る】（他Ⅱ）此處是說照顧小孩非常辛苦的意思。

19. いちにち：【一日】（名）①一日、一天②終日　、一整天③某一天④初一、一日、　一號⑤短時日　、短時間。

20. やせる：「痩せる」（自Ⅱ）①瘦②（土地）貧瘠。

21. やら：A：當副助詞 ①「来るのやら、来ないのやら、はっきりしない。」(輕微的疑問)〈來或不來，我不太清楚啦！〉 ②「何やら言っている。」(表示不確定)〈不知說些什麼啦！〉 ③「お花やら、お茶やらを習う。」(列舉用法))〈學插花又學茶道啦！〉 B：當終助詞用法，表輕微地疑問。 ①「何をしたのやら」〈你到底做了什麼？〉

22. 第二段的唱詞，有的歌詞版本改成「久世の大根飯、吉 祥の菜飯、またも竹田のもんば飯」

23. 早よも行きたや：「はよ」漢字為「早よ」，發音為「hayo」。關西腔調把「早く」說成「早よ」，例如：「もう遅いから、早よ寝ぇー」=「もう遅いから、早く寝なさい」〈已經很晚了，請早點睡〉。文法如「早い」+「ございます」→「お早よございます」，形容詞加「ございます」時，必須音便。「も」（副助）表極限，「早よも」〈早一點也...〉。「いきたや」=「ゆきたい」=「行きたい」〈想去、想走〉。「や」（終助）呀！啦！☞P48-19

24. この在所こえて：=「この在所をこえて」，歌詞中省去格助詞「を」。「在所」（名）按 1973 年「橋本正樹」所出版的「竹田の子守唄」一書中，當時這名詞屬於被歧視的字眼。意指鄉下偏僻小地方。「こえて」為「越える」（自Ⅱ）的「て」形。「て」（接助）此處表動作接續。「越える」①越過 ②超出 ③跳過 ④勝過。此處跟「山を越える」〈翻山〉「国境を越える」〈越過國境〉的意思相同。所以此句中譯為「越過這鄉下小地方」。

25. 此歌詞「早よも行きたや、この在所こえて」前後對調後，成為「この在所こえて、早よも行きたや」。接續助詞「て」，表示接續，一般說話排列上如此。

26. むこうに見えるは：=「むこうに見えるのは」，中譯為「前面可以看到的是......」。歌詞中省去助詞「の」，表形式名詞，因為古文寫法，故省略之。「むこう」（名）①前面、正面 ②另一面、另一邊 ③對方 ④那邊 ⑤從今後起。「に」（格助）表地點。「見える」（自Ⅱ）①看見、看得見 ②似乎、好像 ③找到 ④「来る」的敬語。中文為來、光臨之意。「見える」和「見られる」這兩個動詞均中譯為「看得到、能夠看到」。但兩者用法卻大不相同，初學者容易混淆。其差異如下：「見られる」為「見る」(他Ⅱ)的可能動詞，「見える」本身即是自動詞。表自然看到的，自然映入眼裡的。「見られる」表客觀環境改變而可以看到的。「海が見える」〈看得到海〉「冬は空気が澄んでいるので、東京からでも、富士山が見える」〈冬天天空清澈，所以從東京也看得見富士山〉「日本へ行けば、本当の富士山が見られる」〈去日本的話，就能看到真正的富士山。〉「猫は夜でも、ものが見える」〈貓即使在晚上，也看得見東西〉「今晩は会議がないので、テレビ映画が見られる」〈今晚沒開會，所以可以看電視長片〉。

27. 親のうち：「親」+「の」+「うち」→→「親のうち」〈父母的家〉。

津軽海峡(つがるかいきょう)·冬景色(ふゆげしき) ｜ 津輕海峽的冬天景色

作詞：阿久悠 ｜ 作曲：三木たかし ｜ 唄：石川さゆり ｜ 1977

一：

01.	上野発(うえのはつ)の夜行列車(やこうれっしゃ) 降(お)りたときから	從上野發出的夜班火車下車時
02.	青森駅(あおもりえき)は雪(ゆき)の中(なか)	青森火車站已在雪中
03.	北(きた)へ帰(かえ)る人(ひと)の群れは、誰(だれ)も無口(むくち)で	北返的人群們，人人沉默
04.	海鳴(うみな)りだけをきいている	只聆聽著海濤聲
05.	私(わたし)もひとり 連絡線(れんらくせん)に乗(の)り	我也單獨地搭上渡輪
06.	凍(こご)えそうな 鷗(かもめ) 見詰(みつ)め 泣(な)いていました	凝視著似要凍僵的海鷗哭泣
07.	ああ、津軽海峡(つがるかいきょう)·冬景色(ふゆげしき)	啊！津輕海峽的冬天景色

二：

08.	ご覧(らん)、あれが竜飛岬(たっぴみさき) 北(きた)の外(はず)れと	陌生人用手指著說：
09.	見知(みし)らぬ人(ひと)が指(ゆび)をさす	「喂！你瞧！那裡是龍飛岬，在北方的盡頭處。」
10.	息(いき)でくもる窓(まど)のガラス 拭(ふ)いてみたけど	我雖然試著擦去被氣息弄得起霧的玻璃窗
11.	遥(はる)かにかすみ、見(み)えるだけ	可是只能遙遠地看見薄霧，
12.	※さよなら、あなた、私(わたし)は帰(かえ)ります	再見！親愛的，我要回去了
13.	風(かぜ)の音(おと)が胸(むね)をゆする、泣(な)けとばかりに	海風聲搖動我的心，海風似乎要說：「妳哭啊！」

14. ああ、津軽海峡・冬景色　　　　　　啊！津輕海峽的冬天景色

※表重複區間

語詞分析

1. 冬景色：【ふゆげしき】(名)兩個名詞相接「冬」+「景色」，所以後面名詞變成濁音「げしき」，此句譯為冬天的景色。

2. 上野発：「～発」〈～出發〉，例①「十時発」〈十點出發〉②「東京発の列車」〈東京出發的列車〉③「パリ発の報道」〈來自巴黎的報導〉

3. 夜行列車：(名)夜車、夜班火車。

4. 降りたときから：接前面句子後，本應該為「夜行列車を降りた時から」，歌詞省去了表經過地點的格助詞「を」，「降りる」(自Ⅱ)→→「降りた」(過去式表完了)→→「夜行列車を降りた」〈下了夜班火車了〉，「とき」【時】(名)時候。連體修飾語句☞P74-8，「から」(格助)表時間起點，所以此句譯為從下了夜班火車時候開始。

5. 無口で：「無口」(名/な形動)沉默、寡言。「で」(格助)表狀態，用以接續下面動詞「海鳴りだけをきいている」。

6. 海鳴りだけをきいている：「海鳴り」(名)海浪聲 海濤。「だけ」(副助)只有。「聞く」→→「聞いている」(聽著)。翻譯只聽著海濤聲。

7. 凍えそうな鴎　見詰め　泣いていました：句中省略了助詞「を」和「て」，重新整理為「凍えそうな鴎を見詰めて泣いていました」〈盯著似要凍僵的海鷗哭泣〉，文型「V2」+「そうな」〈看起來…、好像要…、似乎要〉，「そうな」是樣態助動詞「そうだ」的第四變化☞P83-10，「凍える」(自Ⅱ)〈凍僵〉→→「凍えそうだ」〈看起來要凍僵〉→→「凍えそうな」〈看起來要凍僵的〉→→「凍えそうな鴎」〈看起來要凍僵的海鷗〉。「見詰める」(他Ⅱ)盯著看、凝視。「見詰める」→→「見詰めて」，「て」(接助)表動作接續，「泣いていました」〈哭著〉過去進行式，表過去一段期間的狀態。「そうな」後接名詞，歌詞中接「海鷗」，於是這句翻為凝視著似要凍僵的海鷗

哭泣。

8. ああ：(感) ①表呼喚人時用，喂！②表驚呀或忽然想起事情時。啊！哦！

9. ご覧：(名)〈1〉當主要動詞時， 它是「見る」的尊敬語，「ごらん」=「見る」 ，中譯「看、觀賞 」。〈2〉當補助動詞時 ，「V2て形」+「みる」→→「～してみる」→→「～してみましょう」=「～てごらん」，中譯為「...試試看」、「...看看」，最常用的用法有：「ごらん」、「ごらんになる」、「ごらんなさい」、「ご覧ください」、「ご覧遊ばせ」、「ごらんなさって」、「ご覧になってください」，例：①「あっちをご覧。」〈你看這邊〉(主要動詞用) ②「読んでご覧。」〈請讀看看、請唸看看〉(補助動詞用) ③「もう一度やってご覧。」〈請再做一次看看〉 ④「まあ、考えてご覧。」〈那麼！再考慮看看！〉

10. 第八句歌詞和第九句歌詞，中譯時，必須上下調過來翻譯，比較順暢。

11. 竜飛岬、北の外れと：「竜飛岬」(地) 直接翻為龍飛岬，「外れ」(名) 盡頭、邊緣。所以「北の外れ」譯為北邊的盡頭。「と」(格助)表後句動詞片語「指を差す」〈用手指指...〉的指示內容。

12. 見知らぬ人が：「見知らぬ」(連體) 〈陌生、不熟〉+「人」〈人〉→→「見知らぬ人」〈陌生人〉。「が」(格助)表動作主語，「見知らぬ人が指を差す」〈陌生人用手指...〉。

13. あれが竜飛岬 北の外れと見知らぬ人が指を差す：將歌詞上下句連接後，如果把歌詞中間想像成有個格助詞「の」，則「あれが竜飛岬の北の外れと見知らぬ人が指を差す」翻譯為陌生人用手指指說：「那就是龍飛岬北邊的盡頭處」，本來歌詞上沒有「の」，則也能按整篇歌詞想像成「竜飛岬は北の外れです」或「竜飛岬は北の外れにある」〈龍飛岬在北邊的盡頭處〉。

14. 息で曇る窓のガラス：「息」(名) 呼吸。「で」(格助)表方法、手段。「曇る」(自Ⅰ) ①天氣陰暗 ②朦朧不清 ③內心不愉快、憂鬱 ④顏色灰暗。「息で曇る」修飾「窓のガラス」，所以中譯為呼出的熱氣讓玻璃窗起霧，模糊不清。

15. 拭いてみたけど：「拭く」(他Ⅰ) 〈擦拭〉→→「拭いて」+「見る」(他Ⅱ)〈看〉→→「拭いて見る」〈①擦拭看看②擦拭後看...〉→→「拭いて見た」

(動詞連用形用法)（過去式）〈擦拭後看了〉+「けど」(接助)〈雖然…但是…〉→→「拭いて見たけど」。「けど」(接助)☞P151-23。「拭いて見た」詞組中，以漢字表現「～て見た」，所以此處動詞「て」表動作接續，翻譯成擦拭之後看了…。但若是「～てみた」不以漢字表現，則可視為「～てみる」的過去式，這補助動詞「みる」一般不寫漢字，中譯為「試著…」，經過演歌書本或 youtube 網站查證，呈現都沒寫漢字，所以此處譯為「試著擦了…」比較適當。

16. 遥かに霞見えるだけ：「遥か」(な形動)遙遠。「遥かに」為其第二變化☞表 6，第二變化是連用形，用以接修飾動詞「見える」(自Ⅱ)。「霞」（名）薄霧、暮靄。「霞見える」=「霞が見える」〈看見薄霧〉，歌詞中省去表可能動詞的格助詞「が」。「だけ」(副助)只有、僅僅。整句譯為只遙遠地看得見薄霧。

17. 胸を揺する：「揺する」(他Ⅰ)搖動、輕搖。「胸」（名）①胸部、胸 ②心、內心 ③肺 ④胃 ⑤心臟。此句中譯為搖動內心，而這句的主語為「風の音」〈風聲〉。

18. 泣けとばかりに：「泣け」為「泣く」(自Ⅰ)〈哭泣〉的命令形，第一類動詞命令形，將其語尾變成「え」段音即可☞P85-32。「泣く」→→「泣け」。文型「V6」(命令形）+「とばかりに」〈幾乎就要說…，簡直就要說〉 例：①「横綱(よこづな)はいつでも、かかって来(こ)いとばかりに、身構(みがま)えた。」〈橫綱擺好了架式，好像在說你儘管來吧！〉 ②「もう二度(にど)と来(く)るなとばかりに、私(わたし)の目(め)の前(まえ)で、ぴしゃっと戸(と)を閉(し)めた。」〈他簡直要說你別再來，在我眼前，砰的一聲，把門關上了。〉

長崎(ながさき)の女(ひと) ｜ 長崎女人

作詩：たなかゆきお ｜ 作曲：林伊佐緒 ｜ 唄：春日八郎 ｜ 昭和38年(1963)

一：

01.	恋(こい)の涙(なみだ)か　蘇鉄(そてつ)の花(はな)が	是戀愛的淚水，還是蘇鐵的花，
02.	風(かぜ)にこぼれる　石畳(いしだたみ)	被風吹落，灑滿石階
03.	噂(うわさ)にすがり　ただ一人(ひとり)	靠著風聲，只為找妳
04.	尋(たず)ねあぐんだ　港町(みなとまち)	遍尋港都小鎮，
05.	ああ　長崎(ながさき)の　長崎(ながさき)の女(ひと)	啊啊！長崎的女人

二：

06.	海(うみ)を見下(みお)ろす　外人墓地(がいじんぼち)で	夜霧裡，在能俯瞰大海的外國人墓園，
07.	君(きみ)と別(わか)れた　霧(きり)の夜(よる)	與你分手
08.	サファイヤ色の　まなざしが	蔚藍色的眼神，
09.	燃(も)える心(こころ)に　まだ残(のこ)る	仍殘留在熱戀的心裡，
10.	ああ　長崎(ながさき)の　長崎(ながさき)の女(ひと)	啊啊！長崎的女人

三：

11.	夢(ゆめ)をまさぐる　オランダ坂(さか)に	在魂牽縈迴的荷蘭坡道上，
12.	しのび泣(な)くよな　夜(よる)が来(く)る	我暗自哭泣啊！夜深了，
13.	忘(わす)れることが　幸(しあわ)せと	鐘聲遠遠地喃喃地細說：
14.	遠(とお)く囁(ささや)く　鐘(かね)の音(おと)	「忘記是幸福的」
15.	ああ　長崎(ながさき)の　長崎(ながさき)の女(ひと)	啊啊！長崎的女人

語詞分析

1. 長崎の女：「長崎」(地)位於日本九州西南方之地，歷史上屬於日本最早開放港埠之一，同時也是日本悲情城市之一，因為它是 1945 年美軍原子彈轟炸地，造成二十幾萬人的死傷。這裡歌詞漢字「女」(名)念成【ひと】，特殊讀法。一般發音是「おんな」，然後可翻譯「長崎的女人」，則意謂著屬於「一般女人」說法，它缺少了曖昧意味，若將「女」念為【ひと】的話，與漢字「人」的發音相同，則有「長崎的人」的意涵，暗喻著「長崎的女人」、「我的人」、「我的女人」、「屬於我的人」、「我的愛人」的意思。

2. 恋の涙か：「恋」(名)＋「の」(格助)＋「涙」(名)→→「恋の涙」〈戀愛的淚水〉。「か」(終助)此處表未確定，因為後面有另一句「蘇鉄の花」相互連接，所以翻譯成或者是...、或是...、或...。

3. 蘇鉄の花が風にこぼれる石畳：「蘇鉄」(名)蘇鐵、鐵樹。「零れる」(自Ⅱ)①灑落、溢出、漏出 ②充滿 、洋溢。 「に」(格助)表原因。「風にこぼれる」〈因風灑落〉。「石畳」(名)①鋪石地 ②石台階 ③兩種顏色的方格子圖案。此處用「蘇鉄の花が風にこぼれる」修飾「石畳」，然後譯成「蘇鐵花因風灑落石階上」。

4. 噂にすがり：「縋る」(自Ⅰ)憑靠、依賴、扶助、靠著。「噂」(名)①傳說 、謠言 ②背後的議論，「噂にすがり」＝「噂にすがって」，此歌詞以文章體表現法，不以「て」(接助)接續，。但意思不變。此句譯為「憑靠謠言」。

5. ただ：(副)唯、只有。

6. 尋ねあぐんだ：「あぐむ」(自Ⅰ)①棘手 ②厭倦於、膩。這字通常與其他動詞相配合使用，成為複合動詞，文型為「V2」＋「あぐむ」【倦む】、例如①「攻(せ)めあぐむ」〈不易進攻〉 ②「考(かんが)え倦(あぐ)む」〈懶得想〉。「尋ねる」(他Ⅱ)〈尋找、詢問、拜訪〉＋「あぐむ」。整句是說懶得去找、找膩了、問膩了。

7. 港町：(名)①港口②港都、港口城市。

8. 海を見下ろす：(他Ⅰ)①俯視、往下看 ②輕視、瞧不起。「海」(名)海。「を」(格助)表動詞的經過場所。整句是俯瞰海面。

9. 外人墓地で君と別れた：「外人」(名)①外國人 ②他人、局外人。此歌詞意指外國人。補充一下，因為日本人崇洋，故一般所指的「外人」，直覺上，只有紅頭髮的西洋白人，而不會想到是東方其他國家的亞洲人。日本人說「外人さん」可翻譯為「阿都啊」(台語)。「墓地」(名)墓園、墓地。「で」(格助)表動作地點，這裡是指「別れた」的動作地點，「と」(格助)表動作的共事者，一起做動作的人，中譯為「和、跟」。「別れた」為「別れる」(自Ⅱ)的過去式，意思①分手、別離 ②分別、劃分。「君と別れた」〈和你分手了〉。整句歌詞是「在外國人的墓園跟你分手」。

10. 外人墓地：(名)日本各地設有外國人墓園，從北方的「函館」、橫濱、大阪、東京的「青山墓地」、神戶的「六甲山地」內的「再度公園」、長崎等地都有外國人墓園，這些墓園是在日本生活的外國人過世後的葬身之所，其中有許多對日本文化和社會有貢獻者，生於斯，死於斯，傳為佳話，而且讓這些墓園成為觀光名勝。

11. サファイヤ色：「サファイヤ」(名) (saPPhire)藍寶石。「サファイヤ色」藍寶石色、寶藍色。

12. 眼差し：(名)眼神、眼光、視線。

13. 燃える心にまだ残る：「燃える」(自Ⅱ) ①燃燒 ②熱情洋溢 ③火紅。「燃える心」〈燃燒的內心〉。「に」(格助)表動詞作用的目的點、歸著點，這裡為「残る」(自Ⅰ)的目的地點，意思為殘留、留存。「まだ」(副)還、仍。若加上句主語「眼差し」之後，整句譯為眼神仍留存在熱情的內心。

14. 夢をまさぐる：「まさぐる」【弄る】(他Ⅰ)玩弄、翻弄、撥弄。「夢をまさぐる」此句譯為夢魂縈繞、魂牽夢縈。

15. オランダ坂に：「オランダ」(名)(Holland)荷蘭，「オランダ坂」(名)顧名思義，意指荷蘭人的坡道，江戶時代中期之後，門戶開放，長崎為主要開放通商港口。「オランダ坂」指居住於長崎的荷蘭人所聚集的部落。後來不僅荷蘭人，其他洋人也群居此地。把歌詞前後整理之後，成為「オランダ坂に夢をまさぐる」。「に」(格助)表動詞「まさぐる」動作地點。

16. しのび泣くよな：「しのび泣く」【忍び泣く】(自Ⅰ)偷偷地哭、啜泣。「よな」(終助)它是終助詞「よ」+「な」形成的。①表再三提醒、表輕微確認 ②表感動、詠嘆。這裡屬於感嘆語氣。

17. 忘れることが幸せと：「忘れる」(自/他Ⅱ)〈忘、忘掉〉+「こと」(形式名詞)→→「忘れること」〈忘、忘掉〉(指忘掉的件事)→→「忘れることが幸せ」〈忘掉是一種幸福〉，文法上，動詞加上形式名詞後，可當名詞使用，後面才可接「が」(格助)構成主語。「と」(格助)表後面動詞「ささやく」(自Ⅰ)(輕聲細語)動作內容。

18. 遠く囁く：「遠く」是「遠い」(形容)的第二變化，此當副詞用，修飾「囁く」，可以翻譯為遠遠地…。「囁く」(自Ⅰ)「耳語、小聲說話、輕聲細語，此歌「遠く囁く」詞譯為「遠遠地微弱細語地說…」。

19. 鐘の音：「鐘」(名)+「の」(格助)+「音」(名)→→「鐘の音」〈鐘聲〉。歌詞「遠く囁く鐘の音」=「鐘の音が遠く囁く」〈鐘聲遠遠地微弱細語地訴說…〉

2014年8月
松年大學泰山校學員
於荷蘭坡留影

荷蘭坡道一景

長崎（ながさき）の鐘（かね） | 長崎鐘聲

作詞：佐藤ハチロー | 作曲：古関日裕而 | 唄：藤山一郎 | 1951

一：

01. こよなく晴（は）れた青空（あおぞら）を	我覺得特別晴朗的藍天是悲傷的
02. 悲（かな）しと思（おも）うせつなさよ	我痛苦啊！
03. うねりの波（なみ）の人（ひと）の世（よ）に	妳是可憐地活在
04. はかなく生（い）きる　野（の）の花（はな）よ	波浪起伏的人世間的野花啊！
05. 慰（なぐさ）め　励（はげ）まし　長崎（ながさき）の	安慰、鼓勵、長崎的
06. ああ、長崎（ながさき）の鐘（かね）が鳴（な）る	啊！長崎的鐘聲響起

二：

07. 召（め）されて妻（つま）は天国（てんごく）へ	妻受上帝寵召上天國
08. 別（わか）れて独（ひと）り旅立（たびだ）ちぬ	一個人單獨出發去旅行了
09. 形見（かたみ）に残（のこ）るロザリオの	遺物中的十字架項鍊
10. 鎖（くさり）に白（しろ）き我（わ）が涙（なみだ）	和我的晶瑩剔透的淚珠
11. 慰（なぐさ）め　励（はげ）まし　長崎（ながさき）の	安慰、鼓勵、長崎的
12. ああ、長崎（ながさき）の鐘（かね）が鳴（な）る	啊！長崎的鐘聲響起。

三：

13. 呟（つぶや）く雨（あめ）のミサの声（こえ）	雨中彌撒低吟，
14. たたえる風（かぜ）の神（かみ）の歌（うた）	讚頌風神之歌，
15. 輝（かがや）く胸（むね）の十字架（じゅうじか）に	胸前十字架閃耀

16. 微笑む海の雲の色	海上雲朵色彩乍開，
17. 慰め　励まし　長崎の	安慰、鼓勵、長崎的，
18. ああ、長崎の鐘が鳴る	啊！長崎的鐘聲響起。

四：

19. 心の罪を打ち明けて	坦白心中之罪，
20. 更けゆく夜の月澄みぬ	深夜的月亮皎潔
21. 貧しき家の 柱にも	貧窮家的柱子上，
22. 気高い白き　マリア様	有高尚潔白的聖母瑪麗亞，
23. 慰め　励まし　長崎の	安慰、鼓勵、長崎的，
24. ああ、長崎の鐘が鳴る	啊！長崎的鐘聲響起。

語詞分析

1. 此曲是先有書後、再譜成歌謠、接著編成戲劇、最後拍成電影。『長崎の鐘』一書作者為長崎醫科大學博士、助理教授「永井隆」。該書完稿時間在二次大戰後的 1946 年，描述戰爭下的苦痛外，強調夫妻愛、親子愛、以至於人性愛，同時表達避免戰爭，追求和平的理想，內容感人肺腑。

   1945 年 8 月 9 日美國在長崎投下原子彈時，他正在醫院指導醫學院學生，原子彈爆炸後，身負輕傷，但仍緊急救護傷患，回到家妻子早已遇難。

   永井博士出身現在的島根縣「出雲市」，高中時代喜愛「短歌」，大學時期是詩社重要成員。1935 年大學畢業後，不幸罹患腦膜炎和中耳炎之重病，生命在生死前走一遭，因此深深體會到生命價值。滿州事變和盧溝橋事變時，他以軍醫師身分，遠赴中國濟世救人。而且於戰場行醫時，救人不分日本人或是中國人，因而獲得不少美譽。

   他既是醫生也是文學作家，1946 年 10 月永井博士得了百血病後，病倒不

起，癱臥床邊。但該書出版在及，在好友「式場隆三郎」博士，積極幫忙下，終於如期實現，書出版之後，並邀請「佐藤ハチロー」和「古関日裕而」作詞作曲「長崎の鐘」。 1948 年他陸續出版了「ロザリオの鎖」、「この子を残して」、「亡びぬものを」、「生命の河」，其中「この子を残して」是當時的暢銷書，銷售達 20 萬本。『長崎の鐘』也賣達 10 萬本。

『長崎の鐘』一曲，歌詞內容大約都保留或引述永井博士書本的內容，寫成歌謠後，巡迴日本各地公演，所到之處，萬人空巷。

1950 年『長崎の鐘』拍成電影，隔年的 1951 年五月永井博士，離開人世，葬禮由長崎市政府辦理公葬。

1951 年第一屆 NHK 紅白對抗賽，白組隊長「藤山一郎」就是唱這首「長崎の鐘」。

2. こよなく：「こよなし」(文)〈特別的〉→→「こよなく」。文言文原形為「こよなし」，屬於古文形容詞「く」活用☞表 7，此處為其第二變化，用以修飾動詞「晴れた」，「晴れた」為「晴れる」的過去式，此表狀態。

3. こよなく晴れた青空：「青空」(名) 藍天、晴空萬里。故此句翻譯為特別晴朗的藍天。

4. 悲しと思う：「悲し」(文) =「悲しい」〈悲傷的〉。「～と思う」(慣)「我覺得…」「我認為…」「我想…」。歌詞「こよなく晴れた青空を悲しと思う」〈我覺得特別晴朗的藍天是悲傷的〉。

5. せつなさよ：「せつない」【切ない】(形容) →→「せつなさ」(名) +「よ」〈啊！〉→→「せつなさよ」〈痛苦啊！〉。「せつない」①喘不過氣來。 ②苦悶、痛苦、難過。形容詞去其語尾「い」加上「さ」之後，變成名詞☞P47-18。

6. 歌詞第 3 句和第 4 句於翻譯時，必須調過來翻才適當。

7. うねりの波の人の世に：此句可譯為波浪起伏的人世間。「うねり」(名) ①蠻延、彎曲、起伏。 ②大浪。「人の世」(名) 人世、人世間、社會。「に」(格助) 表下接動詞「生きる」的存在地點。

8. はかなく生きる：【儚い】「はなかい」(形容) →→「はかなく」(副)，意思有虛幻的、短暫的、可憐的。此處為形容詞連用形，用以修飾動詞「生きる」，「はかなく生きる」〈活得可憐、虛幻地活〉。

9. 野の花：(名) 原野的花、野外的花。

10. 慰め：(名)「慰める」(他Ⅰ) →→「慰めます」→→「慰め」。「慰める」(他Ⅰ) ①安慰、寬慰、使愉快。 ②勸慰、安撫。 ③慰問。一般日本人說話也會將「慰める」+「励ます」加在一起成為複合動詞「励まします」(動)〈鼓勵〉→「慰め励まし」(名詞形)〈慰問鼓勵、慰問打氣〉。

11. はげまし：【励まし】「励ます」(他Ⅰ) →→「励まします」→→「励まし」(名)。此動詞意思有①鼓勵、激勵。 ②提高聲音。

12. ああ：(感) ①表呼喚人時用，喂！ ②表驚訝或忽然想起事情時。啊！哦！

13. 召されて妻は天国へ：=「妻は天国へ召されて」。「召す」(他Ⅰ)①召見 、召換 ②吃、喝、穿、乘、買、洗澡、感冒等動詞的尊敬語 ③喜歡。 例①「神(かみ)に召(め)される」〈升天〉 ②「お酒(さけ)を召(め)す」〈喝酒〉 ③「お風呂(ふろ)をお召(め)しください」〈請去洗澡〉 ④「花(はな)を召(め)しませ」〈請買花吧！〉 ⑤「これ、お気(き)に召(め)しますか」〈您喜歡這個嗎？〉此歌詞「召す」解釋適合第一個例子，所以「妻は天国へ召されて」中譯為妻子受神召喚去了天國，指妻子過世之意。「召される」→→「召されて」這裡的接續助詞「て」表動作接續，下接另一個動詞「別れて」。

14. 旅立ちぬ：=「旅立った」=「旅立ちました」〈出發去旅行了〉。「ぬ」(文)(助動) 此為古文助動詞，接在動詞第二變化，表示過去或完了，即等於現代語的「～た」或「～でしまった」。「旅立つ」+「ぬ」→→「旅立ちぬ」〈出發去旅行了〉。

15. かたみに残る：留作遺物。「かたみ」【形見】(名) 遺物。「残る」(自Ⅰ) 留下、殘留。「に」(格助) 表動作存在點、狀態的內容。

16. ロザリオ：(rosā rio)(葡)(名) ①天主教語，指向聖母祈禱之意。 ②天主教祈禱用的念珠，現在一般指十字架項鍊。

17. 鎖に：(名) 鏈條。「に」(格助)。此處表添加，解釋為和、跟。

18. 白きわが涙：=「白いわが涙」〈白色的我的眼淚、我的晶瑩剔透淚珠〉，「白き」(形容) =「白い」☞表 7。文言文形容詞「白し」的第四變化連體形為「白き」，用來修飾名詞。「白い」(形容) ①白色 ②白髮 ③潔白 ④土氣、庸俗 ⑤清白。「わが」【吾が】接頭語☞P78-6。「わが」+「涙」→→「わが涙」〈我的眼淚〉。

19. つぶやく雨：也可改為「雨がつぶやく」。「つぶやく」【呟く】(自Ⅰ)①嘀嘀咕咕、嘟囔、低聲細語 ②發牢騷。所以此處為擬人化寫法，暗示著不停地下雨，如人嘀咕般。

20. ミサ：(missa)(拉)(名)(天主教祭式)彌撒。

21. たたえる風の神の歌：也可改為「風の神の歌をたたえる」。如果「たたえる」的漢字為【湛える】(他Ⅱ)時，中文意思為充滿、裝滿。 例①「満面に笑みをたたえる」〈滿面笑容〉②「目に涙をたたえる」〈眼裡充滿淚水〉，則表示教堂內充滿風神之歌之意思。如果「たたえる」的漢字為【讃える】(他Ⅱ)時，中文為讚頌、稱讚、讚揚、誇獎之意。 ①「業績を讃える」〈稱讚業績〉 ②「彼の勇敢を讃える」〈稱讚他的勇敢〉。「風の神」(名)風神。風神，希臘文為「Ἄνεμοι， Anemoi，」，日語為「アネモイ」，可解釋「風」之意，希臘神話中的「風神」。祂分別管理空間的東西南北角落，也與各季節和天候相關連。風神會化作一陣風，長出翅膀，降臨人間，所以，希臘神話中的圖像，是個騎著馬的擬人風姿。主要「風神」有四尊：①東風之神，「エウロス」(Εὔρος， Euros)。是一種不吉利的風神，祂會帶來溫暖之氣流和降雨，在希臘圖像裡，祂是一個倒過來的水壺的樣子，所以表示祂會降下豪雨，是一個會造成雨災的風神。 ②西風之神，「ゼピュロス」(Ζέφυρος，ZePhyros)。為風神中最溫馴的神。祂是告知春天來訪，農作豐饒的神。 ③南風之神，「ノトス」(Νότος， Notos)。掌管晚夏的乾燥熱風和秋天暴風雨的風神，此神被認為是農作物的破壞者，因而令人敬畏。 ④北風之神，「ボレアース」(Βορέας， Boreas)掌管運送冬季寒冷空氣的風神。

根據維基百科中解釋，在日本，「風神」，也稱「風の神」或「風伯」。祂被視為妖怪之一，它是空氣的流動之神，會對農作物和漁業帶來災難，祂乘著風，流竄各地，見萬物空隙，冷暖之縫，必襲之，遇人類，由其口吐出黃色氣體，使之竄入人體內，造成人類生病。在中世紀之後，基於此信仰，因而日本人把感冒寫成「かぜをひく」，此乃後來漢字借字改成「風邪をひく」，以表現「感冒」一詞的由來。在「西日本」地區，如果在外突然發熱生病，日文稱之為「風にあう」。因此，在民間信仰中，「風」並非自然現象，而是「靈異」的東西。

在日本平安時代，記載中敘述著將「風」視為邪惡，所以有些地區會舉行消災鎮邪之「鎮風神」祭典。

江戶時代，當有流行性感冒疫病發生時，人們會用稻草作成「風神」形狀，遊街唱出「送れ送れ」的調子，然後把那象徵邪惡的稻草人送至野外或丟棄河中，以去袪除髒惡之氣。

在中國黃土高原地區，如大量黃沙飛起，即是雨季前兆，也會造成「風」所導致的病災傳染。

22. 輝く胸の十字架に：「輝く」(自Ⅰ)①閃耀、閃爍、發光 ②充滿、洋溢 ③光榮、顯赫。「に」(格助)動詞的狀態地點。例如①「緑に輝く牧場。」〈綠油油的牧場〉 ②「太陽が空に輝く」〈太陽在天空中照耀〉

23. 微笑む：(自Ⅰ)①微笑 ②初放、乍開。

24. 打ち明けて：「打ち明ける」(他Ⅱ)坦率說出、毫不隱瞞地說、坦白。「て」(接助)表動詞作用的繼起。

25. 更けゆく夜：「更ける」(自Ⅱ)深、闌。此句本為「夜が更ける」〈夜深〉。「秋が更ける」〈秋深〉。「更ける」+「ゆく」→→「更けてゆく」→→「更けゆく」。文型「V2」+「ゆく」表漸遠態，越來越增強該動作或作用之意 ☞P48-23。故「更けゆく」指夜越來越深。

26. 月澄みぬ：=「月が澄んだ」〈月明了〉。「澄む」(自Ⅰ)①清澈、澄清 ②晶瑩、光亮 ③聲音悅耳 ④寧靜。「ぬ」(助動)見本篇解釋10。

27. 貧しき家：=「貧しい家」〈貧窮的家世〉。「貧しき」文言文用法 ☞表7。「家」(名)①房屋 ②家、家庭 ③門第、家世 ④家族。

28. 家の柱にも：「柱」(名)①柱子 ②支柱 ③靠山、可依靠的人。「にも」→→「に」(格助)+「も」(副助)。依照整首歌內容以及這段上下句觀察結果，「にも」的動詞應該為「います」，接下一句的「マリア様」之後，整句成為「気高い白きマリア様がいます。」

29. 気高い白きマリア様：「気高い」(Adj)高尚的、高貴的、高雅的。「白き」見本篇解釋14，「白き」(Adj)此處翻譯為潔白。「気高い」+「白き」連續兩個形容詞修飾名詞「マリア様」成為「気高い白きマリア様」，在文章小說中是允許的，但一般口語會是「気高くて白いマリア様」，以並列文型表現。

30. マリア様：(Maria，(英) Mary)(名) 瑪麗亞。『聖經』中耶穌之母，也稱聖母瑪麗亞。

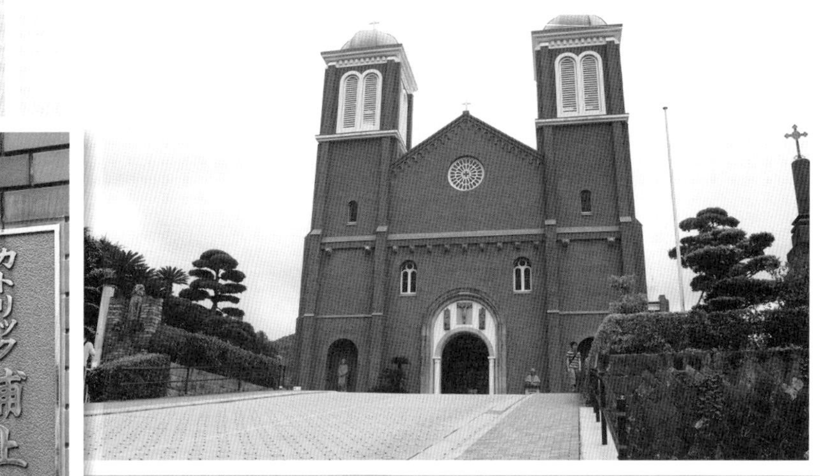

2014年8月
松年大學泰山校學員劉富美
於長崎天主教浦上教會前留影

涙(なだ)そうそう ｜ 涙如雨下

作曲：BEGIN ｜ 作詞：森山良子 ｜ 歌：夏川りみ ｜ 2001

一：

01. 古(ふる)いアルバムめくり　ありがとうって呟(つぶや)いた	翻閱著舊相簿，嘴裡念著謝謝
02. いつも、いつも、胸(むね)の中(なか)、励(はげ)ましてくれる人(ひと)よ	一直總是在心中鼓勵我的人啊！
03. 晴(は)れ渡(わた)る日(ひ)も、雨(あめ)の日(ひ)も、浮(う)かぶあの笑顔(えがお)	無論大晴天和雨天都會浮現那張笑容
04. 思(おも)い出(で)、遠(とお)くあせても	回憶即使褪色很久
05. 面影探(おもかげさが)して 甦(よみがえ)る日(ひ)は涙(なだ)そうそう	在尋找你的面容甦醒的日子裡，我淚如雨下

二：

06. 一番星(いちばんぼし)に祈(いの)る　それが私(わたし)のくせになり	對著晚上第一顆升起的星星祈禱，已經變成我的習慣了
07. 夕暮(ゆうぐ)れに見上(みあ)げる空(そら)、心(こころ)いっぱいあなた探(さが)す	傍晚，我滿心地抬頭仰望天空尋找你
08. 悲(かな)しみにも、喜(よろこ)びにも、思(おも)うあの笑顔(えがお)	無論悲傷和歡喜，都想到你那張笑容
09. あなたの場所(ばしょ)から私(わたし)が	從你的地方，
10. 見(み)えたら、きっと、いつか、	如果能看到我的話，一定，有一天
11. 会(あ)えると信(しん)じ、生(い)きてゆく	我相信我們能夠再見面，我深信，故我活下去

三：

12. 晴(は)れ渡(わた)る日(ひ)も、雨(あめ)の日(ひ)も、浮(う)かぶあの笑顔(えがお)	無論大晴天和雨天都會浮現那張笑容
13. 思(おも)い出(で)、遠(とお)くあせても	回憶即使褪色很久
14. 淋(さび)しくて、恋(こい)しくて、君(きみ)への想(おも)い、涙(なだ)そうそう	因寂寞，因愛慕，對你的思念，我淚如雨下。
15. 逢(あ)いたくて、逢(あ)いたくて、君(きみ)への想(おも)い、涙(なだ)そうそう	因想見你，因想見你，對你的思念，我淚如雨下。

語詞分析

1. 本曲子是 1997 年夏天「森山良子」委託 BEGIN 團體作曲，該曲本要為她廣播節目 300 集紀念專輯而製作的。當完成的曲子，送達「森山」手上時，信封裡頭有一張 BEGIN 用沖繩方言寫下的筆記，筆記的字裡行間，讓她回憶起其 1970 年因病過世的兄長，她與其兄感情非常好，自然當下就譜出這般柔和安穩地「涙そうそう」。 BEGIN 團體和「夏川りみ」同是沖繩石垣島人，而 2000 年 BEGIN 團體在沖繩公開演唱會上，首次演唱這首歌，這是「夏川りみ」第一次聽到這首歌。由於他們同是沖繩縣石垣島出身，所以曲子的優美旋律和三絃琴的鄉愁聲，深深地吸引了「夏川」，引發極大共鳴。所以「夏川」要求 BEGIN，讓她也能演唱這首歌。於是，在 2001 年「夏川」首發單曲，「涙そうそう」也因此爆紅沖繩，登上人氣歌曲之冠。2002 年「涙そうそう」CD 全日本賣超過一百萬張。「夏川」16 歲時，初次以「星美里(ほしみさと)」藝名登臺首唱，慘遭挫折，紅不起來，無疾而終，23 歲時一度回到故鄉，暫待姊姊的店駐唱和幫忙。不過，她對歌星夢仍然鍥而不捨地追求，並於 1999 年改名為「夏川りみ」，重新出發 終於活耀舞台。同年度初次登上「NHK 紅白對抗賽」，熱烈演出，一耀而成為人氣歌手，博得好評。此曲內容本為描述「森山良子」個人與她兄長間的一段小故事。但在歌曲紅了之後，常被置換成友人之間，或者戀愛情侶之間的情感發洩。吟唱此曲，抒情發人深省且容易令人感動，因此在畢業典禮、結婚典禮上常有人選唱。

2. 涙：(名)此處發音「なだ」，乃為沖繩地方的方言之故，一般發音為「なみだ」。

3. そうそう：擬態語，此處當副詞用，意思是淚流不止的樣子、淚眼滂沱、淚如雨下之意。

4. アルバムめくり：→→「アルバムをめくる」〈翻閱相簿〉(現在式、常體)→→「アルバムをめくります」〈翻閱相簿〉(現在式、禮貌話)→→「アルバムをめくって」〈翻閱相簿而...〉(動詞「て」形)→→「アルバムめくり」〈翻閱相簿而...〉(動詞「て」形的文章體)。此處接續助詞「て」表示動作的接續。「めくる」【捲る】(他Ⅰ)→→「めくって」。

5. ありがとうって呟いた：「って」(格助/副助/接助/終助)=「と」☞P192-23，所以「ありがとうって呟いた」→→「ありがとうと呟いた」。格助詞「と」表動詞的內容，此為「呟く」(他Ⅰ)〈喃喃自語、小聲說〉的內容。「呟く」的過去式「呟いた」。故整句中譯為喃喃自語說謝謝。

6. いつも、いつも：「いつも」(副)一直、總是、經常。歌詞中使用兩次，表示強調用法，因此翻譯時，我們可將一詞翻譯成「一直」以及「總是」，如此可表中文強調語意。

7. 励ましてくれる人：「V2」+「てくれる」是日語授受動詞的一種，此為從外到內的授與內容，別人給自己時候用此類型。「励ます」(他Ⅰ)〈鼓勵〉→→「励ましてくれる」〈給我鼓勵、鼓勵我〉→→「励ましてくれる」〈給我鼓勵〉+「人」→→「励ましてくれる人」〈給我鼓勵的人〉。

8. 晴れ渡る日：「晴れ渡る」(自Ⅰ)晴朗。故此句為晴朗的日子、晴空萬裡。

9. 浮かぶあの笑顔：本應為「あの笑顔が浮かぶ」，「浮かぶ」(自Ⅰ)①浮、飄②浮現、呈現③想起、湧上來。故此句翻譯為浮現那張笑臉。

10. 遠くあせても：本為「思い出が遠くあせても」，歌詞中省去自動詞需要的助詞「が」，意思不變。「あせる」【褪せる】褪色、掉色。「V2」+「ても」「即使...」☞P74-16，「あせる」→→「あせても」〈即使褪色〉，「遠い」(Adj)〈遠的、長久的〉→→「遠く」(Adv)此當修飾動詞「あせる」用。「思い出」(名)回憶。整句譯為即使回憶褪色很久。

11. 面影探して甦る日：以「面影探して甦る」動詞句修飾「日」，中譯為尋找你面容而甦醒的日子。「探す」(他Ⅰ)尋找、搜尋。「面影」(名)①面貌②痕跡。「甦る」(自Ⅰ)甦醒。「面影を探す」〈尋找面容〉→→「面影を探して」→→「面影を探して甦る」〈尋找面容而甦醒〉，「て」(接助)表原因、表手段、表動作接續均可。

12. 一番星に祈る：「一番」(名/Adv)①第一、最初 ②最好 ③下棋一盤的意思。當 Adv 詞時，翻譯為最、頂、首先。此歌詞為作者自製名詞，按詞意推敲後，「一番星」解釋為天空中從左右算起第一顆星星、或夜晚最早出現的星星。「に」(格助)表動詞動作對象。「祈る」(他Ⅰ)祈禱、祝福。故整句翻譯為對著一顆星星祈禱。

13. それが私のくせになり：代名詞「それ」表是上述之「祈禱」行為。「くせ」【癖】(名)①癖好、脾氣 ②衣服摺線 ③頭髮捲髮。「～になる」〈變成…、成為…〉→→「～になり」〈變成…、成為…〉，此為「なる」的「て」形文章體用法，「て」形表動作接續繼起，用來連接下句歌詞用。

14. 夕暮れに：「夕暮れ」(名)傍晚、黃昏。「に」(格助)表時間定點。

15. 見上げる空：本為「空を見上げる」〈抬頭仰望天空〉。「見上げる」(他Ⅰ)仰視、抬頭看、向上。

16. 心いっぱい：【心一杯】此詞譯為滿心的。「いっぱい」(名/ADJ)用例：①「腹一杯食う(はらいっぱいく)」〈吃飽〉 ②「若(わか)さいっぱいの二人(ふたり)」〈朝氣蓬勃的兩人〉 ③「会場一杯(かいじょういっぱい)の人(ひと)」〈擠滿會場的人〉 ④「あす一杯(いっぱい)は忙(いそが)しい」〈明天要忙一整天〉 ⑤「来月(らいげつ)いっぱい掛(か)かるだろう」〈所需時間要到下月底吧！〉

17. 悲しみにも、喜びにも：助詞重疊「に」(格助)+「も」(副助)→→「にも」。「に」表動詞動作的時間點、場合。兩個在一起時，翻譯為「都也…、都」。「悲しむ」(自Ⅰ)〈悲傷〉→→「悲しみ」(名)，「喜ぶ」(自Ⅰ)〈高興〉→→「喜び」(名)。故此句翻譯為在悲傷時、在高興時都…。

18. 第 9 句到 11 句為一整句話，「あなたの場所から、私が見えたら、きっと、いつか、会えると信じ、生きてゆく」。文型「V2」+「たら」「如果…的話…」☞P55-21。「見える」(自Ⅱ)〈看得見〉→→「見えたら」〈看得見〉，「私が見えたら」〈看得到我的話〉，「きっと」(副)一定。「いつか」(副)某一天「会う」(自Ⅰ)〈見面〉→→「会える」〈能夠見面〉，可能動詞見☞P34-6。「会えると信じ、生きてゆく」中的「と」〈格助〉表動詞的內容，此為「信じる」的內容。本應為「会えると信じて～」，歌詞中省略了接續助詞「て」，此處「て」表方法，中譯為相信能夠見面而活下去。「生きる」(自Ⅱ)＋「行く」(自Ⅰ)→→「生きてゆく」漸遠態句型請參考☞P29-20。

19. 淋しくて、恋しくて：「淋しい」(Adj)→→「淋しくて」。「恋しい」(Adj)→→「恋しくて」。此處「て」表原因，解釋為因寂寞、因思慕你而想念你。

20. 君への想い：兩個格助詞「へ」＋「の」重疊☞P102-1，文型「への」「對...的、給...的、向...的、針對...的」，此句中譯成對你的思念。

21. 逢いたくて：「逢う」(自Ⅰ)〈見面、重逢〉→→「逢いたい」〈想見面、想重逢〉→→「逢いたくて」〈想見面而...、想重逢而...〉(「たい」為形容詞詞性去「い」變「く」加接續助詞「て」)。「V2」＋「～たい」(助動)「想...」☞P151-22。接續助詞「て」解釋為直接的的原因或理由，「因為想見你而...」。

南国土佐(なんこくとさ)を後(あと)にして ｜ 離開南國土佐

作曲/作詞：武政英策 ｜ 編曲：酔太 ｜ 唄：ペギー葉山 ｜ 1959

一：

01. 南国土佐(なんこくとさ)を後(あと)にして	離開南國「土佐」之後
02. 都(みやこ)へきてから、幾年(いくとせ)ぞ	來到城裡有好幾年了啊！
03. 思(おも)い出(だ)します、故郷(こきょう)の友(とも)が	故鄉的友人想起出門時
04. 門出(かどで)に歌(うた)った、よさこい節(ぶし)を	所唱的 yosakoi 調
05. 土佐(とさ)の高知(こうち)の播磨屋橋(はりまやばし)で	在土佐高知「播磨屋橋」
06. 坊(ぼう)さんかんざし買(か)うを見(み)た	看見了小和尚買髮簪，

二：

07. 月(つき)の浜辺(はまべ)で、焚(た)き火(び)を囲(かこ)み	在月色海邊圍著營火，
08. しばしの娯楽(ごらく)のひと時(とき)を	享受短暫的快樂時光，
09. 私(わたし)も自慢(じまん)の声(こえ)張(ば)り上(あ)げて	我也拉高自傲的嗓門，
10. 歌(うた)うよ、土佐(とさ)のよさこい節(ぶし)を	唱出土佐 yosakoi 調，
11. みませ、見(み)せましょ 浦戸(うらど)をあけて	推開「浦戶」(地名)，讓你看「禦疊瀨」(地名)
12. 月(つき)の名所(めいしょ)は	來到賞月名勝「桂濱」，

三：

13. 国(くに)の父さん室戸(むろと)の沖(おき)で	故鄉來信聽說父親在「室戶」的外
14. くじら釣(つ)ったという便(たよ)り	捕獲一隻鯨魚，

15. 私も負けず、励んだ後で	我也不能輸父親， 辛勤努力後，
16. 歌うよ、土佐のよさこい節を	唱一首土佐 yosakoi 調，
17. 言うたちいかんちゃ、おらんくの池にゃ	說也沒用啦！我家大海裡，
18. 潮吹く魚が泳ぎよる	有隻噴水的鯨魚游過來，
19. よさこい、よさこい	Yosakoi　yosakoi

語詞分析

1. 南國土佐：「南國」和「土佐」均地名，現為日本四國的高知縣的土佐市和南國市。日語的「南國」二字，讀作①「なんこく」時，表四國的高知縣「南國市」②如果「なんごく」的「國」字為濁音時，一般指①南方國度、南方之地。 ②從關東關西角度看九州地方 ③沖繩地方 ④夏威夷或關島等地。

2. ～を後にして：「～を後にする」(慣)離開。「後」(名)本為「後面、後方」之意，而當慣用語後，譯為離開。例如「故郷を後にする」〈離開鄉里〉。此處將「する」(自他Ⅲ)→→「して」，接續助詞「て」形表動詞接續作用。

3. 都へきてから：文型「V2」+「～てから」(接助)「…之後」。「来る」+「～てから」→→「来てから」〈來…之後〉。「都」(名)首都、城市。此句譯為來到城市之後。

4. 幾年ぞ：「幾年」(名) ①幾年、若干年 ②多年。「ぞ」(終助)(♂)口氣上較粗暴低俗，只能用於晚輩或平輩中。 ①表告知、警告、強調 ②表自言自語 ③表強烈否定。 例①「いたずらをしたら、承知しないぞ」(搗蛋的話， 可不放過你喔！)(表告知、警告) ②「これは、よくない。困ったぞ」(這可不妙！真糟糕啊！(表自言自語) ③「そんなことを誰が信じようぞ」(誰會相信這種事啊！)(表強烈否定)。

5. 門出に歌った：因出門而歌唱。「門出」(名)出門、出發。「に」(格助)表動作的起因。此處為動詞「歌った」的起因。「歌った」的受詞為「よさこい節」。本應該為「よさこい節を歌った」〈唱了「よさこい節調」〉。前後歌詞整理後為「故郷の友が門出に歌ったよさこい節を思い出します」

6. よさこい節：(名)舊地名「土佐」的代表性民謠。起源於江戶時代初期，有個叫做「山內一豐」的人，當建築「高知城」時，在該工地現場所唱的「木遣り節」曲子變化而來。「よさこい」指的是搬運大石或木材的吆喝聲。另有一說是出自於戀愛情節「江島節」曲調。(「江島節」是江戶城將軍夫人大院中的女侍「江島（えじま）」和歌舞伎藝人「生島新五郎（いくしましんごろう）」(1671-1743)的戀愛情節中的一段。該情史留傳於「土佐」，而且變成「盆踊り」的歌曲，「よさこい」意為「夜こい」〈晚上要來喔！〉

7. 此外，古文中有「夜さり来い」(「夜さり」土佐地方的方言，即「夜」)，意即「夜にいらっしゃい」，由此字變化而成「よさこい」。現在高知縣除有「よさこい節」之外，「よさこい踊り」「よさこいイベント」「よさこい祭り」等活動，且均聞名全日本。

8. 高知：(地)指日本四國的高知縣的高知市。

9. はりまや橋：【播磨屋橋】(名)位於高知市中心的一座橋樑，長約 20M，橋名一般以平假名表記。橋名由來，據說是江戶時代，高知市富商「播磨屋」和「櫃屋（ひつや）」(人名)，因護城河阻隔兩家店，故架橋溝通，因而得名。高知市「竹林寺（ちくりんじ）」和尚「純信（じゅんしん）」(1819-1888)為補焊錫舖的女兒「お馬（うま）」買髮簪，兩人相愛私奔，卻因破戒，世俗不容，被捕後入罪，男的放街示眾，女的流放他鄉。相愛的男女所創造出的悲情羅曼戀史，使該橋更顯有名。

10. はりまや橋で：「で」(格助)表動作地點。表下句動詞「買う」的地點，翻譯成「在」。

11. 坊さんかんざし買うを見た：本該為「坊さんがかんざし買うのを見た」。此語為古語，且是歌舞伎的語言，因此省去了表主語的「が」、表形式名詞的「の」和表受詞的「を」。「かんざし」【簪】(名)髮簪。「買う」(他Ⅰ)①買 ②招致、惹起 ③承擔 ④器重、重視。整句中譯為看到了和尚買髮簪。

12. 月の浜辺で：「浜辺」(名)海邊、湖濱。「で」表動作地點。

13. 焚き火を囲み：=「焚き火を囲んで」〈圍著篝火...〉。此處以文章體表現，所以「囲む」(他Ⅰ)〈圍上、包圍〉→→「囲みます」→→「囲んで」=「囲み」，以動詞「て」形表動作的接續。「焚き火」(名)篝火。

14. しばし：(副)暫時、片刻、不久。

15. ひと時：【一時】(名)①一會兒、片刻、一時、暫時 ②某時、有時候。

16. 自慢の声張り上げて：「張り上げる」(自Ⅱ)〈大聲叫〉→→「声を張り上げる」〈放聲喊叫〉→→「声を張り上げます」〈放聲喊叫〉→→「声張り上げて」〈放聲喊叫〉。「自慢の声」〈自傲之聲〉。所以「自慢の声張り上げて」翻譯為「放聲大叫出驕傲之聲。」

17. 歌詞第10「歌うよ、土佐のよさこい節を」，和第11句「みませ、見せましょ 浦戸をあけて」均將動詞「歌う」「見せましょ」放在句前，翻譯時必須將其置於句尾，方能清楚看出完整句子。

18. みませ：【御疊瀬】(地)高知縣高知市地名。

19. 見せましょ：「見せる」(他Ⅱ)〈讓...看/給...看〉→→「見せます」〈讓...看/給...看〉→→「見せましょう」〈讓...看吧/給...看吧〉，此處省去助動詞「う」，中譯為給你看吧！讓你瞧吧！

20. 浦戸をあけて：「浦戸」(地)浦戸。「あける」(他Ⅱ)①開、打開 ②穿、挖、鑽③空出、騰出 ④留出。此處動詞「あける」→→「あけて」(動詞「て」形)，接續助詞「て」表動作的接續。用以接續「見せましょ」。這指漁夫開船出港的情景描述，開出或經過「浦戸」之意。

21. 国の父さん：「国」(名)①國家 ②國土 ③家鄉、老家 ④封地、領地 ⑤地方、地區。此處指家鄉、老家。

22. 室戸の沖で：「室戸」(地)「沖」(名)海上、海面、洋面、湖面上。「で」(格助)表動作地點，「釣った」的地點。

23. くじら釣った：「くじら」(名)鯨魚。「釣る」(他Ⅰ)〈釣〉→→「釣った」〈釣到了〉(動詞過去式)，本應該為「くじらを釣った」〈釣到了一條鯨魚〉，省去了格助詞「を」，「釣った」動詞音便☞表8。

24. くじら釣ったという便り：有消息說釣到了一條鯨魚。「～という」(慣)①叫做 ②所謂的 ③這個的這種的 ④據說 ⑤全、都。「便り」(名)消息、訊息、音訊。

25. 負けず、励んだ後で：=「負けないで、励んだ後で」。「励む」(自Ⅰ)〈刻苦、努力、辛勤、奮勉〉→→「励んだ」(過去式)+「後で」〈...之後〉→→「励んだ後で」〈努力之後〉。「負ける」(自Ⅱ)〈①輸 ②容忍、讓步 ③減價〉→→「負けない」〈不輸〉→→「負けないで」。「負けない」+「で」(格助)表示否定接續的連用形，中文「不輸...而...」。「負けず」=「負けないで」。

26. 言うたち、いかんちゃ：這是「土佐」地區的方言。解釋成標準語如下：「言うたち」=「言っても」。「いかんちゃ」=「どうにもならない」。整句意思是「言っても、無駄だよ」〈說也沒用啦！〉。

27. おらんくの池にゃ：「おらんく」(名)(方)=「我が家」〈我家〉。「にゃ」為「には」的縮音，為格助詞「に」加上副助詞「は」而組成。即「～にゃ」=「～には」。「池にゃ」=「池には」，「に」此處表時間定點，「は」表強調。「おらんくの池」，此外「～には」用例有：

〈1〉①表存在。例「日本には多くの島がある。」〈日本有很多島嶼〉②表尊敬。例「先生にはご健勝でいらっしゃいますか。」〈老師，您好嗎？〉③表慣用。中譯為「對於...」。例「このズボンは私には大きすぎる。」〈這件褲子對我來說太大了〉④表確認。例「雨が降るには、降ったが ほんのおしめり程度だ。」〈雨是下了，但只不過是一場小陣雨〉

〈2〉西日本方言。「にゃ」=「ねば」=「なければ」例「帰らにゃ、ならん。」=「帰らなければならない。」〈一定要回家〉〈3〉「～には」「要是...、要...就得...」例：その電車に乗るには、予約をとる必要がある。〈要搭那班電車的話需要預約〉

28. おらんくの池にゃ：「池」這是討海人的引喻說法，漁業人日日航海，依賴海洋，捕魚為生，把大海看成小池塘，隨便抓都可討得到食物，也表示捕魚技術純熟，為自己的職業驕傲的表現。高知縣的「土佐灣」，正是本首歌曲所說，它是當地捕魚人的池塘。

29. 潮吹く魚が泳ぎよる：「潮」(名)海水、浪潮。「吹く」(他Ⅰ)①吹 ②發(新芽) ③冒出 ④噴出 ⑤呼出(白煙)。「潮吹く」=「潮を吹く」〈鯨魚噴出海水〉。「泳ぐ」(自Ⅰ)〈游〉+「寄る」(自Ⅰ)〈靠近、聚集〉→→「泳ぎよる」〈游聚在一起〉。這裡的「魚」，指的是鯨魚。

花笠道中（はながさどうちゅう） | 花笠旅途

作詞・作曲：米山正夫 | 唄：美空ひばり | 1958

一：

01. これこれ、石（いし）の地蔵（じぞう）さん	喂！喂！土地公先生，
02. 西（にし）へ行（い）くのは、こっちかえ	往西是這邊嗎？
03. 黙（だま）っていては、分（わ）からない	要是你沉默的話，我就不知道了。
04. ぽっかり浮（う）かんだ白（しろ）い雲（くも）	天空中飄著白雲，
05. 何（なに）やら、さみしい旅（たび）の空（そら）	有點寂寞的旅程。
06. いとし殿御（とのご）の心（こころ）の内（うち）は	親愛的男人的內心，
07. 雲（くも）にお聞（き）きと言（い）うのかえ	還是問雲去吧！

二：

08. もしもし、野田（のだ）の案山子（かかし）さん	喂！喂！田裡的稻草人先生，
09. 西（にし）へ行（い）くのは、こっちかえ	往西從這邊嗎？
10. 黙（だま）っていては、分（わ）からない	要是你沉默的話，我就不知道了。
11. 蓮華（れんげ）、たんぽぽ、花盛（はなざか）り	蓮花、蒲公英盛開，
12. 何（なに）やら、さみしい旅（たび）の空（そら）	有點寂寞的旅程。
13. いとし殿御（とのご）の心（こころ）の内（うち）は	親愛的男人的內心，
14. 風（かぜ）にお聞（き）きと言（い）うのかえ	還是問風去吧！

三：

15. さてさて、旅（たび）は遠（とお）いもの	哎啊！哎啊！旅途可真遠啊！

16. 田舎の道は続くもの	會繼續在鄉間的道路啊！
17. そこで、しばらく、立ち止まる	於是，稍微停下腳步。
18. 流れて消える白い雲	白雲流逝，
19. やがて、蓮華も散るだろう	最終，蓮花也會謝落吧！
20. いとし殿御と、花笠道中	和親愛的男人，在花笠旅途上，
21. せめて、寄り添う道の端	至少相互依偎在道路旁。

語詞分析

1. 花笠：(名) 以花裝飾的草笠。

2. 道中：(名) ①旅途、旅途中、路中。 ②旅行。 ③吉原和島原地區的妓女盛裝遊街。

3. これこれ：(代) ①這樣 這樣 如此這般 ② (感) 喂喂。

4. 地蔵さん：(名) = 「地蔵菩薩」的省略。中文譯為地藏菩薩、或譯為土地公。日本的地藏菩薩，不只被祭祀在廟宇堂內，經過時間發展，現在的日本橋頭邊、十字路口也都豎有地藏菩薩的石像，類似台灣田間、路旁或大樹邊的「土地公」。日本信仰地藏菩薩的形式，也已經發展達百種之多，例如①「子育て地蔵」〈育兒土地公〉 ②「子安地蔵」〈平安生產土地公〉③「夜泣き地蔵」〈防幼兒夜哭土地公〉 ④「田植え地蔵」〈插秧土地公〉 ⑤「雨降り地蔵」〈祈雨土地公〉 ⑥「雨止み地蔵」〈雨停土地公〉 ⑦「いぼ取り地蔵」〈去除疙瘩 (皮膚上突起小肉塊)。土地公〉，種類之多，嘆為觀止。日本福島縣內、東京有些地方有所謂的「縛り地蔵」，即有祈願的事情時，例如聯考學測、選舉、賭博、賽事、改運，將繩子 (一般為草繩) 套在土地公上，待完成心願後，將祈繩子解開，表示如願以償。

5. 西へ行くのはこっちかえ：「西へ行く」〈往西〉 + 「の」(格助) (此當形式名詞用) + 「は」(副助) →→ 「西へ行くのは」〈往西〉 →→ 「西へ行くのはこっちかえ」〈往西從這邊嗎？〉。日語中動詞不能直接接續「は」當主語，必須先接續形式名詞或名詞後，才能當主詞。形式名詞用法☞P74-8。「行く」(自Ⅰ)發音為「いく」屬於口語，發音為「ゆく」屬於文語用法。「こっちかえ」見解釋6、7。

6. こっち：(代)=「こちら」。①這裡、這邊 ②我們、我。

7. こっちかえ：=「こちらですか」。「か」(終助)嗎？「え」(終助)東京庶民地區(指台東區、墨田區、港區、江戸川區、中央區等平地地窪地區)年紀大婦女所用的語言。用於親密朋友之間，表示輕微地疑問。例子：①「なんだえ」〈甚麼啊！〉②剛(つよし)さんかえ。〈是小剛嗎？〉

8. 黙っていては：如果不說話的話…、如果默默地話…。「V2」+「ては」(接助)①如果… 可就…②既然… 就…③又…又…④倒是…。例①「雨(あめ)が降(ふ)っては、困(こま)る。」〈下雨可就糟了〉 ②「そう褒(ほ)められては、おごらざるを得(え)ない。」〈既然受到這種的褒獎，我就不得不請客了〉 ③「転(ころ)んでは起(お)き、起(お)きては、転(ころ)び。」〈跌倒又爬起、爬起又跌倒〉 ④「書(か)いてはみたが…。」〈寫倒是寫了。可是…〉。「黙る」(自Ⅰ)〈不說話、沉默〉→→「黙っている」〈沉默著〉→→「黙っていては」〈要是沉默著的話〉。

9. ぽっかり浮かんだ白い雲：「ぽっかり」(副)①飄浮狀②突然。「浮かぶ」(自Ⅰ)①飄 ②浮起、浮出 ③想起 ④浮現、露出。「浮かぶ」→→「浮かんだ」(過去式，表狀態)用以修飾後面接的名詞「雲」，整句譯為天空飄著白雲。

10. 何やら：(副)=「何か」。①甚麼、某些、某種 ②不知為什麼？ 例①「何(なに)やら、わけがあるかもしれない。」〈或許有某種原因〉 ②「何(なに)やら、今日(きょう)の彼(かれ)は、おかしかった。」〈他今天有點怪〉☞p43-10

11. さみしい：=「さびしい」【寂しい】(形容)寂寞、淒涼。

12. 旅の空：旅途、旅行中。「空」(名)意思很多，此處表遠離的場所、旅行途中之意。

13. いとし殿御：「いとし」(文)=「愛しい」(形容)可愛的☞表7。「殿御」(名)男人、丈夫、情夫。

14. 雲にお聞きと言うのかえ：「に」(格助)表動詞「聞く」的對象。「聞く」(他Ⅰ)〈問〉→→「お聞きください」〈請您問〉→→「お聞き」〈請您問〉

（省略補助動詞「ください」用法）。「～と言うのかえ」＝「～と言うか」（慣）「要說是…」「或是…呢？」「還是…」。「かえ」見本篇解釋 7。「の」（格助）表解釋原因、理由。整句譯為還是請你問雲去吧！

15. もしもし：（感）喂！喂！①「もしもし、吉田君？僕田中だよ。」〈喂！喂！吉田、我是田中啦！〉②「もしもし、財布が落ちましたよ。」〈喂！喂！你的錢包掉了喔！〉

16. 野田：（名）①田野、田間。 ②（地）千葉縣的田野市。

17. 案山子さん：「案山子」（名）①稻草人 ②徒有其位的人。「～さん」（接尾）①表尊敬。例「田中さん」〈田中先生〉、「息子さん」〈您的兒子、令郎〉 ②接動物植物大自然名詞下表擬人話。例「お猿さん」〈猴子〉、「お月さん」〈月亮〉 ③感謝對方表示敬意。例「ご苦労さん」〈您辛苦了〉、「ご馳走さん」〈承蒙您招待〉 ④接在跟對方有關之共同話題的某句之後，表示親切。例「お早うさん」〈您早〉

18. 花盛り：（名）①花盛開季節 ②喻人一生的黃金時期。「～盛り」是一種接尾名詞，表事物最旺最、盛時期，例如①「男盛り」〈年輕力壯〉 ②「食べ盛りの子供です。」〈正能吃的孩子〉 ③「うちの子は今が伸び盛りだ。」〈孩子現在正是成長期〉④「働き盛りの青年達だ。」〈正是精力旺盛的青年們〉

19. さてさて：（感）哎啊！哎啊！例：「さてさて、困ったことになった。」〈哎啊、哎啊！可真糟糕了〉

20. 旅は遠いもの：「もの」（形式名詞）表回想希望、感動。例①「女性というものは、強いものだ。」（表感嘆）〈女人可真堅強啊！〉 ②「早く見たいものだ。」〈真想早點看啊！〉 ③「ひどい目にあったものだ。」〈可真倒大黴了啊！〉故此句翻譯為旅途真遠啊！

21. 田舎の道は続くもの：「田舎の道」（名＋名）鄉間的馬路。「もの」解釋見上題。此句譯為鄉間的馬路會繼續啊！表示要在鄉間繼續旅行下去吧！

22. そこで、しばらく、立ち止まる：（自Ⅰ）停留、停下腳步。「そこで」解釋有二種，①「そこ」（代）那裡。「で」（格助）表「立ち止まる」動作地點，中譯為「在」，例「そこで待ってください。」〈請在那邊等〉 ②當接續詞用，「そこで」意思有（a）因此、於是。（b）（當轉換話題之用）對了、可是。

「しばらく」(副)一陣子、一會兒。

23. 流れて消える白い雲：可改寫成「白い雲が流れて消える」〈白雲流逝、流逝的白雲〉。「流れて消える」裡面用「て」(接助)表動詞繼起或接續，此處表流動後消失。

24. やがて：(副)終於、最後、最終。

25. 蓮華も散るだろう：「蓮華」(名)蓮花。「散る」(自Ⅰ)謝落、落下。文型「V3」+「～だろう」「...吧！」。整句中譯為蓮花也會凋落吧！

26. せめて：(副)至少 ☞P35-13。

27. 寄り添う道の端：譯為在路旁相互依偎。這句歌詞必須跟上句歌詞「いとし殿御と」結合，更顯其意，上句歌詞為「いとし殿御と」〈和親愛的老公〉，而「と」(格助)表動詞「寄り添う」的共同做動作的人，上下句連結後，「いとし殿御と道の端で寄り添う」中文譯為跟親愛的老公依偎在路旁。「寄り添う」(自Ⅰ)。「道の端」(名+名)路旁。

氷雨(ひさめ)｜秋雨

作詞·作曲：とまりれん ｜ 唄：佳山明生 ｜ 1977

一：

01.	飲(の)ませてください、もうすこし	請再讓我喝一點，
02.	今夜(こんや)は帰(かえ)らない、帰(かえ)りたくない	今夜我不回家 ， 我不想回家
03.	誰(だれ)が待(ま)つと言(い)うの、あの部屋(へや)で	說那間房間裡，會有人等
04.	そうよ、誰(だれ)もいないわ、今(いま)では	是啊！ 如今再也沒人等我了！
05.	歌(うた)わないでください、その歌(うた)は	請你不要再唱那首歌
06.	別(わか)れたあの人(ひと)を思(おも)い出(だ)すから	因為會令我想起分手的那個人
07.	飲(の)めばやけに 涙脆(なみだもろ)くなる	一喝酒，就變得非常愛掉淚
08.	こんな 私(わたし)　許(ゆる)してください	請原諒像我這樣的女人

二：

09.	外(そと)は冬(ふゆ)の雨(あめ)　まだ止(や)まぬ	外面秋雨依舊下不停
10.	この胸(むね)を濡(ぬ)らすように	彷彿要濕透我的心
11.	傘(かさ)がないわけじゃないけれど	並不是我沒帶傘
12.	帰(かえ)りたくない	只不過，我不想回家
13.	もっと酔(よ)うほどに飲(の)んで、	喝得痛快，喝得更醉
14.	あの人(ひと)を忘(わす)れたいから	因為我想忘掉他

三：

15.	私(わたし)を 捨(す)てたあの人(ひと)を	把我遺棄的那個人

16. 今更(いまさら)、悔(く)やんでも仕方(しかた)ないけど	如今，再不甘心也沒有用
17. 未練(みれん)ごころ消(け)せぬこんな夜(よる)	依戀難捨的心，在這樣的寂寥夜晚，揮之不去
18. 女(おんな) 一人(ひとり)飲(の)む酒(さけ) 侘(わび)しい	我獨飲苦酒，空寂寞
19. 酔(よ)ってなんかいないわ	我並沒醉喔！
20. 泣(な)いてない	我沒哭，
21. 煙草(たばこ)の煙(けむり)、目(め)に沁(し)みただけなの	只不過，香煙紅我的眼
22. 私(わたし) 酔(よ)えば、家(いえ)に帰(かえ)ります	我若醉，我就回家
23. あなたそんな心配(しんぱい)しないで	請不用為我擔心

四：

24. 外(そと)は冬(ふゆ)の雨(あめ)　まだ止(や)まぬ	外面是冬雨，還沒停
25. この胸(むね)を濡(ぬ)らすように	彷彿要濕透我的心
26. 傘(かさ)がないわけじゃないけれど	並不是我沒帶傘
27. 帰(かえ)りたくない	只不過，我不想回家
28. もっと酔(よ)うほどに飲(の)んで、	喝得痛快　，喝得更醉
29. あの人(ひと)を忘(わす)れたいから	因為我想忘掉他
30. 忘(わす)れたいから	因為我想忘掉

語詞分析

1. 此首歌在當年超紅，1977 年 12 月由「佳山明生」發行單曲後，1981 年和 1982 再度發行，唱片連續發行三次，創下大賣近八十萬張的記錄。

2. 氷雨：(名) ①秋雨 ②冰雹。

3. 飲ませてください：翻譯為請讓我喝。使役動詞文型「V1」＋「せる/させる」(第一類加「せる」/第二類加「させる」)。文型「V1」＋「せる/させる」→→「せる/させる」＋「て」→→「～せてください/～させてください」→→「V1」＋「せてください/させてください」。「飲む」(他Ⅰ)〈喝〉→→「飲ませる」〈讓…喝、叫…喝〉→→「飲ませてください」〈請讓…喝、請叫…喝〉，使役形例①「父が僕に手紙を書かせた。」〈父親叫我寫信〉 ②「言わせておけば、いいさ。」〈要說就讓他說啊！〉 ③「もう一度させてみてください。」〈請再讓我做一次看看〉 ④「先生が学生に答えさせる。」〈老師叫學生回答〉⑤「子供に勉強をさせる。」〈叫小孩用功〉

4. もうすこし：(副) 再一點點。「もう」(副)〈再〉＋「すこし」(副/名)〈一點點〉→→「もうすこし」。

5. 帰らない：「帰る」(自Ⅰ) →→「帰らない」〈不回家〉。日語否定形「V1」＋「ない」(助動) ☞P39-13/P195-12。

6. 帰りたくない：「帰る」(自Ⅰ)〈回家〉→→「帰らない」〈不回家〉→→「帰りたくない」〈不想回家〉。文型「V2」＋「たい」(助動)「想…」☞P151-22

7. 誰が待つと言うの、あの部屋で：此句歌詞本應「あの部屋で誰が待つと言うの」〈說那間房間裡，會有人等〉。「で」(格助) 表動詞「待つ」的動作地點。「と」(格助) 表動詞「言う」〈說話〉的內容。「の」(終助) ① (表斷定)「いいえ、違うの。」〈不、不是那樣〉 ② (表反問)「あなたが好きなの。」(你喜歡嗎) ③ (表命令)「黙って食べるの。」〈吃的時候別說話、你給我靜靜地吃〉〈你不要只管吃〉。本句的「誰が待つ」〈有誰等、有人等〉，「待つ」(他Ⅰ) ①等、等待 ②期待、指望 ③對待、待遇。

8. そうよ：＝「そうですよ」＝「そうだよ」〈是呀！〉

9. 誰もいないわ：沒有半個人呀！誰都不在呀！文型「疑問詞」＋「も」(副

助)+「否定」表全部否定。「わ」(終助)(♀)①(表主張決定)「まあ、困(こま)ったわね。」〈哎呀！真傷腦筋呀！〉 ②(表感嘆、驚訝)「まあ、綺麗(きれい)だわ」〈哎呀！真漂亮呀！〉 ③(表詠嘆)「いるわ、いるわ、黒山(くろやま)の人(ひと)だ」〈人可多啦！人山人海〉

10. 今では：(副詞)現在的話、如今。

11. 歌わないでください、その歌は：文法變化過程「歌を歌う」〈唱歌〉→→「その歌を歌う」〈唱那首歌〉→→「その歌を歌わない」〈不唱那首歌〉→→「その歌を歌わないでください」〈請勿唱那首歌〉→→「その歌は歌わないでください」〈請勿唱那首歌〉→→「歌わないでください、その歌は」〈請勿唱那首歌〉。歌詞採用主受詞顛倒用法，較口語說法。「V1」+「ないでください」「請勿…、請不要…」。☞P195-12

12. 別れたあの人を：此為連體修飾語句，變化為「別れた」〈分手了〉+「あの人」〈那個人、他〉→→「別れたあの人」〈分手的他〉。「別れる」(自Ⅱ)①分開 ②區分、劃分 ③分手、分離 ④離婚。「別れた」為過去式，表完了或過去。「を」(格助)表承接後面動詞「思い出す」的受詞用。

13. 思い出すから：「から」(接助)因為…所以…。「思い出す」(他Ⅰ)想起。整句中譯為因為想起。

14. 飲めば：日語假定形「V5」+「ば」(助)〈…的話〉，「飲む」(他Ⅰ)〈喝〉→→「飲めば」〈要喝的話〉☞P28-14

15. やけに：此當副詞用，修飾後面的「脆くなる」。可解釋為…要命、可真…、…厲害。

16. 涙脆くなる：「涙脆い」(Adj)〈愛掉眼淚的〉+「なる」〈變成…〉→→「涙脆くなる」〈變得愛掉眼淚〉。形容詞加上動詞「なる」時，必須去其語尾「い」變「く」，然後加上動詞「なる」☞表5。

17. こんな私許してください：本應該「こんな私を許してください」〈請原諒這樣的我〉，歌詞省去格助詞「を」。命令句文型「V2」+「～てください」「請…」☞P89-8。「許す」(他Ⅰ)〈允許、原諒〉→→「許してください」〈請允許、請原諒〉。「私」〈我〉→→「こんな私」〈這樣的我〉。「こんな」屬於連體詞，用來修飾名詞。

18. まだ止まぬ：中譯為還沒停。「まだ」【未だ】(副)還、未、尚未。「止む」(自Ⅰ)〈停、停止〉→→「止まない」〈不停〉=「やみません」〈不停〉=「止まぬ」〈不停〉。「～ません」=「～ない」=「～ぬ」☞表9。本整句為「冬の雨はまだ止まぬ」〈冬天的雨還沒停〉☞P39-13

19. この胸を濡らすように：「この」+「胸」→→「この胸」〈這顆心〉,「濡らす」(他Ⅰ)沾濕、淋濕、浸濕。例①「手を水で濡らす」〈用水把手沾濕〉②「洋服を濡らしていけない」〈不可弄濕衣服〉③「手を濡らさずに」〈手不沾濕〉。文型「V4」+「ように」「為了...」「希望...」「以免...」,「ように」在句子中擔任連用修飾語作用,以修飾後句。比況助動詞「ようだ」的第二變化就是「ように」☞表17,「V4」+「ように」例：①「傘も忘れないように。」(表希望)〈別忘了您的傘〉 ②「時間に遅れないようにしてください。」(表希望)〈請不要遲到〉③「日本語が分かるようになりました。」(表一種狀態轉變到一另一種狀態)〈我會日語了〉 ④「風邪を引かないように、コートを着ます。」 (表目的)〈為了不感冒要穿上外套〉

20. 傘がないわけじゃないけれど：「傘がない」〈沒雨傘〉,文型「～わけじゃない」〈並不是...〉,文型「～けれど」(終助)(接助)在此處當終助詞用,翻譯為「啦！...」「呀！...」☞P151-23。所以整句中譯為並不是沒有傘呀！

21. もっと酔うほどに飲んで：整句譯為喝得更醉...或是請喝得更醉。「もっと」(副)更、更加。「酔う」(自Ⅰ)①醉、喝醉 ②暈(機、船等)。「飲む」(他Ⅰ)〈喝〉→→「飲んで」〈喝〉(動詞「て」形)→→「飲んでください」〈請喝〉(歌詞中省去補助動詞「ください」)。「飲んで」是動詞「て」形,因第一類動詞語尾為「む」必須音便,動詞音便見☞表8。「に」(格助)此處表連用修飾語用法,修飾後面的「飲んで」,歌詞中前後句推敲後,這個「て」形,表手段、方法,用喝酒來以忘掉那個人。「ほど」(副助/名)用法如下：當名詞時。「物にはほどというものがる。」〈凡事都有個分寸〉大体...約：①「五分ほど待って。」 (請等五分鐘左右) ②「風邪をひいて、一週間ほど、寝てしまった。」〈感冒睡了大約一週左右〉程度表示：「くらい」之意。①「はたから、見るほど、楽ではない。」〈並不是旁人所看那般輕鬆〉 ②「希望は山ほどある。」〈希望多如山〉 ③「軽い病気ですから、入院するほどのことはない。」〈小病還不到住院的程度〉

比較標準：①「日光ほど、綺麗なところですか。」〈如日光一樣漂亮的地方嗎？〉 ②「今年は去年ほど、寒くない。」〈今年沒去年冷〉最高事例：①「旅行ほど、楽しいものはない。」〈沒有比旅行更快樂的〉 ②「今日の試験ほど、難しい試験はなかった。」〈從來沒有考試像今天這樣難〉。

22. あの人を忘れたいから：整句中譯為因為想忘掉他。「から」(格助)因為所以。「忘れる」(他Ⅰ)〈忘〉→→「忘れたい」〈想忘〉→→「忘れたいから」〈因為想忘〉。 「あの人」他、那個人。「V2」+「たい」(助動)「想…」☞P59-12。例：①「お酒が飲みたい」〈想喝酒〉 ②「何も食べたくない」。〈甚麼也不想吃〉。

23. 私を捨てたあの人を今更、悔やんでも、仕方ないけど：此處必須把上下兩句歌詞合併後，方能正確解釋。「捨てる」(他Ⅱ)〈拋棄、丟掉〉→→「捨てました」=「捨てた」〈拋棄了〉(過去式)，「私を捨てた」〈拋棄我〉→→「私を捨てたあの人」〈拋棄我的那個人〉。「私を捨てたあの人を」中的第二個「を」是承接後面動詞「悔やむ」的受詞用，「悔やむ」(他Ⅰ)①後悔、懊悔 ②弔喪、哀悼。「V2」加上「ても」(接助)時，必須音便，故成為「悔やんでも」☞P74-16，「悔やむ」〈後悔〉→→「悔やんでも」〈即使後悔也…〉，「仕方ない」中譯為沒辦法。「V3」+「けど」(接助)。「～けど」=「～けれど」=「～けども」=「～けれども」，四種說法，用法相同，意思不變。但「けれど」、「けども」、「けど」只用於會話，不用於文章。它具三種詞性五種用法。以下為三種詞性：

〈1〉當接續助詞用法時，屬逆接用法，一般翻譯成「雖然…不過…」。此歌詞屬於〈1〉用法。

〈2〉當終助詞時有二：①語氣未完，委婉說法的表現。 ②表現一種與事實相反的看法。

〈3〉接續詞用法：連接兩件事務、事情無法兩全時的說法。翻譯成「可是、不過」。

五種用法：

〈1〉逆接用法。①「年をとっているけれど、なかなか元気だよ。」〈雖然上了年紀，但仍相當有精神喔！〉 ②「気に入ったけれども、買いませんでした。」〈喜歡但沒買〉

〈2〉對照。①「居間は綺麗だけど、部屋はとても、汚い。」〈客廳乾淨，但房間非常髒〉 ②「夏は日が長いけれど、冬は短い。」〈夏日白晝長，冬天白晝短〉

〈3〉並列。①「田中さんも来ているけれど、吉田さんも来ているよ。」〈田中先生和吉田先生都來呀！〉②「お酒も飲むけれど、タバコも吸う。」〈既喝酒，又抽菸〉

〈4〉提示話題、承上啟下、表示語氣未完。①「さっき話した件ですけど、内緒にしてくださいね。」〈剛才所說的事情，請您保密呀！〉②「ちょっと、お尋ねしますが、区役所はこの近くですか。」〈想請教您一下，請問區公所在這附近嗎？〉

〈5〉與事實、希望反對用法。①「もっと、頭がよければいいんだけど。」〈腦筋再好一點就好啦！〉②「まだ、三分ほどありますけれど、質問はありませんか。」〈還有大約三分鐘　，有問題嗎？〉

24. 未練ごころ：【未練心】「未練」(名/形動)〈依戀、愛戀、依依不捨〉+「心」(名)〈心〉→→「未練ごころ」〈愛戀的心〉。

25. 消せぬ：「消す」(他Ⅰ)①熄滅 ②關掉 ③抹去、消失 ④解除。此處當抹去解釋→→「消せる」〈可抹去〉→→「消せない」〈不能抹去〉=「消せぬ」。日語第一類動詞的可能動詞變化，以其語尾「え」段音表現☞P34-6，否定助動詞「ぬ」=「ない」☞表9。

26. 未練ごころ消せぬこんな夜：本為「未練ごころが消せぬこんな夜」，歌詞中省去格助詞「が」。整句中譯為這樣的夜晚，揮不去的愛戀之心。

27. 一人飲む酒：本應為「一人で酒を飲む」，中譯為一個人喝酒。

28. 侘しい：(形容)①寂寞、冷清 ②窮困。

29. 酔ってなんかいないわ：「酔う」(自Ⅰ)〈醉、喝醉〉→→「酔っている」〈喝醉〉(喝醉的狀態)→→「酔っていない」〈沒醉〉→→「酔ってなんかいない」〈沒喝醉什麼的…〉。「なんか」(副助) ①「など」的口語化說法，中譯為「…等等」、「…之類的」 ②「なにか」的口語表現，中譯為「…什麼的」例①「服なんかどうでもいい。」〈衣服什麼的都可以〉②「ゲームなんかしていないで、勉強するの。」〈別打什麼電動了，讀書吧！〉③「二人なら、苦しくなんかない。」「わ」(終助)大部份是女性用語 ①表柔和主張 ②(男性用)表感嘆。等於中文的「了！的！啦！」。

30. 泣いてない：=「泣いていない」。「泣く」(自Ⅰ)〈哭〉→→「泣いている」(現在進行式、哭泣的狀態)〈正在哭〉→→「泣いていない」(沒在哭)→

→「泣いてない」〈沒在哭〉(省去補助動詞「いる」的語幹「い」)。

31. 煙草の煙、目に沁みただけなの：=「煙草の煙が目に沁みただけなの」〈為何只有香菸的煙刺痛我的眼？〉。歌詞中省去格助詞表動作主體的「が」。「沁みる」(自Ⅱ) ①滲透 ②刺痛 ③染上 ④銘刻於心。「目に沁みる」〈滲入眼裡、刺痛眼睛〉→→「目に沁みた」(過去式)〈滲入眼裡、刺痛眼睛〉,「だけ」(副助)①儘量、儘可能 ②只有、只能。終助詞「の」接活用語第四變化連體形,因「だけ」在接續時,視為名詞用法,因此必須用語尾「な」接上「の」。終助詞「の」用法見本篇解釋 6。

32. 私　酔えば、家に帰ります：=「私が酔えば、家に帰ります」〈要是我醉的話,我就回家〉。日語假定形文型「V5」+「ば」(接助)「如果...的話,要是...的話,就...」☞P28-14。

33. そんな心配しないで：「そんな」(連體) ①那樣的 ②表強烈否定時用。例「いいえ、そんな」〈不、哪裡的話！〉。「心配する」〈擔心〉→→「心配しない」〈不擔心〉→→「心配しないでください」〈請勿擔心〉→→「心配しないで」(省去補助動詞「ください」)〈請勿擔心〉。故整句譯為請不要那麼擔心。☞195-12

風姿花伝 | 風姿花傳

作詞/作曲/歌：谷村新司 | 1992

一：

01. 風は叫ぶ　人の世の哀しみを　　風呼嚎著人世間的悲哀
02. 星に抱かれた静寂の中で　　在被星群擁抱的寂靜中
03. 胸を開けば、燃ゆる血潮の赤は　　敞開心胸的話，紅色血潮燃燒
04. 共に混ざりて大いなる流れに　　匯流一起成為巨大的洪流
05. 人は夢見る、ゆえに儚く　　人做夢，所以虛無渺茫
06. 人は夢見る、ゆえに生きるもの　　人做夢，所以活下去啊！
07. 嗚呼嗚呼　誰も知らない　　哎呀！誰也不知道
08. 嗚呼嗚呼　明日散る花さえも　　哎呀！連明日要謝落的花朵也...

二：

09. 固い契り　爛漫の花の下　　堅定誓約，爛漫花開下
10. 月を飲み干す宴の盃　　夜宴盡飲杯中月
11. 君は帰らず　　君不賦歸
12. 残されて佇めば　　被留下而佇足徘徊的話
13. 肩にあの日の誓いの花吹雪　　那天的誓言，似花飛舞謝落肩上，如雪般
14. 人は信じて、そして破れて　　人相信、而後破滅
15. 人は信じて、そして生きるもの　　人相信，而活下去啊！
16. 嗚呼嗚呼、誰も知らない　　哎呀！誰也不知道
17. 嗚呼嗚呼　明日散る花さえも　　哎呀！連明日要謝落的花朵也...

三：

18. 国(くに)は破(やぶ)れて、城(しろ)も破(やぶ)れて	國破家也破
19. 草(くさ)は枯(か)れても、風(かぜ)は鳴(な)き渡(わた)る	縱使草枯萎，風呼嘯而去
20. 嗚呼嗚呼(ああああ)、誰(だれ)も知(し)らない	哎呀！誰也不知道
21. 嗚呼嗚呼(ああああ)、風(かぜ)のその姿(すがた)を	哎呀！風的那英姿
22. 嗚呼嗚呼(ああああ)、花(はな)が伝(つた)える	哎呀！由花傳遞
23. 嗚呼嗚呼(ああああ)、花(はな)が伝(つた)える	哎呀！由花傳遞

語詞分析

1. 這首歌是日本「東映」公司 1992 年到 1994 年發行「三國志」(動漫版)電影的主題曲。該片共拍三集。劇情以中國三國時代黃巾之亂到曹操、孫權、諸葛亮間的鬥智權謀故事為背景。

2. 風姿：(名)風采。

3. 風姿花伝：(名)日本「能樂」書名，又名「花傳書」，全書共分七篇。它是室町時代初葉(1336～1567)能樂作家「世阿弥(ぜあみ)」著書的書名。該書包含「演劇論」、「演技論」、「芸術論」、「教育論」、「人生論」、「美學」等內容，而「能」劇以修行法則為主。

4. 風は叫ぶ：如果獨立一句「風は叫ぶ」。譯成風吼叫。本來是「風が叫ぶ」，強調句把「が」改成「は」。「叫ぶ」(他Ｉ)〈尖叫、叫囂〉。

5. 風は人の世の哀しみを叫ぶ：可翻譯成風呼嚎著人世間的悲哀。

6. 人の世の哀しみを星に抱かれた静寂の中で：此時的接續時，可欣賞翻譯為在寂靜中，人世間的悲哀被星群擁抱。

7. 哀しみ：(名)它是動詞「哀しむ」(自Ｉ)→「哀しみます」→→「哀しみ」。去掉助動詞「ます」變成名詞。可譯成悲傷、傷悲、悲哀、哀傷。

8. 抱かれた　:動詞「抱く」(他Ⅰ)〈抱〉→→「抱か」(改語尾為あ段音的か)+「れる」(被動式助動詞)☞P31-3→「抱かれる」〈被抱〉→→「抱かれる」+「た」(過去式助動詞)→→「抱かれた」〈被抱了〉。

9. 静寂の中で:助詞「で」在此表示動作地點，譯成「在」。「静寂」的發音是「せいじゃく」，此處發音「しじま」為古語發音。「しじま」是文言文動詞「縮まる」=「蹙まる」變化而來。

10. 胸を開けば:「開く」(自他Ⅰ)〈打開、敞開〉+假定形助動詞「ば」→→「開けば」〈敞開心胸的話〉。「開く」用法上，例①「心(こころ)を開(ひら)く」〈打開心扉〉。 ②「目(め)を開(ひら)いて未来(みらい)を見(み)る」〈放眼看未來〉。☞28-14

11. 燃ゆる:此動詞是文言文動詞「燃ゆ」(文)(自Ⅱ)的連體形，下接名詞「血潮」，其六形變化如下「え、え、ゆ、ゆる、ゆれ、えよ」。意思同現代文，燃燒、發光、熱情洋溢、燃燒發亮。「燃ゆる血潮」=「燃える血潮」

12. 血潮の赤:「血潮」(名)血流。「燃ゆる血潮の赤は」可改成「血潮の赤は燃ゆる」，因此直譯成紅色血流會燃燒、紅色血潮燃燒。

13. 大いなる:(文)(連体)古文形容動詞「大いなり」的連體形。就是現代文的「大きい」、「偉大な」、「りっぱな」。例①「大(おお)いなる望(のぞ)み」〈偉大的希望、大希望〉; ②「大(おお)いなる業績(ぎょうせき)」〈優秀的業績、龐大的業績〉。歌詞「大いなる流れ」即可譯成巨大的洪流、龐大的潮流。

14. ともに: =「共に」=「一緒に」。這裡用來修飾動詞「混ざりて」。「ともに混ざりて」翻譯為混雜在一起。

15. 混ざりて:「混ざる」=「交ざる」=「雑ざる」(自Ⅰ)混雜、參雜。「混ざる」+「て」(接助)→「混ざって」。但因為是古語寫法，所以「混ざって」=「混ざりて」。

16. 大いなる流れに:「に」(格助)表示動詞「混ざる」的目的地。變成了「大いなる流れに共に混ざりて」。此外可欣賞成為「共に混ざりて、大いなる流れになる」語意中省略了動詞「なる」，此句譯成混在一起成為一條大洪流。

17. 夢見る:(自他Ⅰ)①作夢、夢見... ②夢想。

18. ゆえに: =「故に」(接續)因此、所以、故。

19. 儚く：「儚い」(adj)①虛幻的、渺茫的 ②可憐 ③短暫的。「儚い」→→「儚く」。形容詞第二變化去掉「い」變「く」，可接動詞、或當連用修飾語或當副詞，這裡依照上一句，判斷應該省略了動詞「なる」，故「儚くなる」，翻譯為變成虛無的、渺茫的。

20. 生きるもの：「生きる」(他Ⅱ) 意思極多請參考☞P44-21。這裡為活下去。「もの」這裡當終助詞用，譯為啊！嘛！囉！☞P144-20

21. 嗚呼：(感) 啊！唉！哎！嘿！呀！表悲喜驚嘆時情感用。此處可翻譯成哎呀！

22. 誰も知らない：「も」(副助) +「否定」句時，表示全部否定。「知る」(他Ⅰ) 知道、了解。「知る」第一類動詞改否定時，加上「ない」必須用動詞「知る」語尾「る」的「あ」段音的「ら」。「知る」〈知道〉→「知らない」〈不知道〉。所以這句翻譯成誰也不知道、無人瞭解、沒有人知道。

23. 散る花さえも：「さえ」(副助) +「も」(副助) →→「さえも」〈連、甚至於…也〉。「散る」(自Ⅰ) 謝落。「散る花」本可說「花が散る」〈花謝〉。「…さえも」例子：①「パソコンさえもない」〈連電腦都沒有〉 ②「それさえも嘘(うそ)だ」〈連那也都是謊言〉。☞P70-16

24. 固い契り：「固い」(形容)〈堅定的、堅固的〉 +「契り」(名)〈誓約、約定〉，故這句譯為堅定的誓約。

25. 爛漫：(名/副) 爛漫。

26. 月を飲み干す宴の盃：「飲み干す」(他Ⅰ) 喝光、喝盡、喝乾。直譯的話，盡飲月的宴會酒杯。這句類似唐朝李白詩句「將進酒」中一段「人生得意須盡歡，莫使金樽空對月」。酒宴上，月夜皎潔，高掛星空，月影投射酒杯中，因此，成雙對飲乾杯時，可形容為盡飲杯中月。「宴の盃」〈宴會的酒杯〉。所以這句譯成夜宴盡飲杯中月。

27. 君は帰らず：「帰る」(自Ⅰ) +「ず」(助動) →「帰らず」=「帰る」(自Ⅰ) +「ない」(助動)。「V1」+「ず」(助動) →「V1」+「ないで」。☞P39-13/P195-12。這裡翻譯為不回家、不回國而…。因為往下接「残されて…」，因此是否定的接續，不回家而被留下…。

28. 残されて佇めば：「残す」(他Ⅰ)〈留下〉 +「れる」(被動助動詞) →「残

される」〈被留下〉。「残される」＋「て」(接助)→「残されて」〈被留下而…〉。「佇む」(自Ⅰ)〈佇足、徘徊〉＋「ば」(助)(假定形助詞)→「佇めば」〈佇足徘徊的話…〉☞P28-14。

29. 肩に：「肩」(名)肩膀。「に」(格助)這裡表是存在場所。指花朵亂舞的地點。

30. あの日：那天、那一日。

31. 誓い：「誓う」(他Ⅰ)發誓、誓。「誓い」是它的名詞形，翻為誓言、誓約。

32. 花吹雪：「花」(名)＋「吹雪」(名)(暴風雨)→「花吹雪」。意指花朵飛舞謝落如暴風雪般的景象。

33. 人は信じて、そして、破れて：「信じる」〈相信、信任〉＋「て」(接助)→「信じて」〈相信而…〉。「そして」(接續)於是、然後、接著。「破れる」(自Ⅱ)〈破裂〉＋「て」(接助)☞P51-11→「破れて」。整句人是相信、信任後而破滅。

34. 国は破れて、城も破れて：「破れる」(自Ⅱ)①撕破 ②破裂 ③失衡 ④破碎 ⑤輸掉、失敗。第一個「破れて」的「て」(接助)這裡表動作接續時，整句翻譯為國破城牆也破。但也可表原因，此時譯成「因為國破，所以城堡也破。」而「城」在日文意思中，有自己的家園之意，故便可譯成國破家也破。

35. 枯れても：「枯れる」(自Ⅱ)①枯萎、凋零　②木材枯乾或乾燥。「V2」＋「ても」(接助)即使…、縱使…☞P74-16。所以這句「草は枯れても」翻譯為縱使草枯萎。

36. 風は鳴き渡る：這是複合動詞☞P121-6。「鳴く」(自Ⅰ)〈鳴叫〉＋「渡る」(自Ⅰ)〈此處意思是橫越、穿過、橫渡〉→→「鳴き渡る」(自Ⅰ)〈本來指鳥類鳴叫飛過〉。「風は鳴き渡る」在此譯為風呼嘯而去。

37. 風のその姿を：「を」(格助)這裡是承接下句動詞「伝える」的受詞作用。「その姿」→→「その」(連體)＋「姿」(名)＝「その姿」那個英姿、那英姿、該風姿。

38. 花が伝える：「が」是表動詞的主語。「伝える」(他Ⅱ)①傳 ②傳達、轉告、告訴 ③傳授 ④傳導 ⑤傳播、傳入。接上一句變成「花が風のその姿を伝える」〈由花傳遞風的英姿〉。

二人酒（ふたりざけ） | 雙人酒

作詞：たかたかし | 作曲：弦哲也 | 唄：川中美幸 | 1980

一：

01. 生（い）きてゆくのが、つらい日（ひ）は　　活在痛苦的日子裡

02. お前（まえ）と酒（さけ）があれば、いい　　有你和酒就好了

03. 飲（の）もうよ、俺（おれ）と二人（ふたり）きり　　只有你和我兩個人喝吧！

04. 誰（だれ）に遠慮（えんりょ）がいるものか　　哪還需要客氣呢?

05. 惚（ほ）れた同士（どうし）さ、お前（まえ）と二人酒（ふたりざけ）　　愛戀的同伴啊！我倆喝酒

二：

06. 苦労（くろう）ばっかり、掛（か）けるけど　　雖然只會增添你辛勞

07. 黙（だま）ってついて来（き）てくれる　　但妳還是默默地跟來

08. 心（こころ）に　笑顔（えがお）　絶（た）やさない　　內心歡笑不已

09. 今（いま）も、お前（まえ）は綺麗（きれい）だよ　　現在妳仍漂亮喔！

10. 俺（おれ）の自慢（じまん）さ、お前（まえ）と二人酒（ふたりざけ）　　我的驕傲啊！我倆喝酒

三：

11. 雪（ゆき）が解（と）ければ、花（はな）も咲（さ）く　　雪一融化，花也會開

12. お前（まえ）にゃ、きっと 幸（しあわ）せを　　我一定會給妳幸福的

13. おいでよ、もっと俺（おれ）の側（そば）　　請來到我身邊吧！

14. つらい 涙（なみだ）にくじけずに　　不因痛苦淚水而沮喪

15. 春（はる）の来（く）る日（ひ）をお前（まえ）と二人酒（ふたりざけ）　　期待春來之日，與你喝酒

語詞分析

1. 二人酒：(名) 兩個人喝酒。

2. 生きてゆくのがつらい：「生きる」 (自Ⅱ) 〈活〉→→「生きてゆく」〈活下去〉 →→「生きてゆくの」〈活下去這件事〉→→「生きてゆくのが～」，「の」 (格助)這裡當形式名詞，才可下接格助詞「が」 (格助)構成主語或對象語， 「生きてゆくのがつらい」翻譯為「活下去是痛苦的」。

3. つらい日：痛苦的日子。「つらい」(形容) ①痛苦、難受 ②累、辛苦 ③無情、刻薄。

4. お前と酒があれば：「と」 (格助)中文「和、 跟」的意思；「あります」〈有〉→→「ある」〈有〉→→「あれ」+「ば」(接助)→→「あれば」〈有的話〉，「V5」+「ば」，「ある」為第一類動詞，所以假定形用它的語尾「え」段音加上「ば」☞P28-14。

5. 飲もうよ：「飲む」(他Ⅰ)〈喝〉→→「飲みます」〈喝〉→→「飲みましょう」=「飲もう」〈喝吧！〉。「よ」為終助詞，中譯為啊！啦！呀！。「V1」+「う」(接續第一類動詞用) 為日語意志形。

6. 飲もうよ 俺と二人きり：把這句話重寫後成為「俺と二人きり飲もうよ」→→「俺と二人きり飲みましょうよ」。「と」 (格助)等於中文的「和」， 中文翻譯為只有妳和我僅僅兩個人喝吧！。

7. 俺と二人きり：副助詞「きり」，表示限度、限度，中譯為「就…、僅…、只…」☞P170-14。格助詞「と」表動詞「飲もう」的動作參與者。所以整句中譯為只有妳和我兩個人

8. 二人きり：〈只有兩個人〉；「きり」(副助) =「っきり」=「だけ」=「のみ」=「しか…ない」；例：①「二人きりで話したい。」〈只想我們兩人談〉②「二年前同窓会で会ったきりだ。」〈只在兩年前的同學上見過〉(表示動作終了) ③「千円きりしか残っていない。」〈只剩一千〉(きり和しか重疊，表示強調) ④「今日きりタバコを止める。」〈只有今天戒煙〉(失望、意外、不滿之意味) ⑤「美しいきりで、何にも役に立たない。」〈光有美麗也沒什麼用〉

9. 誰に遠慮がいるものか：「いる」【要る】(自Ⅰ)需要、必要;「遠慮」(名/自/他Ⅰ)客氣，所以「遠慮がいる」翻譯為「需要客氣」;「～ものか」(慣)「哪能...」「怎麼會...」「難道...」「決不...」;「誰」(代)①誰 ②任何人 ③有名聲的某人。整句中譯為難道有人需要客氣嗎？哪需要客氣呢？

10. 惚れた同士さ：「惚れる」(自Ⅱ) ①出神 ②迷戀 ③佩服。「同士」(名)同伴。「惚れる」→→「惚れた」→→「惚れた」+「同士」+「さ」(終助)〈啊！喔！〉。→→「惚れた同士さ」〈迷戀的兩個戀人啊！〉。「惚れた」修飾名詞「同士」稱為連體修飾語。

11. 苦労ばっかり　掛けるけど：「～ばっかり」=「～ばかり」(副助) 盡、都是。☞P186-14，這詞是說「盡都是辛苦或麻煩」，整句看下來，本來是「苦労を掛ける」〈給人添麻煩〉，「苦労を掛けるけど」→→「苦労ばっかり　掛けるけど」。副助詞「ばかり」取代了格助詞「を」，故此歌詞譯為盡都是給您添麻煩。「V3」+「けど」(接續/終助)這裡表示逆接作用，翻譯為雖然...但是...☞P151-23。

12. 黙って付いて来てくれる：這裡是多個動詞變化的組合，「黙る」(自Ⅰ)+「付く」(自Ⅰ)+「来る」(自Ⅲ)+「くれる」(他Ⅱ);「黙って付いて」〈默默地跟來、默默地伺候〉;「黙る」(自Ⅰ) ①默不作聲 ②不聞不問;「付く」(自Ⅰ)的意思極多，這裡解釋為①同伴、伺候 ②跟隨、追隨;「付いてくる」〈跟隨著來、跟過來〉;「来てくれる」〈來、過來〉; 文型「V2 てくれる」是日語授受動詞表現之一，是指由外到內的授受表現，從外做動作給自己，中譯為「給... 幫我... 替我...」。

13. 心に笑顔　たやさない：「絶やす」(他Ⅰ) 使絕滅、使用盡、使斷絕。「絶やす」〈使絕滅〉→→「絶やさない」〈不滅絕、不斷絕〉，此處的否定句「絶やさない」，意思為不斷地、不間斷地。「笑顔」(名)笑臉。「に」(格助)表動作地點。整句為「心に　笑顔をたやさない」可中譯為笑逐顏開、會心一笑從不間斷。

14. 今も：「今」+「も」(副助)。現在還...、就是現在也...。

15. お前は綺麗だよ：=「お前は綺麗ですよ」(客氣語氣)〈妳很漂亮啊〉。

16. 俺の自慢さ：「自慢」(名)自信、驕傲、自尊。「さ」(終助)啊！喔！囉！此句中譯為我的驕傲啊！

17. 雪が解ければ：中譯為「雪融的話」，文法如本篇說明 4，「解ける」 (自Ⅱ) 溶化、溶解，第二類動詞去「る」+「れば」→→「解ければ」。

18. お前にゃ きっと、幸せを：=「お前には」。「～には」①表對主語的尊敬用法 ②表能力 ③「に」+「は」表動作的對象☞P140-27。這裡後接「幸せを」文節，動詞不明顯，所以可翻譯為妳一定會有幸福或我會給妳幸福。

19. おいでよ：【お出で】(名) 為「でる」、「行く」、「来る」、「いる」、「おる」的敬語，中文意思為去、來、在。「よ」終助詞，譯為「呀！啦！」等。將這裡上下句重新排列後為「俺のそばにおいでよ」〈請來到我身邊呀！〉

20. つらい涙にくじけずに：「挫ける」(自Ⅱ)①灰心、氣餒挫折 ②挫傷、扭傷；「挫けずに」=「挫けないで」，「に」(格助)表原因，所以歌詞意思是不要因為痛苦的淚水而氣餒。

21. 春の来る日を：=「春が来る日を。」「春が来る」〈春天來〉→→「春の来る日」〈春天來的日子〉，這助詞「を」表示後接動詞，但句中獨缺後接的動詞，所以可以推測為「待つ」或「迎える」等，故可翻譯為等待春天來的日子或迎接春天來的日子，「春が来る」→→「春の来る」，因為連體修飾語句，所以可以用助詞「の」取代了助詞「が」。

釜山港(ぷさんはん)へ帰(かえ)れ ｜ 回釜山港

日本語詞：三佳令二 ｜ 作詞・作曲：黄善友（韓国人）歌手：島津亜矢 ｜ 1983

一：

01. つばき咲(さ)く春(はる)なのに　あなたは帰(かえ)らない	春天山茶花要開了，你卻還沒回來
02. たたずむ釜山港(ぷさんはん)に　涙(なみだ)の雨(あめ)が降(ふ)る	佇立釜山港邊，眼淚如雨下
03. ※あついその胸(むね)に顔(かお)うずめて	把臉龐埋進你的胸膛
04. もいちど幸(しあわ)せ　噛(か)みしめたいのよ	想再次咀嚼幸福滋味喔！
05. ※トラワヨ　プサンハンへ　逢(あ)いたいあなた	回釜山港吧！想見親愛的

二：

06. 行(い)きたくてたまらない　あなたのいる町(まち)へ	我忍不住想去你的城市找你
07. さまよう釜山港(ぷさんはん)は　霧笛(むてき)が胸(むね)を刺(さ)す	我徘徊釜山港，港邊的船隻霧笛聲刺痛我心
08. きっと伝(つた)えてよ　カモメさん	海鷗啊！ 請妳一定要傳話
09. いまも信(しん)じて耐(た)えてるあたしを	說：「如今我相信，你依然忍受著」
10. トラワヨ　プサンハンへ　逢(あ)いたいあなた	請回釜山港吧！我想見你

三：

11. あついその胸(むね)に顔(かお)うずめて	把臉龐埋進你的胸膛

12. もう一度(いちど)　幸(しあわ)せ噛(か)み締(し)めたいのよ　　想再次咀嚼幸福滋味喔！

13. トラワヨ　プサンハンへ　逢(あ)いたい　　回釜山港吧！想見親愛的
あなた

※表重複區間

語詞分析

1. 釜山港：(名)歌詞直接引用韓語發音為「ぷさんはん」。

2. 帰れ：「帰れ」為「帰る」(自Ⅰ)的命令形。第一類動詞的命令形，以其語尾「る」的「え」段音「れ」，即「帰る」〈回、回去〉→→「帰れ」〈回去、請回〉。「帰れ」為不禮貌命令形，此命令形所含語氣有①緊急 ②簡慢 ③憤怒 ④祈願☞P85-32。而一般會話中「請回去」用「帰りなさい」或「帰ってください」。現將「請回去」依最不禮貌到最禮貌排列如下：「帰れ」→→「帰りなさい」→→「帰ってください」→→「お帰りください」→→「お帰りになってください」。「釜山港へ帰れ」可翻譯為請回釜山港、回釜山港去、給我回釜山港。

3. つばき咲く春なのに：「つばき」【椿】(名)山茶花。「咲く」(自Ⅰ)開花。歌詞本是「椿が咲く」〈山茶花開〉，省略格助詞「が」，然後以「椿が咲く」修飾「春」，變成「山茶花開的春天」。文型「V4」+「のに」(接助)「雖然…卻…」，「のに」是逆接接續助詞☞P93-6，而「春」是名詞必須用「なのに」接續。因此，另立文型為「名/形動な」+「なのに」，整句翻為「雖然是山茶花開的春天，卻…」「雖然春天山茶花要開了，卻…」。

4. 帰らない：=「帰りません」〈不回去〉，否定形的文型「V1」+「ない」(助動)☞P39-13。「帰る」(自Ⅰ)〈回去〉→→「帰らない」〈不回去〉。

5. たたずむ：【佇む】(自Ⅰ)佇立、站住。「たたずむ釜山港に」可改成「釜山港にたたずむ」〈佇立在釜山港〉。

6. 涙の雨が降る：下涙雨、涙流如雨、不停地流涙之意。

7. あつい：(形容) 熱烈的、熱情的。

8. その胸に顔うずめて：「埋める」(他Ⅱ) ①埋、埋藏 ②添滿、蓋滿、添補 ③隱居某處工作到老。完整句子是「顏を埋める」，省去「を」 (格助)，「に」(格助)為動作的歸着點，整句意思是「把臉埋他在胸膛上、指依偎在胸膛上」。

9. もいちど：=「もういちど」〈再一次〉。

10. 幸せ　噛みしめたいのよ：此句中譯為想緊咬幸福呀！想捉緊幸福呀！此歌詞本應「幸せを噛みしめたいのよ」，句中省去格助詞「を」，意思不變。「噛む」(他Ⅰ)〈咬〉+「しめる」(他Ⅱ)〈關閉、繫緊、綁住〉→→「噛みしめる」〈咬緊〉→→「噛みしめたい」〈想咬緊〉。複合動詞用「V2」「ます」形相互連接。文型「V2」+「たい」(助動)「想...」☞P59-12/P151-22。「噛みしめる」(他Ⅱ) 屬第二類動詞，去其語尾「る」+「たい」(助動)，於是變成了「噛みしめたい」〈想咬緊〉，「の」(終助) ①語調若下降，表柔和的斷定 ②語調若上升，表詢問、疑問 ③語調若下降又加重發音，表命令☞P98-1。「よ」是終助詞，中譯為「啊！呀！喔！」

11. トラワヨ：(韓國話)，等於日語中的「帰っていく」「帰ってくる」「回っていく」「回ってくる」「帰ろう」之意，即中文的」「回去」「回來」「繞來」「繞去」「回來吧！」之意。

12. 逢いたい　あなた：歌詞本為「あなたに逢いたい」，省去了格助詞「に」。「逢う」(自Ⅰ)〈見面、相逢、找、遇到〉，「V2」+「～たい」「想...」見解釋 10，這歌詞意思為「想見你、想見親愛的」。

13. 行きたくてたまらない： 文型「V2」+「～てたまらない」(慣)「非常地...」「忍不住...」「...受不了」。「行く」〈去〉→→「行きます」〈去〉(ます型) →→「行きたい」〈想去〉→→「行きたくて」〈想去〉(動詞「て」形) →→「行きたくてたまらない」〈想去得不得了〉。 「堪る」(自Ⅰ)〈忍受、忍耐〉→→「堪らない」〈忍受不了〉(否定形) ☞P195-12。

14. あなたのいる町へ：「あなたがいる」〈你在、有你〉→→「あなたがいる町」〈你在的城市、有你的城市〉→→「あなたのいる町」〈你在的城市、有你的城市〉。句子「あなたがいる」修飾後面的名詞「町」，屬於連體修語句，因此格助詞「が」可以改成格助詞「の」。 「へ」(格助)表動詞的方向，此處為「行きたくてたまらない」的方向，前後歌詞翻譯為忍不住想去你在的城市。

15. さまよう：【さ迷う】(自Ⅰ)＝「迷う」(自Ⅰ)，「さ」(接頭語)加於字首上，意思不變，中譯為「徬徨、徘徊」。

16. 釜山港は霧笛が胸を刺す：「～は～が～」這是日語中的大主語句和小主語句表現法。「釜山港は霧笛が～」翻譯為「釜山港的霧笛」。例①「象(ぞう)は鼻(はな)が長(なが)い」中文是大象的鼻子長。若是不解這種句型的人所說出台灣式日語「象(ぞう)の鼻(はな)が長(なが)い」，這樣非標準日語說法。②「この店(みせ)はパンが美味しい」中文是這家店的麵包很好吃。

17. 霧笛が胸を刺す：「霧笛」(名)船隻在大霧中使用的警笛。「刺す」(他Ⅰ)刺、扎。「胸」(名)內心，此句譯成「霧笛刺痛我的心、霧笛使人心裡難受」。

18. きっと：(副)一定。

19. つたえてよ：＝「つたえてくださいよ」〈請轉達喔！〉，句中省略補助動詞「ください」。命令形文型「V2て形」＋「ください」「請...」，「伝える」〈轉達〉→→「つたえてください」〈請轉達〉☞P89-8。「伝える」(他Ⅱ)①傳 ②傳達、轉達、轉告 ③傳授 ④(金屬)傳導。「よ」(終助)喔！啦！呦！呢！

20. カモメさん：【鴎】海鷗。在動植物名詞後上加「～さん」，表擬人化說法。

21. いまも：【今も】(副)如今也...。

22. 信じて、耐えてるあたしを：＝「耐えてるあたしを信じてください」〈請你相信我，我依然忍受寂寞〉，歌詞中省略補助動詞「ください」。「あたし」＝「私」(名)女性用語。「耐えてる」＝「耐えている」〈忍耐著、忍受著〉，口語上句中補助動詞的語幹「い」常會脫落，意義不變。「耐える」(自Ⅱ)①忍耐、忍受、勝任 ②【堪える】(值得...堪於...)。「信じる」(他Ⅱ)信、相信、信賴。「信じる」→→「信じてください」同本篇解釋18。

何日君再來 ｜ (ホーリーツィンツァイライ)

作詞：黃嘉謨 ｜ 作曲：劉雪庵 ｜ 唄：李香蘭(山口淑子) ｜ 1939

テレサテン (鄧麗君)

一：

01.	忘(わす)れられない あの面影(おもかげ)よ	妳那身影，令人難忘啊！
02.	灯火(ともしび) 揺(ゆ)れる この霧(きり)の中(なか)	在這夜霧中，燈火搖曳
03.	二人(ふたり) 並(なら)んで 寄(よ)り添(そ)いながら	我倆肩並肩，相依偎著
04.	囁(ささや)きも 微笑(ほほえ)みも	喃喃私語，相視微笑，
05.	楽(たの)しく解(と)け合(あ)い 過(す)ごしたあの日(ひ)	其樂融融地過了那一天，
06.	ああ 愛(いと)し君(きみ) 何時(いつ) また 帰(かえ)る	啊！親愛的妳，何時妳再回來?
07.	何日君再來(ホーリーツィンツァイライ)	何日君再來?

二：

08.	忘(わす)れられない あの日(ひ)の頃(ころ)よ	那段日子，令人難忘啊！
09.	そよ風香(かぜかお)る この並木道(なみきみち)	微風吹拂，馨香飄散，在這條行道樹上，
10.	肩(かた)を並(なら)べて 二人(ふたり)っきりで	只有我們倆 肩並肩，
11.	喜(よろこ)びも、悲(かな)しみも	喜悅也罷、悲傷也罷
12.	打(う)ち明(あ)け、慰(なぐさ)め 過(す)ごしたあの日(ひ)	暢談心底話，相互安慰，度過那一天，
13.	ああ 愛(いと)し君(きみ) 何時(いつ) また 帰(かえ)	啊！親愛的妳，何時妳再回來？
14.	何日君再來(ホーリーツィンツァイライ)	何日君再來？

三：

15. 忘れられない 思い出ばかり	妳令人難忘，回憶裡盡都是妳，
16. 別れて今は この並木道	分手後的今天，在這條行道樹
17. 胸に浮かぶは 君 の面影	浮現心底的是妳的身影
18. 思い出を抱きしめて	我擁抱回憶，
19. 只管 待つ身の侘しいこの日	這些孤寂的日子，我一心等著妳
20. ああ 愛し君 何時また 帰る	啊！親愛的妳，何時妳再回來?
21. 何日君再來 (ホーリーツィンツァイライ)	何日君再來?

語詞分析

1. 忘れられない：此處為可能動詞用法，「忘れる」〈忘掉〉→→「忘れられる」〈會忘掉、能忘、可以忘〉→→「忘れられない」〈不能忘、不會忘、不可忘〉，「忘れる」(自他Ⅱ)為第二類動詞，它的可能動詞為去其語尾「る」加助動詞「られる」，然後再去「られる」的「る」加上否定助動詞「ない」即成「忘れられない」☞P34-6。

2. 揺れる：(自Ⅱ)①搖擺、搖動 ②動蕩、不穩 ③比喻躊躇、猶豫不決的樣子。

3. 並んで：「並ぶ」(自Ⅰ)排列、並排。此動詞因語尾屬「ば」行，加上「て」(接助)必須「ん」音便， 故「並ぶ」→→「並んで」☞P51-11。

4. 寄り添いながら：「寄り添う」(自Ⅰ)緊挨、緊靠。「～ながら」(接助)「一邊…一邊…」，文型「V2」+「ながら」☞P64-11，故此句譯為一邊挨著一邊…。

5. 囁きも：「囁き」為「囁く」(自他Ⅰ)的名詞形，中譯為耳語、私語之意，

「も」(副助)也。

6. 微笑みも:「ほほえみ」為「微笑む」(自Ⅰ)的名詞形,意思有①微笑 ②花微開。「も」(副助)也。

7. 楽しく解け合い:「楽しく」為「楽しい」形容詞的連用形(adj2),此處用以修飾後面的動詞「解け合う」(自Ⅰ)融合、融洽。這裡是文章體用法,直接以動詞連用形表現,故「解け合い」=「解け合って」,因此若將前後句歌詞,以口語重新排列之後,成為「楽しく解け合って過ごしたあの日」〈快樂融洽地過了那一天〉。

8. 過ごす:(他Ⅰ)①度過 ②生活、過日子 ③過度、過量 ④養活。歌詞以過去式「過ごした」修飾後面的「あの日」。

9. 愛し: (文)(形容)①可愛 ②可憐。「愛し」(文)=「愛しい」(現代文)=「かわいい」。☞表7

10. 「また」和「まだ」:這兩個常用的副詞,常被初學者弄錯,其區別如下:第一重音不同,按標準重音「まだ」發的是頭高型重音,而「また」發尾高型或平板型重音,用符號表示重音的話「まだ」標記為①,而「また」標記為⓪②,因此,若發音準確,則不易弄錯這二字。

A:また【又】:中文意思是別、再、也、又。

①「今日もまた暑いです。」〈今天還是熱〉
②「また、食べますか。」〈你還要吃嗎?〉
③「今回の試験もまた、失敗しました。」〈這次的考試,又失敗了〉
④「来週また会いましょう。」〈下週再見吧!〉
⑤「どうぞ、また来て下さい。」〈請再來〉

B:まだ:【未だ】:中文指沒有改變的狀況,譯成「還…、才…」。

①「雨がまだ降っている。」〈雨還在下〉
②「雨がまだ止みません。」〈雨還未停〉
③「この切符はまだ有効です。」〈這張票還有效〉
④「ご飯は未だですか。」〈還沒吃飯嗎?〉
⑤「まだ、九時前ですから、間に合うでしょう。」〈還不到九點,來得及吧!〉

11. そよ風：(名) 微風。

12. 香る：(自Ⅰ) 芳香、芬芳、有香味。

13. 並べて：「並べる」(他Ⅱ) ①排列、並排 ②列舉 ③陳列 ④圍棋佈棋 ⑤比較。「並べる」→→「並べて」。第二類動詞加接續助詞「て」時，直接去其語尾「る」之後加上即可。此處的「て」表動作接續。

14. 二人っきりで：=「二人きりで」，多個「っ」只是口語用法，「で」(格助) 表狀態，「きり」 (副助) ①只、儘 ②…之後就…。例：
①「夏休みもあと一日きりだ。」〈暑假僅剩一天了〉
②「もうこれっきりです。」〈只剩這點了〉
③「陳さんには一度きり会ったことがない。」〈和陳先生只見過一次面〉
④「寝たきり、ついに起き上がらなかった。」〈臥床之後就再也沒起來〉

15. .喜びも：「喜び」為「喜ぶ」(自Ⅰ) 的名詞形，意思為 ①歡喜、高興 ②歡迎、欣然接受。「も」(副助) 也。

16. 悲しみも：「悲しみ」是「悲しむ」(他Ⅰ) 的名詞形，意思為悲傷、悲哀、悲痛。「も」(副助) 也。

17. 打ち明け：它是「打ち明ける」(他Ⅱ) 的名詞形，中文譯為「毫不隱瞞地說出」、「全盤說出」; 此為文章體用法，直接以動詞連用形表現，如本文解釋 7，所以「打ち明け」=「打ち明けて」。

18. 慰め 過ごしたあの日：「慰め　過ごした」=「慰めて過ごした」，「慰める」(他Ⅱ) ①安慰、寬慰 ②慰問、慰勞。「あの」(連體) +「日」(名)→→「あの日」〈那一天、那天〉。若將前後句歌詞口語排列之後，「打ち明け、慰め 過ごしたあの日」=「打ち明けて慰めて　過ごしたあの日」〈侃侃而談、相互安慰地過了那一天〉。參考本篇解釋 28。

19. 思い出ばかり：文型「名」+「ばかり」 (副助) ，此歌詞中的「ばかり」意思為「只、僅、光、全都是」。例：
①「テレビばかり見ている。」〈光看電視〉
②「小説ばかり読みます。」〈光看小說〉
③「暑いので、お水ばかり飲んでいます。」〈天氣熱，光喝水〉
④「日本人ばかりではない。」〈不光只有日本人〉

20. 別れて：「別れる」(自Ⅱ) ①分手、分開 ②離婚 ③區分，這裡用「て」形表現，說明該動作之接續，中譯為「分手之後」。

21. 胸に浮かぶは：＝「胸に浮かぶのは…」，「浮かぶ」(自Ⅰ) ①漂、浮 ②呈現 ③湧上心頭、想起。這裡的「の」為形式名詞用法，加格助詞「の」之後，才能接上副助詞「は」，歌詞中省略了「は」，此用法現代文中少見，但在古文或成語中則屬常見用法。

22. 抱きしめて：「抱きしめる」(他Ⅱ) 緊抱、抱緊。「抱きしめる」→→「抱きしめて」此句的接續助詞「て」表方法、手段。

23. ひらすら：(副)只顧、一味、儘管。

24. 待つ：(他Ⅰ) ①等待 ②對待 ③期待、指望。

25. 侘しい：(形容)①寂寞的、寂靜的 ②孤獨的 ③貧困的、寒酸的。

港町十三番地 ｜ 港都十三番地

作曲：上原げんと ｜ 作詞：石本美由紀 ｜ 唄：美空ひばり ｜ 1957

一：

01.	長い旅路の航海　終えて	結束漫長航海旅途
02.	船が 港 に　泊まる夜	船停泊港口的夜晚
03.	海の苦労をグラス酒に	海上的辛勞全忘卻在
04.	皆　忘れるマドロス酒場	這水手酒吧的一杯酒裡
05.	ああ、港 町 、十三番地	啊！這裡是港都十三番地

二：

06.	銀杏並木の敷石道を	與你同走銀杏行道樹的石板路
07.	君と歩くも、久しぶり	也已相隔有一陣子了
08.	点るネオンに誘われながら	被點亮的霓虹燈吸引
09.	波止場通りを 左 にまがりゃ	左轉來到碼頭大街就是
10.	ああ、港 町 、十三番地	啊！這裡是港都十三番地

三：

11.	船が着く日に咲かせた花を	船抵達之日開的花
12.	船が出る夜　散らす風	在船出海的那夜被風吹落
13.	涙　堪えて、乾杯すれば	忍淚乾了這杯酒的話
14.	窓で泣いてる三日月様よ	初三的上弦月斜掛窗邊哭泣著
15.	ああ、港 町 、十三番地	啊！這裡是港都十三番地

語詞分析

1. 港町：(名) 港都、港市、有港口的地區，例如漁港等。

2. 番地：(名)①門牌號　②地址。例「お宅は何番地ですか。」〈你府上門牌號碼幾號?〉

3. 航海終えて：本為「航海を終えて」，省去了「を」(格助)，「終える」(他Ⅰ) 做完、 完畢，例①「こうして、一生を終えるだろう」〈就這樣過一生?〉 ②「仕事を終えてから、会議をする」〈下班之後要開會〉，「航海を終える」→→「航海終えて」〈結束航海的日子〉，此處用動詞「て」形，以接續下句中的動詞「泊まる」。

4. 海の苦労：「海」(名)〈海上〉 + 「の」(格助) + 「苦労」(名)〈辛勞〉→→「海の苦労」〈海上的辛勞〉

5. 海の苦労をグラス酒に皆忘れる：把海上的辛勞全忘在杯酒裡。「苦労を忘れる」〈忘掉辛勞〉，「皆」(副)〈全部、都〉，「忘れる」(自他Ⅱ) 忘記、忘掉、忘懷。

6. マドロス酒場：(名)(荷) (matroos) 水手。「酒場」(名) 酒吧。因此這名詞可解釋為①有一家店名叫「水手酒吧」 ②水手們會去酒吧的總稱。

7. 君と歩くも久しぶり：這句要上接「敷石道を」才翻譯得出來，整句應該為「敷石道を君と歩くのも久しぶり」〈隔了好久，沒跟妳走鋪石子的路〉，歌詞中省略了形式名詞「の」，一般並不可如此用，「～を歩く」〈走過……〉，「と」(格助) 表同做動作的人，中譯為「和」，「も」(副助) 也，「久しぶり」(名/な形動)〈隔了好久〉。

8. 点るネオン：「点る」(自Ⅰ) 點、點著。本來應該為「ネオンが点る」〈點著霓虹燈〉，「ネオン」(名) (neon) 霓虹燈。

9. 点るネオンに誘われながら：「に」(格助) 表被動式的主語。「誘う」(他Ⅰ) ①邀、勸誘 ②引起 ③引誘。「～ながら」(接助)一邊…一邊… ☞P64-11。「誘う」〈引誘〉→→「誘われる」〈被引誘〉→→「誘われながら」〈一邊被引誘…〉

10. 曲がりゃ：=「曲がれば」(如果轉彎的話就… ; 轉彎的話就…) ;「曲がりゃ」

是一種口語縮音的表現法，規則為「V5」+「りゃ」=「V5」+「ば」☞P28-14，「波止場通りを左に曲がりゃ」，「を」(格助)表轉彎的地點、經過的場所，「に」(格助)表轉彎過去的方向，這是日語中報告路徑的標準句，本為「～を～に曲がる」，即等於中文在哪裡、向哪邊轉的意思。「～りゃ」縮音的表現法的例子：在名詞時①「これは」→「こりゃ」 ②「それは」→「そりゃ」③「あれは」→「ありゃ」;
在動詞時①「すれば」→「すりゃ」 ②「聞いていれば」→「聞いてりゃ」☞P93-5。

11. 船が着く日に、咲かせた花を：本應該寫為「船が着く日に、花を咲かせた」，「船が着く」修飾名詞「日」，中譯為船抵達的日子。格助詞「に」表時間定點。「花を咲かせた」〈讓花開、使花開〉，一般日語中說花開為「花が咲く」，此處以使役動詞「咲かせる」翻譯為讓它開花、使其開花。使役動詞☞P148-3

12. 船が出る夜、散らす風：此句與上句為對句關係，「船が出る夜」〈船出海的晚上〉，「散らす風」在閱讀時可改成「風が散らす」，而上下兩句結合後，此處的「散らす」的受詞在上句歌詞的「花」，因此上下句整理後為「咲かせた花を風が散らす」中譯成風把開的花吹落。

13. 涙堪えて：「堪える」(自Ⅱ) ①忍耐 ②抑制住、壓住 ③容忍、寬恕。「堪える」+「て」(接助)→→「堪えて」。這裡「て」表動作接續用法。「涙を堪える」〈忍住淚水〉，這裡省去格助詞「を」。

14. 乾杯すれば：「乾杯する」〈乾杯〉→→「乾杯すれば」〈乾杯的話就…〉，「する」的假定形為「すれば」，「する」→→「すれ」+「ば」→→「すれば」☞表4

15. 三日月様：「三日月」(名)陰曆初三的月亮、初三上弦月，加上「樣」(接尾詞)擬人化表現法，意思不變。

湯島の白梅 | 湯島白梅

作詞：佐伯孝夫 | 作曲：清水保雄 | 唄：榖真酉美 | 1942

一：【女】

01.	湯島通れば 思い出す	穿過湯島，就會想起
02.	お蔦主税 心意気	御蔦和主稅兩情人的心思
03.	知るや白梅 玉垣に	白梅啊！你知道嗎！
04.	残る二人の影法師	留在寺廟圍牆內的兩人倩影

二：【男】

05.	忘れられよか、筒井筒	水井邊的過去，忘得了嗎？
06.	岸の 柳 の縁結び	繫在河岸柳樹上祈望結褵的紙條
07.	堅い契りを義理ゆえに	因情義將堅定的誓約
08.	水に流すも、江戸育ち	放諸水流，這也江戶出身

三：【男女】

09.	青い瓦斯燈 境内を	藍色煤氣燈，離開寺廟
10.	出れば本郷 切り通し	就是本鄉的小路
11.	あかぬ別れの中空に	在水墨畫的上野山有
12.	鐘は墨絵の上野山	告別不了的不安和鐘聲

語詞分析

1. 這首歌流行於 1955 年代前後左右，同時也拍成電影『湯島白梅』。描述著一對不正常關係的男女之情，悲戚感人，當時這種小說和戲劇十分受到日本人的歡迎，熱愛的程度不亞於我們的梁山伯祝英台，目前日本古裝劇中也常以「主税（ちから）」和「お蔦（つた）」為題，創作新劇。其中一種版本的劇情如下：「お蔦」本名為「蔦吉」，是個當紅的藝妓，在與立志當個文學家的「早瀨主稅」邂逅後，情定終身。但因該時代，藝人與學者的身份並不相配，如此關係也社會難容，所以兩人過著姘居關係，生活清苦，但卻幸福渡日。而「早瀨主稅」也一直沒將他與「お蔦」的曖昧關係，跟他的恩師「酒井俊蔵」表明。

   「主稅」在「酒井」老師處，一邊鑽研學問，一邊幫忙編撰「德日字典」。

   有一天，「主稅」同學「河野英吉」首遇「酒井」老師女兒「妙子」，甚為歡喜，想娶其為妻，而「河野」家是當地財閥之一，屬有錢人家，無論如何，一定欲納「妙子」為妻，於是，準備親自到「酒井」提親，也開始著手調查「酒井」家家世。

   「主稅」為一介書生，在「酒井」老師家讀書生活時，「主稅」視「妙子」為妹，或許有些許男女之情。因此，這種兄妹情感，跟「河野」將女性視為工具或玩物的態度，迥然不同。「主稅」不能忍受「妙子」嫁入那種家庭，痛批「河野」說：「真正相愛的人的話，也不應該靠身世！」。有此想法，也是因為他對於自己跟「お蔦」相愛，卻一直不能以妻子名份公諸於世的一種憤慨表現。

   後來，「酒井」老師請知己「道學士」幫「妙子」作媒，「道學士」將「主稅」與「お蔦」之間一事，告知了「酒井」老師。老師帶「主稅」在常去的藝妓「小芳」處深談，老師斥怒，責問其為何隱瞞男女情事，並要其拋棄「お蔦」，專心學問，否則逐出師門。

   「主稅」受環境所逼，必須與「お蔦」分手，而兩人談分手地點就在「湯島」的寺廟內。起初「お蔦」哀怨說：「與其分手，不如死算了。」經「主稅」說服，願意繼續活下去，只好棲身在「主稅」好友梳頭髮店裡。

   後因扒手事件，「主稅」不住東京，回老家靜岡去，在電車中，和同學「河野英吉」妹妹「菅子」相逢，「菅子」知道他跟「お蔦」結親不成。「菅子」

後來與「主稅」交往，日益親近。

「主稅」去靜岡一年，對「お蔦」的思念，越來越遠，有一日，「妙子」特地來訪說：『「小芳」在照顧「お蔦」』，而這招是「妙子」為了喚回「主稅」回東京的策略之一。

「妙子」是「酒井」老師與藝妓「小芳」所生下的孩子，但是不能掛名「小芳」名下。

「主稅」也與同學「河野英吉」姊姊「道子」親近，伺機要讓「河野」家倒閉，尋找與「河野」家大家長「河野英臣」對決的機會。

「お蔦」受到排擠，遭人厭惡之際，加上相思斷腸，臥病床榻。後來，引發「主稅」和「お蔦」離散的「酒井」老師深深覺得，連他自己也為學問，拋棄妻女而慚愧，特別前來跟「お蔦」道歉，之後，「お蔦」見不到「主稅」一面，含恨而終。

有一日，「妙子」帶著「お蔦」的死後遺髮給「主稅」。

2. 湯島：(名)東京地區地名。日本各地的地名。此處特指東京文京區的本鄉，2007年人口約16936人，目前有本鄉一丁目到本鄉七丁目。行政區以前叫作「本鄉區」，後與「小石川區」合併成為「文京區」。郵遞區號113－0033。這裡以湯島為中心，所以稱為「湯島本鄉」，室町時代到戰國時代稱為「本鄉」，明治時代到昭和時代，此區文人相繼聚集此地，文風鼎盛。曾經住過的大文豪有夏目漱石、坪內逍遙、樋口一葉、二葉亭四迷、正岡子規、宮澤賢治、川端康成、石川啄木等人。

3. 湯島通れば、思い出す：中譯為穿過湯島就會想起來。句中省去格助詞「を」，在此表是動詞所經過的場所，歌詞本應為「湯島を通れば、思い出す」。假定形「V5」＋「ば」(接助)「如果…的話，就…」☞P28-14。「通る」(自Ⅰ)→→「通れば」，第一類動詞用語尾「え」段音的「れ」加上「ば」。「通る」①通過、走過 ②穿過 ③滲透 ④響亮 ⑤聞名 ⑥通過議會、考試等 ⑦了解、明白 ⑧前後一貫。「思い出す」(他Ⅰ)想起、憶起。

4. お蔦主稅：「稅」(名)發音為「ちから」，稅、租稅、稅租之意，語源上，「稅」字乃出自於「民の力」所生產的東西之意，古時候日本租庸調法的總稱。所以「主稅」也是「主稅寮（ちからりょう）」的簡稱，它是律令制度下的官名，負責田

租收取管理、穀倉進出監督等職責，屬高級官吏，正如現代的稅徵稽徵處長官，「主税」時亦發音為「ちから」。此處為「お蔦」和「主税」兩個人名。見解釋 1。

5. 心意気：(名) ①氣質、性情 ②氣派、氣魄 ③心意、心思。

6. 知るや：「や」此當接續助詞用法，文型「V3」+「や」。中譯為「剛一...就...」。一般句型為「～やいなや～」，其中「いなや」可省略。例：
①「ベルが鳴るや、教室に入った」〈鈴聲一響，就馬上進教室〉。
②「ベッドに入るやいなや眠ってしまった。」〈一上床就睡著了〉

7. 白梅：(名) 白梅、白色梅花。

8. 玉垣に残る：(名)「玉垣」(名) 神社周圍的木柵欄。「に」(格助) 表下句動詞「残る」的存在地點。「残る」(自Ⅰ) ①留、留下 ②存留、殘留 ③遺留。

9. 影法師：(名) 映照在地上、窗戶上的人影。「法師」(名) ①法師、僧侶 ②古人指稱自己的小孩 ③接在語詞下表示人僧侶或東西。本詞即「影」+「法師」組合而成。又例如「瘦せ法師」〈瘦子〉、「荒法師」〈會武藝的和尚〉、「一寸法師」〈矮子〉。

10. 忘れられよか：歌詞中所以省略了「う」，「忘れられよか」〈可以忘掉吧的嗎！〉=「忘れられようか」=「忘れることなどできようか」。「忘れる」(他Ⅱ)〈忘〉→→「忘れる」+「られる」(助動)(表可能助動) →→「忘れられる」〈可以忘記〉→→「忘れられる」〈可以忘記〉+「よう」(助動)(表推量、意志、勸誘)〈吧！〉+「か」(終助)(表疑問)〈嗎！吧！〉→→「忘れられようか」〈可以忘掉吧的嗎！〉。反義詞上看，意思說難道可以忘掉的嗎？或是意指我是不會忘掉的啊！

11. 筒井筒：(名) 此為「能」劇之名。「筒井筒」發音為「つついづつ」或「つついつつ」。為『伊勢物語』或『大和物語』中的故事橋段之一，主要描述相愛的兩位青梅竹馬朋友結婚的情結，古典劇中的情節，大同小異。

「筒井筒」指在圓井上頭四周，用竹子編織成的圍起的竹籬笆。「筒井」即「井戶」，翻譯為圓型井，單一個字「筒」譯為井壁。

兩位青梅竹馬朋友，在井邊玩耍長大，隨著歲月過去，因逐漸成人後，相見感覺不好意思，於是，開始逐漸疏遠。不過，兩人難忘小時之情，女方對於父母託人提親，一概拒絕，過著單身生活。

有日，男方寄來一首歌，女方也互換情歌，結下宿緣。情歌如下：「我身高不過井邊緣，我伸長身子，似乎要超過井邊高了喔，當我看不到妳的時候」，「跟你相比，我的娃娃頭短髮，已經超過肩膀了，除你以外，我能為誰盤起頭髮啊！」(盤起頭髮表示髮型改變，意味出嫁之意)。成為夫妻的兩人，不久，因妻子母親過世，生活陷入困境，丈夫也經常往別的女人家跑，不過，妻子送丈夫出門時，也掩住怒火，不形於色。自己化著漂亮的妝，沈浸憂慮中，吟唱詩歌，表達掛念之心。「風一吹，原野起大浪的『龍田山』，夜裡，你單人過那山頭吧！」最後，受到妻子心感動，丈夫終於重回妻子懷抱。

12. 縁結び：(名)「縁を結びます」〈結緣、結成夫妻〉→→「縁結び」①結親、結婚、結緣 ②將寫好對方姓名的紙條，繫在神社的樹上等處，祈望結襧的宣言信條〉。此處「岸の柳の縁結び」指的是兩人繫在河岸柳樹上祈望結襧願望的紙條。

13. 堅い契りを義理ゆえに：「契り」(名)①婚約 ②因緣、宿緣。「契り」為「契る」(自Ⅰ)的名詞形。「義理」(名)①情義、情面、情分、人情②情理、道理、緣由 ③親戚關係 ④意義、義理。 「ゆえ」①理由緣故 ②因為。「ゆえに」【故に】所以、故。

14. 水に流すも、江戸育ち：「流す」(他Ⅰ)「流す」(他Ⅰ) ①使...流出 ②流放 ③當死 ④流傳 ⑤洗去 ⑥計程車竄街攬客 ⑦墮胎 ⑧不放心上 ⑨聲音放低。此句譯為傳。這句本應該為「水に流すのも」，歌詞省去形式名詞「の」，「も」(副助)也、連。而片語「水に流す」中譯為付諸流水。「江戸育ち」(名)意指出身江戶。「育つ」的名詞「育ち」，常被用來組合成另一個名詞，表示生長或教養成長的環境。例如「都会育ち」〈在都市長大的人〉「温室育ち」〈嬌生慣養〉「お孃様育ち」〈嬌小姐、千金小姐〉「山家育ち」〈在山裡長大的人〉

15. 瓦斯燈：(名)煤氣燈。

16. 境内を出れば本郷：「境内」(名)①神社或寺院的裡面 ②鏡界內。「本鄉」(名)東京文京區的地名。其為「湯島」的中心地區，因此一般人亦稱為「湯島本鄉」。「境内を出る」〈離開神社〉→→「境内を出れば」〈離開神社的話，

就...〉。格助詞「を」用法見本篇解釋 2。假定形文型「V5」+「ば」〈如果...的話〉☞P28-14。

17. 切り通し：(名) 鑿開的山路。

18. あかぬ別れの中空に：「あかぬ」=「あかん」=「駄目だ」=「うまくいかない」。關西方言，意思①不可、不行、不成 ②(事情)沒有結論。「中空」(名)①空中、半懸空 ②沒有完成 ③忐忑不安、心神不定 ④粗心大意、心不在焉。

19. 墨絵：(名) 水墨畫。

20. 上野山：(名) 東京都台東區的地名，標高只有 20 公尺左右，主要名勝就是「上野恩賜公園」，通稱「上野動物園」，其西側為文京區，即有名的東京大學的學區，

与作（よさく） | 與作

作曲：七沢公典 | 作詞：七沢公典 | 歌手：北島三郎 | 1978

一：

01. 与作（よさく）は木（き）を切（き）る	與作砍樹，
02. ヘイヘイホー　ヘイヘイホー	嘿嘿呵！嘿嘿呵！
03. こだまは返（かえ）るよ	砍樹的回聲會折返回來喔、
04. ヘイヘイホー　ヘイヘイホー	嘿嘿呵！嘿嘿呵！
05. 女房（にょうぼう）は機（はた）を織（お）る	太太織布，
06. トントントン　トントントン	咚！咚！咚！，咚！咚！咚！
07. 気立（きだ）ての良（よ）い嫁（こ）だよ	性情溫柔的媳婦呦
08. トントントン　トントントン！	咚！咚！咚！，咚！咚！咚！
09. 与作（よさく）　与作（よさく）　もう日（ひ）が暮（く）れる	與作、與作，天已要黑了
10. 与作（よさく）　与作（よさく）　女房（にょうぼう）が呼（よ）んでいる	與作、與作，太太在呼喚你。
11. ホー　ホーーー　ホー	呵！呵！呵！

二：

12. 藁葺（わらぶ）き屋根（やね）には	稻草鋪的屋頂上，
13. ヘイヘイホー　ヘイヘイホー	嘿嘿呵！嘿嘿呵！
14. 星屑（ほしくず）が降（ふ）るよ	繁星降落呦！
15. ヘイヘイホー　ヘイヘイホー	嘿嘿呵！嘿嘿呵！
16. 女房（にょうぼう）は藁（わら）を打（う）つ	太太打稻草，

17. トントントン　トントントン	咚！咚！咚！，咚！咚！咚！
18. 働(はたら)きものだよ	她是一個會作事的呦！
19. トントントン　トントントン	咚！咚！咚，咚！咚！咚！
20. 与作(よさく)　与作(よさく)　もう夜(よ)が明(あ)ける	與作、與作，天要亮了。
21. 与作(よさく)　与作(よさく)　お山(やま)が呼(よ)んでいる	與作、與作，山在呼喚你。
22. ホー　ホーーー　ホーーー	呵！呵！呵！

語詞分析

1. 与作：(名) 日本人名。古時農業社會，取名為「豐作」的人特別多，「豐作」【ほうさく】意謂著祈求大豐收之意。不過，據說日本早年的某個年代，取名為「與作」的人，流行起來，而且特別多。

2. こだま：【木霊】(名) ①樹木的精靈 ②回聲、回音。

3. 返る：(自Ⅰ) 回來、回去、返回。

4. 女房：(名) ① (文) 宮中女官 ② (文) 貴族侍女 ③老婆、太太、妻。

5. 機を織る：織布。「機」(名) 織布機。「織る」(他Ⅰ) 織、編織。

6. 気立ての良い嫁だよ：「気立て」(名) 性情、性格。「気立てが良い」〈性情好〉→→「気立てが良い嫁」〈性情溫柔的媳婦〉→→〈気立ての良い嫁〉〈性情溫柔的媳婦〉。這裡發音為「KO」，但漢字寫成「嫁」，因此可以翻譯為媳婦，若寫成「娘」，可譯為姑娘、女人。因為連體修飾語，可將格助詞「が」改成「の」。「だ」(助動) 表斷定、肯定。「よ」(終助) 啊！啦！呦！囉！

7. もう、日が暮れる：「暮れる」(自Ⅱ) ①日暮、天黑 ②歲末季節將結束。「もう」(副) ①已經 ②再。整句中譯為已經要天黑。

8. 呼んでいる：「呼ぶ」(他Ⅰ)〈喊、喊叫、招呼〉→→「呼んでいる」〈喊著、喊叫著、招呼著〉。文型「V2」+「ている」表現在進行式、作用、狀態、

習慣等，「呼ぶ」為第一類動詞加上接續助詞「て」，必須音便☞表 8

9. 藁葺き屋根には：「藁」（名）稻草、麥桿。「葺く」（他Ⅰ）修屋頂。「屋根」（名）①屋頂 ②（遮蔽雨、露天用的）蓬。所以「藁葺き屋根」中譯為稻草鋪的屋頂。「には」指為下句「星屑が降る」動詞「降る」降下的地點。「には」（連語）①表尊敬。例「先生には、ご健勝でいらっしゃいますか」（老師您好嗎？） ②在。例「パン屋にはパンがたくさんあります」（麵包店裡有很多麵包） ③對於…。例「このシャツは私には、大きすぎる」（這襯衫，對我而言太大了） ④表確認。例「雨が降るには、降ったが、ほんのおしめり程度だ」（雨是下了，但只不過是場小小的陣雨）。

10. 星屑が降る：「星屑」（名）群星、繁星。「降る」（自Ⅰ）（雨或雪等）降、下。所以此處譯為降下群星。

11. 藁を打つ：「藁」（名）稻草、麥桿。「打つ」（他Ⅰ）此處當敲打解釋。整句為打稻草。古時農作收割後的稻草必須用木槌敲打，使其柔軟，以用來作編織稻草製品。

12. 働き者だよ：翻譯成是一位勞動者啊！「働き者」（名）勞動者。 「だ」和「よ」同解釋同 6。

13. 夜が明ける：「明ける」（自Ⅱ）①天亮 ②新的一年開始 ③期滿。此處譯為天亮。

夜空(よぞら) | 夜空

作曲：平尾正晃 | 作詞：山口洋子 | 唄：五木ひろし | 1973

一：

01. あの娘(こ)、どこにいるのやら	那女的在哪裡啊！
02. 星空(ほしぞら)の続(つづ)く あの町(まち)あたりか	是在那星空滿天的城市附近嗎？
03. 細(ほそ)い風(かぜ)の口笛(くちぶえ)が、恋(こい)の傷(きず)あとに沁(し)みる	沙沙作響的風吹聲，滲入戀愛的傷痕。
04. ああ、諦(あきら)めた恋(こい)だから	呀！因為那是段放棄的戀情。
05. なおさら 逢(あ)いたい 逢(あ)いたい もう一度(いちど)	所以越發地想再見他一次，想見他
06. 夜(よる)はいつも、一人(ひとり)ぼっち	夜晚，總是孤單一個人，

二：

07. あの娘(こ) 帰(かえ)っておいでと	我嘗試跟著流星，
08. 流(なが)れ星(ぼし)にのせ そっと呼(よ)んでみた	對著那女孩悄悄地呼喚說「請回來」。
09. 誰(だれ)も、答(こた)えはしないよ 白(しろ)い花(はな)が散(ち)るばかり	沒有人回答呀 白花一直散落
10. ああ、届(とど)かない夢(ゆめ)だから	呀！因為那是不會實現的夢，
11. なおさら淋(さび)しい 淋(さび)しい	我更寂寞，我更寂寞，
12. この胸(むね)よ 夜空(よぞら) 遠(とお)く果(は)てしない	此心啊！遙遠無邊無際的夜空。

語詞分析

1. 夜空：(名)夜空、夜晚的天空。

2. あの娘：那個女人。「娘」=「子」(名)①廣義地指孩子 ②幼子之意 ③女子名字用字。例「良子」〈良子〉、「友子」〈友子〉 ④特定的人士用法，此處即為特定人的用詞，例如「踊り子」〈舞女〉、「売り子」〈妓女〉。☞P191-17

3. どこにいるのやら：「どこにいる」〈在哪裡啊？〉，「～にいる」為日語存在句文型☞P94-16，「の」(格助)表要求原因理由的用法，「やら」(副助)
   ①(表不確定)呢！。
   例 A「何やら言っている。」〈說著什麼呢！〉(表不確定)
   例 B「誰やらが来た。」〈有人來了！〉(表不確定)
   ②(表列舉)「お茶やら、お花やらを習う。」〈學茶道啦！學插花啦！〉☞P43-10/P114-21。

4. 星空の続くあの町あたりか：「星空の続く」本為「星空が続く」〈星空會持續、持續有星空〉，因要修飾下句名詞，構成連體修飾語，所以將「が」改成「の」。「町あたり」(名)那家店附近。「か」(終助)表疑問，等於「嗎？」

5. 口笛が恋の傷あとに沁みる：「が」(格助)表動詞「沁みる」的主詞。「に」表動詞「沁みる」(自Ⅱ)動作歸著點，滲入的地點。「傷あと」(名)傷痕。整句譯為口哨滲入戀愛的傷痕。歌詞中用「細い風」修飾「口笛」，「細い」(形容)〈細小、細緻〉+「風」→→「細い風」〈細細的風〉，依照歌詞意該為小小的風吹過的聲音，沙沙作響般。

6. 諦めた恋だから：「諦める」(他Ⅰ)斷念、死心、放棄。「諦める」(現在式)→→「諦めた」(過去式)，這裡以「諦めた」修飾名詞「恋」〈戀情〉，「諦めた恋」〈死心的戀情〉，「～だから」因為...所以。表原因、理由的文型為「V3」+「から」(格助)。名詞和形容動詞則成為「～だから」。故整句譯為因為是一段死心的戀情。

7. なおさら：【尚更】(副)更、更加、越發。

8. 逢いたい：想見面、想見妳。「逢う」(自Ⅰ)〈見面〉+「たい」(助動)〈想...〉→→「逢いたい」〈想見面〉☞P151-22。

9. 一人ぼっち：單單一個人。「～ぼっち」是接尾詞，也可發音為「～ぽっち」，表只、單單、僅僅。例：①「100円(えん)ぽっちです。」〈只 100 日幣〉 ②「これっぽっちしかないのか。」〈只有這麼一點？〉

10. 帰っておいでと：①「おいで」是「行く」「来る」「いる」的敬語。 ②「来い」輕微敬語表現。此處屬於第二種用法。「帰っておいで」＝「帰って来てください」〈請回來〉。「と」(格助)此處表下句歌詞中動詞「呼ぶ」〈呼喚〉的內容。

11. 流れ星にのせ：【乗せ】【載せ】。「流れ星」(名)流星。「乗せ」為「乗せる」(他Ⅱ) ①裝載、裝上 ②參加、加入 ③上當、騙人 ④播送 ⑤和著音樂拍子。「載せる」(他Ⅱ)①擱、放 ②登載、記載、刊登。「乗せ」為「乗せる」的「て」形，本應該為「乗せて」，因文章體省去了「て」，「て」表工具、方法。此處指自己配合流星、隨流星映和著之意。例如「カラオケに乗せて歌う。」〈跟著卡拉 OK 唱歌〉

12. そっと、呼んでみた：「そっと」(副)①悄悄地、輕輕地 ②偷偷地 ③不驚動。「呼ぶ」(他Ⅰ)〈呼喚、喊叫〉→→「呼んで」(動詞「て」形)→→「呼んで」＋「見る」→→「呼んでみる」(現在式)〈試著呼喚〉→→「呼んでみた」(過去式)〈試著呼喚了〉。「V2＋てみる」〈試著...〉。此句譯為試著悄悄地呼喚了。

13. あの娘、帰っておいでと、流れ星にのせ、そっと、呼んでみた：這裡必須將 7、8 句兩行歌詞一起看，把兩行的歌詞連接成為一句完整的句子，中譯為我嚐試跟著流星，對著那位姑娘，悄悄地呼喚說『請回來』。

14. 白い花が散るばかり：「花が散る」〈花開〉。此處「ばかり」適用下列第三項，所以此句中譯白花一直散落。「ばかり」(副助)①(表示數量的)大約。②僅僅、光 、只。 ③「V2 た形」＋「ばかり」，表示剛剛...。 ④「V3」＋「ばかり」，表示「越發...」「一直...」「一味地...」。 ⑤結合成慣用語型，「～ばかりでなく」、「～ばかりか」(不但...而且...) ⑥「V4＋ばかり」(越來...越...) ⑦「V4＋ばかりに」或「V１んばかりに」表示動作隨時實現的狀態，中文「剛...就要... 幾乎要...」。

15. 届かない夢だから：「届く」(自Ⅰ)〈傳達、寄達、實現〉→→「届かない」〈不實現、不會實現〉＝「届きません」。「だから」見本篇解釋 6。本句翻譯為不會實現的夢。

16. 遠く果てしない：「果てし」(名)終了、盡頭、邊際。「ない」(助動)(形容詞詞性)沒有、無。「果てしない」中譯為沒有盡頭、無邊際的。「遠く」為形容詞「遠い」的第二變化，可譯為遙遠的，此當副詞，修飾「果てしない」。

リンゴ追分(おいわけ) ｜ 蘋果分叉路

作詩：小沢不二夫 ｜ 作曲：米山正夫 ｜ 唄：美空ひばり ｜ 1952

01. チンゴの花(はな)びらが	蘋果花瓣
02. 風(かぜ)に散(ち)ったよな	隨風飄落了啊！
03. 月夜(つきよ)に月夜(つきよ)にそっと	月夜中、在月夜裡，悄悄地
04. えええ…..	啊！怎麼！
05. ※つがる娘(むすめ)はないたとさ	聽說津輕【相互牽絆】的女孩哭泣了，
06. つらい別(わか)れをないたとさ	聽說她泣離別之痛
07. りんごの花(はな)びらが	蘋果的花瓣
08. ※風(かぜ)に散(ち)ったよな　あああ	被風吹落了啊！

※表重複區間

（台詞）

「お岩木山(いわきやま)のてっぺんを綿(わた)みてえな、白(しろ)い雲(くも)がポッカリポッカリ流(なが)れて行(ゆ)き、桃(もも)の花(はな)が咲(さ)き桜(さくら)が咲(さ)き、そっから、早咲(はやざ)きのリンゴの花(はな)ッコが咲(さ)く頃(ころ)がおら達(とおる)の一番楽(いちばんたの)しい季節(きせつ)だなや‾。だども、じっぱり無情(むじょう)の雨(あめ)っこさ降(ふ)って、白(しろ)い花(はな)びらを散(ち)らす頃(ころ)、おら、あの頃(ころ)、東京(とうきょう)さで死(し)んだお母ちゃんのこと想(おも)い出(だ)して、おらあ…おらあ…。」

（口白）

「想請妳看的軟綿綿的白雲輕輕飄過岩木山山頂。桃花開，櫻花開，以及那時候早開品種的蘋果花綻放時節，就是我們最快樂的季節啊！但是，一場無情大雨，把雪白花瓣打落時，我會憶起當時在東京過世的母親。」

語詞分析

1. 追分：(名) 岔路、岔道、岔路口。「追分」一詞，它本來是指農業時期，追趕牛馬時，分開的地方，轉而意指道路的分歧點，而且常當地名使用，目前日本和台灣都有這語彙命名的地方名。例如台灣台中縣大肚鄉就有個「追分」地名，台灣鐵路局在該地設有「追分」站，「追分火車站」正是山線與海線的分岔地，「追分」站也是海線鐵路的終點，往南進入彰化即與山線交會了，故日本時代命名為「追分」。「追分火車站」建於 1922 年，距今有 80 餘年歷史，全以木造結構，其中也用檜木建築，饒富傳統古味，值得遊客細細鑑賞。在網路盛行，大肆宣傳下，每年考季前，考生想盡辦法取得該站紀念車票，因「追分」諧音，藉以保佑提高得分，因而使該站轟動一時，成為台鐵名站。

   日本甲州街道和青梅街道的分岔路叫做「新宿追分」，中山到道和北國街道的分岔點叫做「信濃追分」，因此冠上「追分」地名的民謠，就稱之為「追分節」，中譯為「追分調」。

   相對於追分地名，類似的語彙中有「落合」，指的是兩條路或河流交會之處，台灣目前仍有許多鄉下地名用「落合」名稱。

   「信濃追分」是流傳於日本各地的「追分節」的始祖，「信濃追分」位於中山道與北國街道的分岔路上，該地的「淺間」山麓下有一間驛站。在「信濃追分」驛站內，女侍會在酒席間的餘興中，以「三味線」伴奏唱歌助興，這就是所謂的「追分節」。著名的「江差追分」是「信濃追分」(長野縣輕井澤町)附近所唱的民謠歌曲，這是一種「馬子唄」曲調，此調在關東以北，深受當地日本住民喜愛，不斷地傳唱著。

   而後這種調曲這種唱腔，傳到「越後」成了「越後追分」，然後再延著日本海北上，在山形縣有「酒田追分」，在秋田縣有「本荘追分」等。各種「追分節」曲調陸續出現，終於在 1830-1844 年間，在北海道定型成為「松前追分」和「江差追分」。而現今所說的「追分節」，狹義上解釋都說是「江差追分」。

   追分民謠的特徵如下：①沒有明確清楚的拍子，手也打不出拍子來 ②音域很廣，大多數的曲子都要從低音唱到高音 ③母音要唱延長拍，屬於一音多聲型的調子。參考『長野縣の歷史』 塚田昌明　著　山川出版社

這首是 1952NHK 在開播紀念日當日，由作曲家於十五分鐘內譜曲完成的。

2. 花びら：(名) 花瓣。

3. 風に散ったよな：「に」(格助) 表原因。「散る」(自Ⅰ) ①凋謝、謝落 ②消痛、止痛 ③離散、四散 ④散漫 ⑤凌亂、紛飛 ⑥夭折。「風に散った」〈因風謝落、被風吹落〉。「よな」(感) 表感嘆用法。=「よの」=「やな」=「よね」=「だなあ」=「だね」。中譯為「呀！」「啦！」「呦！」。

4. 月夜に月夜に：「に」(格助) 表時間定點。重複兩個「に」均表時間定點，同一文節重疊表現法，疊句表強調。

5. そっと：「そっと」(副) 悄悄地、靜靜地。此用以修飾下句動詞「泣く」。

6. えええ：可看成一個音節的「え」或兩個音節的「ええ」，均屬感嘆詞。
「え」①表肯定，嗯！唉！ ②表驚呀。啊！怎麼！ ③表間隔時間。嗯！
「ええ」①表驚呀。啊！怎麼！ ②表示答應。好吧！ ③表間隔時間。嗯！

7. 津軽娘：如果寫成漢字「津軽」，則為日本青森縣地名。「津軽娘」可翻譯津軽姑娘。如果不用漢字表記，只用假名「つがる」，則為日語文言文動詞「連る」(自四) =「連なる」=「繋がるようにする」的意思。指男女或人與人之間的「相互牽絆」之意。則「津軽娘」可譯為相互牽絆的姑娘。

8. 泣いたとさ：「泣く」(自Ⅰ) ①哭、哭泣 ②感到為難、吃足苦頭、懊惱 ③忍痛減價。故該動詞在此可解釋為「哭」以外，也有「吃足苦頭、懊惱、後悔莫及」之意。「泣く」(現在式) →→「泣いた」(過去、完了)。「～とさ」=「～ということ」=「ってさ」。翻譯為「聽說...」「說是...」。

9. つらい別れを泣いたとさ：「つらい」(Adj)〈痛苦的〉+「別れ」(N)〈分手〉→→「つらい別れ」〈痛苦的分手〉。「を」(格助) 表感覺、感情的原因。例 1「子供の死を悲しむ。」〈為孩子之死而悲痛〉。 例 2「親友の幸運を 喜んだ。」〈對好友的幸運感到高興〉。「つらい別れを泣いた」直譯為因痛苦的分手而哭泣。意譯為因痛苦分手而哭泣。

10. あああ：可看成一個音節的「あ」或兩個音節的「ああ」，均屬感嘆詞。「あ」①表呼喚人時用，喂！ ②表驚呀或忽然想起時。啊！哦！

11. 「ええ」：①表感嘆。啊！呀！②表呼喚人時用，喂！此外，也可看成是終助詞「なあ」的用法，表示感動讚嘆，翻譯為啊！「なあ」也是感嘆詞，用

於呼喚、叮嚀囑咐之用，翻譯為「喂！」。再者，它是本篇解釋 3 所分析的終助詞「よな」的「な」(NA) 中母音「あ」(A) 的發音拉長表現。

12. お岩木山：(名)「津輕海峽」位於「本州」與「北海道」之間，兩地最短距離約二十公里，以前來往兩地全靠聯絡船，現在則有青涵海底隧道貫通。「青森縣」位日本東北角之地，盛產蘋果，「岩木山」屬該縣境內，標高 1625 公尺，火山地質，外形呈現圓錐形，狀似富士山，故又稱「津輕富士」，日本名山之一。

13. てっぺんを綿みてえな：「てっぺん」(名) 頂峰、頂點。「綿」(名) ①棉花 ②棉絮 ③絲棉。「V2」＋「てえな」「請…」「希望你…」，此文型為方言用法。「みてえな」＝「見なさい」＝「見てください」。例「ちょっと、待ってえな」〈請等一下〉。故本歌詞應該為「綿をみてえな」＝「綿を見てください」，因此譯為請看棉花雲。

14. ぽっかり　ぽっかり流れて行き：「ぽっかり」(Adv)。文型「V2」＋「～て行く」此處為漸遠態用法，表示動作越來越往未來的方向進行，是屬於過去到未来或現在到未来☞P29-20。「流れて行く」→→「流れて行って」＝「流れて行き」〈流動下去〉因文章體表現，故為「行き」。

15. 早咲き：(名) ①花早開 ②早開的花。

16. そっから：(接續) ＝「そこから」。「そこ」意思有 ①那個時候 ②那一點、那地方之意。☞P53-1「から」(格助) 這裡解釋為「從」「由」「開始」。所以此歌詞中譯為那時候起、就那時候。

17. 花っこ：「花」＋「っこ」→→「花っ子」〈花〉，此為女性用語。接尾詞「～っこ」【～っ子】的用法如下。
    ① 當接尾詞，指與相對的一方，相互採取相同的動作和作用。例 1「教えっ子する」〈互教〉例 2「恨みっこ無し」〈互不相埋怨〉
    ② 第二義是指一個人以上，相互做某些行為或競爭行為。例「かけっこしよう」〈來賽跑吧！〉
    ③ 表示該種狀態、特殊狀態的人。「慣れっこ」指該種狀態的人。意指我已經很習慣了或已經習慣的人了。例 1「売れっ子」〈受歡迎的人〉　例 2「はやりっ子」〈掌握流行的人〉　例 3「江戸っ子」〈東京人〉
    ④ 微不足道的卑微存在。例 1「小僧っ子」〈小伙計〉例 2「ちびっ子」〈小

不點、小鬼、小毛頭〉 例3「尼(あま)っ子(こ)」〈小尼姑〉 例4「もやしっ子(こ)」〈營養不良的小孩〉

18. おら：【己】(名)我、俺、咱。

19. じっぱり：北海道、岩手縣地區的方言。=「しっぱり」=「多く」=「たくさん」〈很多、多〉。此處指雨下很大之意。

20. 雨っ子さ：接尾詞「っ子」解釋見本篇12。「さ」(終助) ①表輕微地斷定。吧！囉！呀！嘛！ ②表傳聞。為本篇解釋7中「とさ」的省略說法，翻譯為聽說...說是。

21. 白い花びらを散らす：此翻譯為打落白色花瓣。「散らす」這動詞與解釋2的「散る」差別在「自動詞」和「他動詞」的差別。「散らす」(他Ｉ) ①把...散 ②分散、撒散、分配 ③傳播 ④消(腫)、沖散。此處翻譯為打落，打落的主語為「無情の雨」。「を」(格助)表他動詞承接受詞「花びら」用。

22. 東京さで死んだお母ちゃん：「さ」見本篇解釋18。「で」(格助)表動作地點。「死ぬ」(自Ｉ)→→「死んだ」(過去式、完了)。故此句譯為在東京過世的母親。

23. お母ちゃんのこと思い出すって：本為「お母ちゃんのことを思い出すって」，省去「を」(格助)。「って」此當終助詞用，表示自己的意志時的用法。中譯為「會...呢？」終助詞「って」：

〈1〉「って」當格助詞時：①=「と」表引用。 ②=「というのは」〈叫做...的是...〉 ③=「という」〈說是...叫做...〉 ④=「～といった」〈說是...〉 ⑤=「～としても」〈即使、縱使〉=「～と言われても」〈怎麼問也...〉=「～というものは」〈叫做...這件事〉

〈2〉「って」當終助詞時：①=「～ということだ」〈聽說〉 ②(表疑問)不可能有、不會有。 ③(表自己意志)會...呢？「って」例：①「私(わたし)って、淋(さび)しがりやなの。」〈我是個孤獨的人〉 ②「面白(おもしろ)かったって、いってますよ。」〈他說很有趣啊！〉 ③「富士山(ふじさん)って、いいところだね。」〈富士山是個好地方喔！〉

流転（るてん）｜輪迴

作詞：藤田まさと ｜ 作曲：阿部武雄 ｜ 唄：赤木圭一郎 ｜ 1937

一：

01. 男命（おとこいのち）をみすじの糸（いと）に	男人命如三弦琴
02. かけて三七（さんしち）、二十一目（さいのめ）崩（くず）れ	賭三七，以二十一點輸掉
03. 浮世（うきよ）カルタの	人生猶如浮生紙牌，
04. 浮世（うきよ）カルタの浮（う）き沈（しず）み	浮生紙牌的沉浮

二：

05. どうせ、一度（いちど）はあの世（よ）とやらへ	反正都要流落到另一個世界的
06. 落（お）ちて流（なが）れて、行（い）く身（み）じゃないか	我們不是會凋零漂泊，隨波逐流下去嗎？
07. 鳴（な）くな夜明（よあ）けの	別叫了，黎明的
08. 鳴（な）くな夜明（よあ）けの渡（わた）り鳥（どり）	黎明的候鳥，別再叫了

三：

09. 意地（いじ）は男（おとこ）よ、情（なさ）けは女子（おなご）	男重氣魄，女重柔情
10. ままになるなら、男（おとこ）を捨（す）てて	若能隨心所欲，願拋男人選柔情
11. 俺（おれ）も生（い）きたや	我想活下去
12. 俺（おれ）も生（い）きたや、恋（こい）のため	為了愛情，我想活下去

語詞分析

1. 三筋：(名) (みすじ)此字為「三筋の糸」的簡稱，也是日本「三弦琴」的另一種說法，正式說法「三味線」(しゃみせん)，而日本各地方言多，所以「三弦琴」在各地的稱呼也不同，例如「さみせん」、「三弦」(さんげん)、「さんせん」、「さんしん」，均指「三味線」。

2. 三七：(名) (さんしち)。按小學館出版的 「日本國語大辭典」解釋有 ①「さんしちにち」的省略，意思為 21 天，或指人死後第 21 天的法會，而且台灣喪事習俗中也稱「三七」，稱呼雷同。 ②「さんしちそう」【三七草】紅鳳菜、莧菜、山鳳菜 ③每月的三號和七號，本歌詞指一種賭具。

3. 二十一：(名) 此歌詞發音與「采の目」相同，「采の目」(名) ①骰子的點數 ②像骰子的立方體。

4. 崩れ：「崩れ」為「崩れる」(自Ⅰ)的名詞型，意思有 ①崩場、倒塌 ②潰散 ③(市場)暴跌 ④(某行業的)沒落者、落伍者。本字常以「～崩れ」造語形式出現，例「山崩れ」〈山崩〉、「作家崩れ」〈落魄的作家〉、「役者崩れ」〈過氣的演員〉。

5. 浮世カルタ：「浮世」(名) ①俗世、現世、浮生、社會、人生 ②當代流行的、好色的。「カルタ」(名)【加留多】【骨牌】：來自葡萄牙語(carta)，一種日本紙牌遊戲，紙卡上寫有諺語或詩歌，先唱出紙卡的諺語或詩歌，即搶得該卡，搶得愈多者為勝。

6. 浮き沈み：(名) ①浮沉 ②盛衰榮辱、幸與不幸。

7. どうせ：(副)中譯為反正、終究，表消極的心情。「どうせ、話しても、無駄でしょう。」〈反正說也沒用〉「どうせ、私は馬鹿ですよ。」〈反正我就是個笨蛋啊！〉「どうせ、返さなければならないお金だから、早く返したほうがいい。」〈錢終究要還，早點還比較好〉

8. あの世：(名)來世、黃泉。

9. やら：(副助) ①(表不確定)呢！例「誰やら笑っているぞ」〈誰在笑呢！〉②(表並列)啦！例「お花やら、お茶やらを習う」〈要學插花啦！茶道啦！〉③(自問) 呢！例「どうしたら、よいやら」〈怎麼辦才好呢！〉

10. 落ちて流れていく身じゃないか：「～じゃないか」(慣)「...不是嗎?」。「落ちる」+「流れる」+「行く」→→「落ちて流れていく」，由三個動詞接續而成，以「て」(接助)連接而成的。「落ちる」(自Ⅱ)這裡為凋落、掉落、落入之意，「流れる」(自Ⅰ)這裡有、漂泊之意。而文型「V2 ていく」日語漸遠態說法，表從說話時點上，時間繼續的表現，此處意指一直流浪下去 ☞P29-20/P48-23。「身」(名) ①自己、自身 ②處境、立場 ③身體、身子。故整句譯為「我自己不是要凋零漂泊嗎？」，

11. 夜明けの渡り鳥：「夜明け」(名)黎明、拂曉、天亮；「渡り鳥」(名)候鳥。

12. 鳴くな：「鳴く」(自Ⅰ)+「な」→→「鳴くな」〈別叫〉。「な」(終助)上接動詞終止形表「禁止」。這種「禁止形」語氣強烈，屬於不禮貌說法，不可用於長輩。「V3」+「な」=「V1」+「ないでください」，翻成中文為「別...」「請勿...」「請不要...」。例：「急(いそ)ぎます。」(自Ⅰ)〈趕〉→→「急(いそ)ぐな。」〈別趕〉→→「急(いそ)がないでください。」〈請不要趕〉「食べます。」(他Ⅱ)〈吃〉→→「食べるな。」〈別吃〉→→「たべないでください。」〈請不要吃〉③「します。」(自他Ⅲ)〈做〉→→「するな。」〈別做〉→→「しないでください。」〈請不要做〉「そんなこと、二度(にど)とするな。」〈那種事不要再犯〉⑤「芝生(しばふ)に入(はい)るな。」〈請勿進入草坪〉

13. 意地：(名) ①用心、心 ②固執 ③志氣、氣魄 ④嘴饞、貪吃。

14. 情け：(名) ①同情、慈悲 ②愛情 ③風趣、情趣。

15. ままになるなら：「まま」(名)【儘、任】表示原封不動、照舊、保持原樣、任意、自由、随心所欲的意思 ☞P46-7。文型「名／形動な」+「なる」形容動詞的語尾「な」要變成「に」才能加上動詞「なる」。「まま」+「～になる」〈變成...成為...〉→→「ままになる」〈保持原様、随心所欲〉→→「ままになる」+「なら」→→「ままになるなら」〈如果随心所欲的話〉。「V3」+「なら」「如果...的話」☞P92-1。文型「名／形動な」+「なる」例子：①「おたまじゃくしが蛙(かえる)になる。」〈蝌蚪會變青蛙〉 ②「彼(かれ)はまだ50にはなりません。」〈他還沒五十歲〉 ③「氷(こおり)になる。」〈變冰〉

16. 男を捨てて：「捨てる」(他Ⅱ)拋棄、捨棄、扔掉。此處歌詞可為「捨てる」〈拋棄〉→→「捨ててください」〈請拋棄〉之省略 ☞P89-8。也可為「捨てる」〈拋棄〉→→「捨ててほしい」〈希望拋棄〉之省略 ☞P99-4，故此句

可譯為請拋棄男人或希望妳拋棄男人。

17. 俺：(代)(男人對同輩或晚輩的自稱)俺、我。

18. 生きたや：「たや」是文言文的希望助動詞「たし」的語幹，加上間頭助詞「や」而組合而成的，譯成現代文為「～したいことよ」〈想做...呀！〉，「生きたや」=「生きたいや」。「生きる」(自Ⅱ)〈活下去〉→→「生きたい」〈想活下去〉→→「生きたい」+「や」→→「生きたいや」〈想活下去呀！〉。「たや」☞表11，文型「V2+たい」「想...」☞P151-22。「や」用例：①「そろそろ帰ろうや。」〈該回去啦！〉(表親密之勸誘、命令口氣)「まあ、いいや、なんかなるだろう。」〈沒關係啦！總會有辦法吧！〉(表放任)「幸子や、ご飯ですよ。」〈幸子呀！開飯了啦！〉(表呼喚)「またもや、失敗に終わった。」〈又歸於失敗了〉(加強語氣)

19. 恋のため：文型「～ため」「為了...」「因為...」。此句譯為「為了愛情」。文型「N」+「の」+「ため」(名) ①「入学試験のために、勉強する」〈為了入學考試讀書〉 ②「健康のために、運動をする」〈為了健康而運動〉 ③「雨のために、延期する」〈因雨而延期〉

附錄

表 1：第一類動詞活用（五段活用 / 五段動詞活用）

形	形號	語幹	語尾	主要品詞（助詞 / 助動詞） ＊四方形內為助詞	備註
未然形	V1	書（か）	か	ない、ぬ、れる、せる	否定形 使役形 被動形
			こ	う	勸誘形 推量形 意想形
連用形	V2		き	ます、たい、そうだ、たがる、 [に、さえ、は、こそ、ながら]	ます形 中止形 て形
			い	た、[て、ても、たり]	
終止形	V3 V0		く	そうだ、らしい、まい、 [と、から、が、けれども、し、] [か、な、とも、よ、わ、ぞ]	原形 辭書形 字典形
連體形	V4		く	時、ようだ、 [ので、のに、より、ばかり、] [くらい、ほど、だけ、]	時 (名詞)
假定形	V5		け	[ば]	
命令形	V6		け	O	

表 2：第二類動詞活用（上下一段動詞活用）

形	形號	語幹	語尾	主要品詞（助詞 / 助動詞） ＊四方形內為助詞	備註
未然形	V1	起（お）食（た）	き べ	ない、ぬ、まい、られる、させる、よう	否定形 勸誘形 被動形 推量形 使役形 意想形
連用形	V2		き べ	ます、たい、た、そうだ、たがる、 て、ても、ながら、に、さえ、は、も、こそ	ます形 中止形 て形
終止形	V3 V0		きる べる	そうだ、らしい・ と、から、が、けれども、し、か、な、とも、よ、わ、ぞ	原形 辭書形 字典形
連體形	V4		きる べる	時、ようだ・ ので、のに、より、ばかり、くらい、ほど、だけ	時(名詞)
假定形	V5		きれ べれ	ば	
命令形	V6		きろ きよ べろ べよ	0	

表 3：第三類動詞活用（か行變格活用/か行不規則動詞)

形	形號	活用	主要品詞（助詞 / 助動詞） ＊四方形內為助詞	備註
未然形	V1	こ	ない、ぬ、させる、られる、まい、よう	否定形 使役形 被動形 勸誘形 推量形 意想形
連用形	V2	き	ます、たい、そうだ、たがる、た、て、 ても、たり、ながら、に、 さえ、は、こそ	ます形 中止形 て形
終止形	V3	来る（く）	そうだ、らしい、まい、 と、から、が、けれども、し、か、な、 とも、よ、わ、ぞ	原形 辭書形 字典形
連體形	V4	来る（く）	時、ようだ、 ので、のに、より、ばかり、くらい、 ほど、だけ、	時 (名詞)
假定形	V5	来れ（く）	ば	
命令形	V6	来い（こ）	0	

表 4：第三類動詞活用（さ行變格活用/さ行不規則動詞)

形	形號	活用	主要品詞（助詞 / 助動詞） ＊四方形内為助詞	備註
未然形	V1	し	ない、よう、まい	否定形 勸誘形 推量形 意想形
		さ	せる、れる	使役形 被動形
		せ	ぬ	否定形
連用形	V2	し	ます、たい、そうだ、たがる、た、て、 ても、 たり、ながら、に、さえ、は、こそ	ます形 中止形 て形
終止形	V3	する	そうだ、らしい、まい、 と、から、が、けれども、し、か、な、 とも、よ、わ、ぞ	原形 辭書形 字典形
連體形	V4	する	時、ようだ、 ので、のに、より、ばかり、くらい、 ほど、だけ、	時 (名詞)
假定形	V5	すれ	ば	
命令形	V6	しろ せよ	0	

表 5：形容詞變化(い形形容詞)

形	形號	語幹	語尾	主要品詞（助詞 / 助動詞） ＊四方形內為助詞	備註
未然形	Adj1		かろ	う	推量形
連用形	Adj2		く	ない、なる（V）、する（V）、 て、ても	否定形 て形 中止形 V 為動詞
			かっ	た、たり	過去式
終止形	Adj3 Adj0	寒(さむ)	い	そうだ、 と、から、が、けれども、し、 ながら、とも、よ、わ	原形 辭書形 字典形
連體形	Adj4		い	時、ようだ、ので、のに、ば かり、 くらい、ほど、だけ	時 (名詞)
假定形	Adj5		けれ	ば	
命令形	Adj6		0		

表 6：形容動詞變化(な形形容詞/形動な形)

形	形號	語幹	語尾	主要品詞 (助詞 / 助動詞) * 四方形內為助詞	備註
未然形	Adjv1		だろ	う	推量形
連用形	Adjv2		だっ	た、たり	過去式
			で	ない、ある(V)	否定形
			に	なる(V)、する(V)	V 為動詞
終止形	Adjv3 Adjv0	綺麗(きれい)	だ	そうだ、 と、から、が、けれども し、とも、よ、わ	原形 辭書形 字典形
連體形	Adjv4		な	時、ようだ、 ので、のに、ばかり くらい、ほど、だけ	時 (名詞
假定形	Adjv5		なら	ば	
命令形	Adjv6		O		

表 7：文語形容詞 (「く」活用形容詞)

高								
く	から	く	かり	し	き	かる	けれ	かれ
未然形		連用形		終止形	連体形		已然形	命令形
V1		V2		V3/V0	V4		虎	V6

表 8：動詞音便(現代語)

動詞 / 音便	動詞原形		て形、た形、たら形 ても形、たり形、
	語幹	語尾	
い音便	書(か)	く	書いて
	泳(およ)	ぐ	泳いだ
つ音便	会(あ)	う	会って
	待(ま)	つ	待って
	帰(かえ)	る	帰って
ん音便	死(し)	ぬ	死んで
	読(よ)	む	読んで
	飛(と)	ぶ	飛んで
例外	行(い)	く	行って

表 9 :「ぬ」(現代語)

活用形	V1	V2	V3/V0	V4	虎	V6
活用型	O	ず	ぬ	ぬ	ね	O

表 10 :「ず」(文語)

活用形	V1	V2	V3/V0	V4	虎	V6
活用型	ず	ず	ず	ぬ	ね	O
活用型	ざら	ざり	O	ざる	ざれ	ざれ

表 11 :「たし」(文語)

活用形	V1	V2	V3/V0	V4	虎	V6
活用型	たく	たく	たし	たき	たけれ	O
活用型	たから	たかり	たし	たかる	たけれ	O

表 12「なり」斷定助動詞(文語)

活用形	V1	V2	V3/V0	V4	虎	V6
活用型	なら	なり/に	なり	なる	なれ	O

表 13 :「たり」斷定助動詞(文語)

活用形	V1	V2	V3/V0	V4	虎	V6
活用型	たら	たり/と	たり	たる	たれ	たれ

表 14 :「た」過去助動詞(現代語)

活用形	V1	V2	V3/V0	V4	虎	V6
活用型	たろ	O	た	た	たら	O
下接品詞	う		そうだ、 らしい、 けれども から、が、し、 わ、よ	ので、のに、 ようだ、 ばかり 體言	ば	

表 15 :「たい」(希望助動詞)

活用形	V1	V2		V3/V0	V4	虎	V6
活用型	たかろ	たく	たかっ	たい	たい	たけれ	O
下接品詞	う	て、 ても、 ない、 なる、 動詞	た、 たり	そうだ、 らしい、 けれども から、が、 し、と	ので、 のに、 ようだ、 體言	ば	

表 16「き」(文語)

活用形	V1	V2	V3/V0	V4	虎	V6
活用型	O	O	き	し	しか	O

表 17 :「ようだ」(比況助動詞)

形	形號	語幹	語尾	主要品詞 (助詞 / 助動詞) * 四方形內為助詞	備註
未然形	Adjv1	よう	だろ	う	推量形
連用形	Adjv2		だっ	た	過去式
			で	ない、ある(V)	否定形
			に	動詞	
終止形	Adjv3 Adjv0		だ	そうだ、 と、から、が、けれども し	原形 辭書形 字典形
連體形	Adjv4		な	體言 ので、のに	
假定形	Adjv5		なら	ば	
命令形	Adjv6		0		

表 18:「そうだ」(樣態助動詞)

形	形號	語幹	語尾	主要品詞 (助詞 / 助動詞) * 四方形內為助詞	備註
未然形	Adjv1	そう	だろ	う	推量形
連用形	Adjv2		だっ	た	過去式
			で	ない、ある(V)	否定形
			に	動詞	
終止形	Adjv3 Adjv0		だ	から、が、けれども し、と	原形 辭書形 字典形
連體形	Adjv4		な	體言 ので、のに	
假定形	Adjv5		なら	ば	
命令形	Adjv6		0		

参考資料

一、日文部分

1. 「藤山一郎とその時代」 ◎池井優 ◎新潮社 ◎1997
2. 「歌の中の東京」 ◎柴田勝章 ◎中央アート出版社 ◎1996
3. 「竹田の子守唄」 ◎藤田正 ◎解放出版社 ◎2007
4. 『日本歌學史』 ◎佐佐木信綱 ◎博文館 ◎1901
5. 『日本歌謠集成』 ◎高野辰之 ◎春秋社 ◎1928
6. 『日本歌謠集』明治·大正·昭和の流行歌 ◎時雨音羽·編 ◎社會思想社刊 ◎1963
7. 『日本歌謠童謠集』唱歌·童謠·唄 ◎飯塚書店編輯部 ◎飯塚書店 ◎1977
8. 『歌謡曲のすべて』歌詞集 ◎浅野純·編 ◎全音楽譜出版社 ◎1982
9. 『演歌と日本人』 ◎山折哲雄 ◎PHP 研究所 ◎1984
10. 『日本歌曲選集』 ◎木真會編 ◎音樂之友社 ◎1985
11. 『ホレホレ•ソング』---哀歌でたどるハワイ移民の歴史 ◎日本地域社会研究所 ◎1985
12. 『昭和思い出のうた』野ばら社 ◎編集部 ◎1989
13. 『'94 有線ベスト•リクエスト』編集•製作ブレンデュース ◎日本音楽著作権協会 ◎1994
14. 『日本歌謠事典』◎佐佐木信綱 ◎杉木康彥 ◎林巨樹 ◎大修館 1997 再版
15. 『憧れのハワイ航路』 ◎編集部編 ◎恒文社 ◎2001
16. よみがえる『歌声喫茶名曲集』 ◎監修 ◎長田暁二 ◎英知出版 ◎2006
17. 『心の歌』 ◎大迫秀樹 ◎金の星社 ◎2006
18. 『日本の歌•心の歌』監修 ◎遠藤幸三 ◎シンコーミュージック ◎2007
19. 『日本の愛唱歌』 ◎長田暁二 ◎ヤマハミュージックメディア ◎2007
20. 『ウィキペディア　フリー百科事典』
21. 『日本語文法ハンドブック』松岡　弘　監修 ◎スリーエーネットワーク 2002
22. 月刊『歌の手帖』マガジンランド ◎各期
23. 『広辭苑』◎新村出　編 ◎岩波書店 ◎1984
24. 『辞書にないことばの辞典』 ◎編集者　吉崎淳二 ◎日本文芸社 ◎1990
25. 『新選古語辭典』 ◎中田祝夫　編 ◎小學館 ◎1984
26. 『日本國語大辭典』 ◎小學館 ◎1973

二、中文部分
① 『歡唱學日語』七福視聽外語中心 ◎七福外語教材出版社 ◎1982
② 『NHK 歌唱學日語』 ◎梅津吉人、林玉子、林千惠、陳雅玲編輯 ◎萬人出版社
③ 『日本的歌謠』 ◎解說者　葉雪淳 ◎台灣波麗音樂
④ 『日本の演歌』 ◎芝木好子 ◎藍寶實業有限公司
⑤ 『歌唱學日語專集』 ◎張桂廷　編著 ◎華美圖書出版社
⑥ 『演歌わが命』 ◎福將文化事業有限公司 ◎編撰者　尤麗英
⑦ 『現代日語文法』 ◎劉元孝、劉文伶　著 ◎幼獅文化事業 ◎1984
⑧ 『唱歌學日語』 ◎總監修　蔡茂豐 ◎旺文社 ◎1993
⑨ 『外來語大辭典』 ◎田世昌　主編 ◎笛藤出版圖書有限公司 ◎2001
⑩ 『基本語用例辭典』 ◎陳山龍　編譯 ◎鴻儒堂 ◎1982
⑪ 『新時代日漢辭典』 ◎主編　陳伯陶 ◎大新書局 ◎1991
⑫ 『大漢和辭典』 ◎諸橋轍次　著 ◎藍燈文化事業有限公司 ◎1959

三、網站部分
1、www.yahoo.co.jP
2、www.jP.youtube.com
3、www.uta-net.com
4、www.utamaP.com
5、www.nobarasha.co.jP
6、www.geocities.co.jP
7、www.d-score.com
8、jP.youtube.com
9、blog.xuite.net
10、yooy.jP
11、www1.bbig.jP
12、wkP.fresheye.com
13、ja.wikiPedia.org

めいかいにほんごのうた
明解日本語の歌 II

書名：明解日本語の歌 II
著（編、譯）者：周昌葉
出版者：周昌葉
地址：22060新北市板橋區貴興路9號3樓
電話：02-29643588
e-mail：Shushoyo@ms43.hinet.net
設計排版：田滿視覺有限公司
電話：02-26085069
出版年月：2014年11月　初版
定價：新臺幣380元
郵政劃撥帳號 :**50121661** 戶名：周昌葉

勘誤表			
次序	頁數	錯誤／補正／漏字	訂正後
1	P13 標題	付錄	附錄
2	P14 的 02、12	あの娘（むすめ）	あの娘（こ）
3	P25 的 01、05	明日（あした）	明日（あす）
4	P25 的 07	青春（せいしゅん）	青春（はる）
5	P33 的 08	風便り（かぜたよ）	風便り（かぜだよ）
6	P37 的 04	意気地（いくじ）	意気地（いきじ）
7	P37 的 09	明日（あした）	明日（あす）
8	P45 的 02	奥飛騨路（おくひだろ）	奥飛騨路（おくひだじ）
9	P45 的 07	運命（うんめい）	運命（さだめ）
10	P47 的 13	「運命が恋しい」	「運命が悲しい」
11	P58 的 16	過去（かこ）	過去（きのう）
12	P89 的 11 的①	教わるから忘れてしまう	教わるそばから忘れてしまう
13	P98 的 06	真実（しんじつ）	真実（まこと）
14	P120 的 08	サファイヤ色	サファイア色（いろ）
15	P122 的 11	サファイヤ色	サファイア色
16	P124 的作曲者	古関日裕而	古関裕而
17	P124 的 07	……寵召上天國	……寵召上天國之後
18	P124 的 08	一個人單獨出發……	揮別妻子，一個人單獨出發……
19	P125 的 20	更けゆく夜（よ）の月澄みぬ	更けゆく夜（よる）の月澄みぬ
20	P125 的 22	気高い白き	気高く白き
21	P131 的 06	一番星（いちばんほし）	一番星（いちばんぼし）
22	P136 的 12	月の名所は	月の名所は桂浜（かつらはま）
23	P137 的 15	負けず	負けずに

24	P141的02和09	西へ行(い)くのは	西へ行(ゆ)くのは
25	P147的18	侘びしい	侘しい
26	P154的02	静 寂(せいじゃく)	静寂(しじま)
27	P154的08、17	明日(あす)	明日(あした)
28	P155的23	嗚呼嗚呼、花が伝える	嗚呼嗚呼、風のその姿を
29	P163的04	もいちど幸せ	もういちど幸せ
30	P167的13	何時　また　帰	何時また帰る
31	P167的 06和13，p168的20	愛し君	愛しの君
32	P175的02	お蔦主税　心意気	お蔦主税の心意気
33	P188的01	チンゴ	りんご
34	P188(台詞)第3行	おら 達(とおる)	おら達(たち)
35	P193的06	行(い)く身じゃないか	行(ゆ)く身じゃないか
36	P202的最後一行	虎	V5
37	P202的表9表10	虎	V5

2022.12